Nicolás Giacobone

Das geschwärzte Notizbuch

Aus dem argentinischen Spanisch
von Christian Sönnichsen

WILHELM HEYNE VERLAG
MÜNCHEN

Die Originalausgabe erschien 2018 unter dem Titel
El Cuaderno Tachado bei RESERVOIR Books.

Unter www.heyne-encore.de finden Sie das komplette
Encore-Programm.

Weitere News unter www.heyne-encore.de/facebook

Deutsche Erstausgabe 09/2019

Printed in Germany
Redaktion: Jürgen Teipel
Umschlaggestaltung: Johannes Wiebel / punchdesign
Satz: Schaber Datentechnik, Austria
Druck und Bindung: GGP Media GmbH, Pößneck

ISBN: 978-3-453-27199-9

www.heyne-encore.de

Geschwärztes Notizbuch

Alles fing mit einem Drehbuch an.

Ein Drehbuch, das besser nicht geschrieben worden wäre.

Amadeus ist ein großartiges Drehbuch.

Ich habe es mehr als zehnmal gelesen. Ich habe es studiert, durchgekaut, verschlungen.

Amadeus war ein gutes Theaterstück, dann ein gutes Drehbuch.

Das Drehbuch übertrifft das Theaterstück bei Weitem.

Peter Shaffer übertraf sich selbst, indem er sein eigenes gutes Theaterstück in sein eigenes (oder nicht ganz so eigenes) großes Drehbuch verwandelte.

Peter Shaffer hat sich beim Schreiben des Theaterstücks nicht vorstellen können, dass F. Murray Abraham bei der Verfilmung des Drehbuchs so vor den Kameras agieren würde, wie er es dann tat. Er wusste nicht einmal, dass aus seinem Theaterstück ein Film werden sollte und dass dieser Film alles gewinnen würde, was an Preisen zu gewinnen war, und dass F. Murray Abraham so agieren würde, wie er es dann tat: Er verkörperte mit Leib und Seele die bislang bedeutendste Darstellung des Kampfes zwischen dem Künstler und seiner unvermeidlichen Mittelmäßigkeit.

Welcher Name verbirgt sich hinter dem F von F. Murray Abraham?

Ferdinand.

Filomeno.

Federico.

Santiago Salvatierra sagt, dass das F nichts bedeutet; dass F. Murray Abraham eigentlich Murray Abraham heißt und dass Murray das F mit einem Punkt einfach hinzugefügt hat, weil es seiner Meinung nach besser klingen würde.

Santiago sagte mir, dass F. Murray Abraham eine nichtswürdige Person ist.

Ich fragte ihn, woher er das wüsste. Und er schaute mich so an, wie er mich immer anschaut, wenn ich ihm eine Frage stelle, von der er nicht möchte, dass ich sie ihm stelle. Er verließ daraufhin den Keller und schloss die Tür.

F. Murray Abraham ist ein nichtswürdiges Genie, sagte er.

Aber sind wir nicht alle irgendwie nichtswürdig?

Das ist nicht das Problem, nein, das Problem ist, dass die meisten von uns keine Genies sind.

Die allermeisten.

Peter Shaffer ist ein Genie.

Ist?

War?

Peter Shaffer schrieb sein Theaterstück und dann sein Drehbuch auf einer Schreibmaschine in einem behaglichen Arbeitszimmer mit großen Fenstern und Lampen in allen Größen für den Fall, dass die Sonne nicht scheint.

Ich lebe in einem Kellerraum.

Schon seit fünf Jahren lebe ich in diesem Keller.

Ich habe eine Lampe, die so gut wie gar kein Licht spendet.

Ich schreibe in dieses Notizbuch zwischen sechs und sieben Uhr morgens.

Ich streiche alles, was ich geschrieben habe, wieder durch, kurz bevor Santiago runterkommt: mit seinem Stuhl, einer

Tasse Kaffee, einem Teller mit Obst und den ausgedruckten Szenen samt Anmerkungen von ihm – die Seitenränder übersät mit zumeist armseligen Kommentaren.

Das, was Sie hier lesen (falls es Sie überhaupt gibt), sind nichts weiter als durchgestrichene Seiten, ein in aller Eile geschriebener Text in einem Schulheft der Marke Rivadavia, das ich aus Buenos Aires mitgebracht habe.

Ein Text in blauer Tinte, dick durchgestrichen in Schwarz.

Ich bin fünfundvierzig Jahre alt.

Ich schreibe seit zwanzig Jahren.

Obwohl: Die ersten Jahre schrieb ich nicht, ich versuchte zu schreiben.

Das allerdings acht oder neun Stunden täglich.

Nach Abschluss der Realschule hatte ich mich am Konservatorium von Buenos Aires eingetragen.

Ich wollte Sessionmusiker werden.

Wunschinstrument: Gitarre.

Aber man wird kein Sessionmusiker, wenn man erst mit neunzehn anfängt.

Ich hatte nicht die geringste Chance.

Bevor das zweite Jahr um war, verschwand ich wieder aus dem Konservatorium. Ich hatte genug von diesen Kindern, die noch nicht einmal die Grundschule beendet hatten und auf ihren Instrumenten spielten, als ob sie natürliche Verlängerungen ihrer Extremitäten wären.

In meinen Händen war die Gitarre eine einzige Hochstapelei.

Ich weiß nicht, ob „Hochstapelei" das richtige Wort ist.

Es klingt gut.

Morgens zum Frühstück: einen Milchkaffee und drei Kekse, die ich in den Kaffee tunkte, bis sie fast aufgeweicht waren. Dann zog ich mich in mein Zimmer zurück –

mein winziges Zimmer, in das nur ein kurzes, schmales Bett hineinging, sowie der Marshall-Verstärker, den ich in sechsunddreißig Raten gekauft hatte, der Notenständer mit den Partituren und dem Übungsmaterial zum Selbststudium, die Kompakt-Stereoanlage von Technics, die ich in vierundzwanzig Raten gekauft hatte, und die auf dem Boden verstreuten CDs und Bücher. Ich schnappte mir die mexikanische Fender Stratocaster, die ich in zwölf Raten gekauft hatte, und meine Hände brauchten mindestens eine halbe Stunde, um zu verstehen, wie dieses langgestreckte Objekt funktionierte, das ich fast zwanghaft bearbeitete.

Als ich mir mein Scheitern als Musikstudent eingestand und meine Zukunft als Sessionmusiker sich in Luft auflöste, fragten meine Eltern mich, wie fast alle Eltern der Welt es tun, was ich denn nun mit meinem Leben anfangen wolle:

Wie sind deine Pläne? Wir wollen dir gerne helfen, aber wir müssen schon wissen, was du zu tun gedenkst, was du wirklich tun willst. Wir müssen sicher sein, dass du weißt, was du wirklich machen willst.

Ich sagte ihnen, dass ich leider nicht die geringste Idee hätte.

Was ich ihnen sagte, gefiel ihnen überhaupt nicht.

Zwanzig Minuten lang beschäftigten sie sich mit dem gegrillten Stückchen Fisch und dem Kürbispüree. Schweigend, ohne mich anzusehen. Ohne sich anzusehen. Ihre Blicke glitten aus dem Nichts auf den Teller zurück und verloren sich wieder im Nichts.

Mein Vater arbeitete für einen Millionär, dem fünfundzwanzig Prozent der Duty-free-Shops weltweit gehörten.

Seine Aufgabe war es, die Angestellten zu beurteilen.

Einmal im Monat ging er auf Reisen (hauptsächlich in Städte Lateinamerikas und Europas), stieg in einem Hotel in der Nähe des Flughafens ab und suchte dann zwei Tage lang die verschiedenen Duty-free-Shops auf, um sich in einem Notizbuch mit cremefarbenem Umschlag sowohl Besonderheiten der Räumlichkeiten als auch Auffälligkeiten des Personals zu notieren.

Er war besessen von Ordnung und Sauberkeit, ein fanatischer Anhänger seiner eigenen Art und Weise, die Dinge zu betrachten.

Nur einmal habe ich ihn begleitet, nach Rio de Janeiro, als ich zwölf Jahre alt war.

Er ging auf einen der Angestellten des größten Duty-free-Shops im internationalen Flughafen Tom Jobim zu und fragte ihn in perfektem Portugiesisch, warum die Flaschen mit Johnnie Walker Red in einem Regal über denen mit Johnnie Walker Black stünden, wo doch der Johnnie Walker Red bei Weitem nicht die Qualität des Johnnie Walker Black hatte. Und außerdem, warum die Flaschen mit Johnnie Walker Red in ihrem Originalkarton steckten und die mit Johnnie Walker Black nicht, wo doch die Kartons mit Johnnie Walker Red nichts Besonderes sind, nicht im Geringsten auffallen, und die mit Johnnie Walker Black einen sofort mit ihren goldgeprägten Buchstaben in ihren Bann ziehen. Der Lack dieser Kartons fällt viel mehr ins Auge, weil er auf dem schwarzen Grund besser glänzt als auf dem roten.

Der Angestellte schaute ihn an, ohne ein Wort zu sagen, als ob mein Vater ein Serienmörder wäre, der ihm in aller Ruhe erklärte, wie er ihn umbringen wollte, ihn und seine Familie, und wie er sich ihrer Leichen zu entledigen gedachte.

Jahre später stand mein Vater auf einem dieser Flüge mitten in der Nacht von seinem Sitz auf, um pinkeln zu gehen. Er verschwand in der Bordtoilette, verriegelte die Tür und während er pinkelte, lehnte er seine Stirn an die gewölbte Wand. Aber bevor er die letzten Tropfen abgeschüttelt hatte, packte eine unerwartete Turbulenz das Flugzeug mit voller Wucht und brach meinem Vater das Genick, die Stirn immer noch gegen die gewölbte Wand gelehnt und mit den Gedanken ganz woanders.

Wir wollen dir doch helfen, Kind.

Seltsam, dass sie mich „Kind" nannten.

Nur wenige Male hatten sie mich „Kind" genannt.

Eines Nachts im Hospital Italiano nannten sie mich „Kind" – ich war schon sechzehn –, nachdem ich mir zusammen mit meinem einzigen Freund Lisandro in der Avenida del Libertador einen angesoffen hatte.

Wir hatten eine ganze Flasche Wodka der Marke Smirnoff geleert, mit Sprite und Zitronensaft.

Mit dem rechten Vorderreifen prallten wir gegen die Kante des Bürgersteigs, das Auto drehte sich um ungefähr zweihundertvierzig Grad und ein anderes Auto, das viel zu schnell fuhr, verkeilte sich in unserem Kofferraum. Wir stürzten aus dem Auto, zerknautscht und Hals über Kopf, und dann explodierte etwas, in unserem Auto oder dem anderen, aber zum Glück wurde niemand ernsthaft verletzt.

Wir sind vor Schreck fast gestorben, Kind.

Meine Mutter wollte immer schon Schauspielerin werden, mehr als zehn Jahre lang hat sie dafür gekämpft; bis sie das Kämpfen satthatte und mit zwei Freunden ein Animationstheater für Kinder gründete.

Damit hatte sie viel Erfolg.

Sehr viel Erfolg.

Als ich vor fünf Jahren das Flugzeug nahm, das mich nach San Martín de los Andes brachte und schließlich bis in den Keller des Hauses von Santiago Salvatierra, verdiente meine fast siebzigjährige Mutter immer noch gutes Geld mit jenem Animationstheater, nicht mehr als Animateurin, sondern als Leiterin einer Gruppe von jungen Schauspielerinnen und Schauspielern, die genau wie sie darum gekämpft hatten, Schauspielerinnen und Schauspieler am Theater oder bei Film und Fernsehen zu werden, und auf fast grobe Art und Weise von Theater, Film und Fernsehen abgewiesen worden waren.

Als mein Vater starb, zog ich mit meiner Mutter in eine kleinere Wohnung (ein Schlafzimmer mit Bad und Küche), wo wir uns ein Kingsize-Bett teilten, das kaum Platz zum Öffnen der Kleiderschränke ließ.

Nachdem ich das Studium am Konservatorium in Buenos Aires an den Nagel gehängt hatte, wusste ich jahrelang nicht, was ich tun sollte.

Ich wohnte bei meiner Mutter, frühstückte und aß zu Abend mit ihr, und tagsüber ging ich in eine Bar, um zu lesen.

Irgendwas.

Ich hatte stets ein gebrauchtes Buch dabei, das ich, wenn ich es durchgelesen hatte, gegen ein anderes gebrauchtes Buch eintauschte.

Ich traf mich mit meinem Freund Lisandro, um abends etwas trinken zu gehen.

Einen Cortado.

Hin und wieder einen Fernet mit Cola.

Ein Eis mit je einer Kugel Schweizer Schokolade und Erdbeere.

Wenn ich in einem Café, einer Bar oder einer Eisdiele ein Mädchen kennenlernte, hoffte ich inständig, dass sie alleine wohnte, und wenn sie noch bei ihren Eltern lebte, dass sie wenigstens ein Zimmer für sich hätte, in das wir uns zurückziehen könnten.

Ich kannte nicht viele Mädchen und die wenigen, die ich kannte, verließen mich, als sie entdeckten, dass ich mir das Bett mit meiner Mutter teilte.

Es war zwecklos.

Es war ihnen einerlei, dass ich ihnen zeigte, wie groß das Bett war, so groß, dass meine Mutter und ich uns nachts noch nicht einmal flüchtig streiften.

Hier in dem Kellerraum habe ich kein Bett.

Erst nach mehreren Tagen brachte Santiago mir eine Matratze.

Er wartete damit, bis ich ihm den ersten fertigen Akt übergab.

Er wollte zunächst sehen, ob der erste Akt funktionierte und ob ich funktionierte.

Jetzt verbringe ich die Nächte auf einer Matratze, die Santiago zufolge seinem Sohn Hilario gehörte.

Ein launenhafter Kerl (nach den Worten Santiagos), der sich nicht länger als fünf Minuten auf etwas konzentrieren kann, egal was es auch ist. Nicht mal lausige fünf Minuten. Ein begnadeter Zeichner, ein geborenes Zeichentalent, das sich aber nicht im Geringsten fürs Zeichnen interessiert. Er interessiert sich für rein gar nichts.

Ich sagte ihm daraufhin, dass ich mich, als ich so alt war wie Hilario, auch für nichts interessiert hatte. Für überhaupt nichts. Und dass meine Mutter darunter reichlich gelitten hatte.

Aber du hast jedenfalls gelesen, sagte er mir. Du konntest ein Buch ganz zu Ende lesen oder ein Lied auf der Gitarre lernen. Dieser Kerl ist nicht mal imstande, ein Ei zu kochen. Auf halber Strecke langweilt er sich schon und überlässt das Ei seinem Schicksal.

Du musst ihm Zeit lassen.

Zeit lassen? Er ist fast fünfundzwanzig.

Heutzutage ist fünfundzwanzig wie früher fünfzehn.

Wer sagt das?

Keine Ahnung.

Hört sich an wie dummes Zeug.

Santiago lebte eine Zeit lang in Spanien, Mexiko, Venezuela, Ecuador und Kuba; einige Monate in Bolivien, Peru, Chile, Paraguay und Uruguay; drei Wochen in Jamaika, zwei in Panama und ein paar Tage in Kolumbien.

Er arbeitete an seinem Ruhm als wichtigster Regisseur Lateinamerikas aller Zeiten, indem er die Etats der Filminstitute in den spanischsprachigen Ländern plünderte und sie mit seiner einnehmenden Persönlichkeit und seinem nicht zu bremsenden Mundwerk überzeugte.

Santiago Salvatierra ist einer der großen Regisseure, einer der ganz großen.

Sein Engagement bei der Arbeit mit der Kamera und den Schauspielern, sein Anspruch – unvergleichlich.

Eine Mischung aus kolossaler Energie und gutem Geschmack, ausgezeichnetem Geschmack.

Ein überschäumendes Talent.

Seine Aufnahmen sprengen die Leinwand, sie machen dich nass, zerzausen dich, umarmen dich, flüstern dir Dinge ins Ohr.

Santiago war der geborene Filmregisseur.

Eine Person, nur dazu erschaffen, sich hinter eine Kamera zu stellen.

Schon von der Wiege an.

Ohne Ausbildung.

Ein ehrgeiziger Autodidakt.

Ein Kopf voller unvergänglicher Bilder.

Santiagos Problem ist nur, dass er keine Ahnung vom Schreiben hat.

Sein Talent, das Kinoleinwände erbeben lässt, versagt vor der leeren Seite.

Santiago – das sind zwei Künstler in einem: der Regisseur, der mit Fellini und Kurosawa frühstücken geht, und der Drehbuchautor, der ängstlich die Tür zum Schreibkurs öffnet und sich an einem Tisch mit sechs gelangweilten Hausfrauen wiederfindet.

Nein, Santiagos Problem ist nicht, dass er keine Ahnung vom Schreiben hat.

Viele Regisseure haben davon keine Ahnung.

Santiagos Problem ist, dass er tatsächlich glaubt, Ahnung vom Schreiben zu haben.

Er hält sich für einen Drehbuchautor.

Er hält sich für einen Filmautor in höchster Vollendung.

Viele Regisseure halten sich für Filmautoren in höchster Vollendung, als ob Regisseur zu sein nicht schon genug sei, als ob einen Film zu drehen, den sie nicht geschrieben haben, bedeuten würde, den Film eines anderen oder einen nicht ganz eigenen Film zu drehen, als ob ein Film, der von einer Person geschrieben und von einer anderen gedreht würde, keinen Autor hätte, ein Waisenkind wäre, nein, noch viel schlimmer: ein von mehreren adoptierter Film, ein Kind mit zu vielen Müttern.

Die meisten Regisseure haben keine Ahnung vom Schreiben.

Neunundneunzig Prozent aller Regisseure haben keine Ahnung vom Schreiben.

Es interessiert niemanden, wenn ich das sage.

Wer wird sich die Mühe machen, das zu lesen, was ich in dieses Notizbuch geschrieben und dann wieder durchgestrichen habe?

Wer hat schon Lust dazu, Durchgestrichenes zu entziffern?

Neunundneunzig Komma vier Prozent aller Regisseure haben keine Ahnung vom Schreiben.

Wo ist das Problem?

Halb so schlimm.

Es gibt überall Tausende von Drehbuchautoren, die wie Kreaturen von Beckett in Straßengräben dahinvegetieren und auf die Gelegenheit warten, euch zu helfen.

Der Film wird weiterhin euch gehören, nur euch, und ein wenig auch uns.

Schreibt euren Namen ruhig groß aufs Plakat.

Nur versucht nicht, das zu machen, wovon wir etwas verstehen und ihr nicht. Seid nicht so eingebildet zu glauben, dass jeder ein Drehbuch schreiben kann.

Neunundneunzig Komma zwei Prozent aller Regisseure glauben, dass es möglich ist, wie Peter Shaffer zu schreiben. Man setzt sich hin und macht es, man liest ein paar Bücher über die Grundregeln des Drehbuchschreibens, und schon funktioniert es.

* * *

Santiago kommt gerade mit seinem Stuhl.

Er hat die Tasse Kaffee dabei, einen Teller mit Obst und die ausgedruckten Szenen mit seinen Anmerkungen.

Von den mehr als vierzig Anmerkungen sind drei dabei, die etwas taugen.

Wie jeden Morgen betrat er den Kellerraum, schaltete das Licht an, kam zur Matratze hin und hielt mir die Tasse mit dem heißen Kaffee unter die Nase.

Wie jeden Morgen tat ich so, als ob ich schliefe.

Dann setzten wir uns hin (er auf seinen Stuhl und ich auf die Matratze), um seine Anmerkungen durchzusprechen.

Mit der Zeit, im Laufe der zwei Drehbücher, die ich im Keller schrieb, lernte ich, dass es das Beste ist, Santiago nicht zu widersprechen, seine Kommentare nicht abzulehnen, auch wenn sie völlig unangebracht sind, so, wie Kommentare über etwas Geschriebenes eben ausfallen, wenn sie von Leuten stammen, die vom Schreiben keine Ahnung haben.

Mit der Zeit lernte ich, dass man immer eine gute Version, egal wovon, schreiben kann; dass es das Beste ist, die Anmerkung nicht unbedingt wörtlich zu nehmen, sie abzuwägen, in ihr herumzustochern, bis man herausfindet, was an ihr richtig ist (richtig in meinen Augen, nicht in Santiagos), was sich in ihr verbirgt und das schon Geschriebene nicht zerstört, sondern bereichert.

Eine erschöpfende Angelegenheit, das gebe ich zu.

Aber jede Zusammenarbeit ist erschöpfend.

Muss es sein.

Zumindest jede Zusammenarbeit zwischen zwei Künstlern, die sich schätzen.

Zwei Künstler, die keine siamesischen Zwillinge sind.

Dies ist das dritte Drehbuch, das ich für Santiago schreibe.

Die beiden vorhergehenden haben, wie man weiß (obwohl man nicht weiß, dass ich es war, der sie geschrieben hat), das lateinamerikanische Kino aus seinem Tiefschlaf gerissen und in den Kinosälen Begeisterungsstürme ausgelöst.

Die beiden letzten Filme von Santiago Salvatierra waren nicht nur ungewöhnlich erfolgreiche Kassenschlager, sondern gewannen auch einen Großteil der renommierten Preise: angefangen bei der Goldenen Palme von Cannes, über den Goya, den BAFTA, den Golden Globe bis hin zum

Oscar für den besten fremdsprachigen Film, der an beide Streifen ging.

Das erste Mal in der Geschichte, dass ein Regisseur zwei Goldene Palmen hintereinander gewinnt.

Das dritte Mal in der Geschichte, dass ein Regisseur zwei Oscars für den besten fremdsprachigen Film hintereinander gewinnt. Die beiden anderen waren Ingmar Bergman und Federico Fellini.

Aber dieses dritte Drehbuch ist das schwierigste.

Dieses dritte Drehbuch wird, in Santiagos Worten, alles gewinnen.

Wirklich alles.

Und wenn Santiago sagt, „wirklich alles", bezieht er sich ausdrücklich auf Hollywood.

Dieses dritte Drehbuch (das heißt der Film, dem dieses Drehbuch zugrunde liegt) wird in den Kinosälen der USA Begeisterungsstürme auslösen und alle bisherigen Kassenrekorde brechen, sogar in Ländern wie Japan und China. Es wird die Golden Globes und die Oscars in allen Kategorien einstreichen, und nicht nur die Auszeichnung für den besten fremdsprachigen Film.

Laut Santiago wird dieser Film so grandios sein, dass nicht einmal mehr die Auszeichnungen wichtig sind.

Außer den Preisen für den besten Film und die beste Regie, den besten Hauptdarsteller und die beste Hauptdarstellerin, den besten Nebendarsteller und die beste Nebendarstellerin sowie für die beste Filmmusik gewannen die zwei letzten Filme von Santiago – die ich ihm geschrieben habe – mehrere Preise für das beste Drehbuch.

Und Santiago erhielt mehrere Preise als Drehbuchautor.

Sein Wahnsinn, sein Ego oder seine Unverschämtheit erlaubt es ihm, sich vor mich hinzusetzen und mich über die

Preise zu informieren, die er als Drehbuchautor gewann; mir zu erzählen, dass er nun Mitglied in den Autorengewerkschaften der bedeutendsten Länder sei, einschließlich der Writers Guild of America, West.

Ich fragte ihn, ob ich mich Argentores, dem Verband der Autoren in Argentinien, anschließen könne, und sein gezwungenes Lachen dröhnte durch den ganzen Keller.

Er sagte mir, dass die meisten Autorengewerkschaften der bedeutendsten Länder ihm eine Krankenversicherung erster Klasse anboten, dass er in den letzten Jahren überall auf der Welt hätte krank werden können, ohne auch nur einen Peso zahlen zu müssen.

Die Writers Guild of America bezahlt mir sogar den Zahnarzt, sagte er, Tausende von Dollars. Manchmal, wenn ich mich oben im Haus langweile, stelle ich mir vor, in die Vereinigten Staaten zu fliegen und mir gleich nach der Landung einen Backenzahn ziehen zu lassen, um einen Teil dieses Geldes zu nutzen, das sonst mit Sicherheit bei irgendwelchen Leuten hängen bleibt, die nicht die leiseste Ahnung vom Schreiben haben.

Santiago versprach mir, dass es mir hier unten niemals an etwas fehlen sollte, dass die Grundbedürfnisse, und andere, nicht ganz so grundsätzliche, immer gedeckt sein würden.

Wenn du Kopfschmerzen hast, bringt Norma dir ein paar Aspirin, sagte er. Wenn du Bauchschmerzen hast, Buscopan. Bei Fieber, Ibuprofen. Wenn du Zahnschmerzen bekommst, ruft Norma Doktor Miranda.

Zum Glück habe ich bis jetzt, in den fünf Jahren, die ich schon im Keller verbringe, niemals Zahnschmerzen bekommen.

Letztes oder vorletztes Jahr fing mein Zahnfleisch an zu bluten, und Norma brachte mir GUM-Picks, so eine Art

Zahnstocher mit kleinen Bürsten, mit denen ich mir jede Nacht durch die Zähne fuhr. Die Entzündung ging zurück, und das Zahnfleisch wurde wieder glatt und rosig.

Auch fehlt es mir nicht an Sonne.

Der Kellerraum hat in einer Wand ein rechteckig gemauertes Oberlicht aus Glasbausteinen, durch das morgens nur ein paar spärliche Sonnenstrahlen fallen.

Dieses Oberlicht ist ganz wichtig, meint Santiago.

Er rät mir, dass ich mich wenigstens eine Stunde am Tag in die Sonne setze, damit ich genügend Vitamin D aufnehme; denn zu wenig Vitamin D reduziert die Anzahl der roten Blutkörperchen, und das lässt sich nicht mit Tabletten lösen.

Norma bringt mir einmal wöchentlich (sonntags um die Mittagszeit) ein Vitaminpräparat, das ich mit einem Glas hausgemachtem Kombucha trinke.

Sie spricht nie mit mir.

Sie kommt dreimal täglich in den Keller runter, um mir das Essen zu bringen, das Bett zu machen, ein wenig zu putzen und mit einem Sauerstoffgerät für frische Luft zu sorgen.

In den ersten Wochen (nach jenem Abend, als ich in dem Kellerraum aufwachte; nach jenem Essen mit Santiago, als wir über alles sprachen) versuchte ich, ein Gespräch mit Norma anzufangen. Aber weil sie kein einziges Wort sagte und mich nicht einmal anschaute, gab ich es auf.

Norma ist Mexikanerin.

Das sagte mir Santiago, der sie aus Mexiko mitgebracht hatte.

Was er mir nicht hätte zu sagen brauchen, weil Norma mich seit dem ersten Tag mit ihrem höllischen Essen so langsam umbringt.

Niemand außer den Mexikanern bereitet fast alle Gerichte mit Poblano-Chili und Koriander zu.

Seitdem ich in dem Keller wohne, waren fast alle Gerichte mit Poblano-Chili und Koriander gewürzt.

Schon nach wenigen Monaten brannten meine Hämorrhoiden wie Feuer.

Santiago bot sich an, Doktor Miranda anzurufen.

Er bot sich an, Norma zu bitten, Doktor Miranda anzurufen.

Aber das war nicht nötig.

Santiago erzählte mir, dass er seine Hämorrhoiden mit Kautabletten aus Mäusedorn, Lactobacillus Sporogenes und Ascorbinsäure behandelte.

Sie bewirken Wunder, sagte er mir. Dabei habe ich sogar Hämorrhoiden an den Eiern. Man kann kein großer Regisseur, der größte Regisseur sein, ohne Hämorrhoiden an den Eiern.

Die Tabletten zeigten schon in weniger als achtundvierzig Stunden Wirkung.

Mittlerweile habe ich immer eine Packung griffbereit neben der Matratze in einem Camper-Schuhkarton liegen, den ich als „Nachttisch“ bezeichne.

Hier unten wird es dir an nichts fehlen, Pablo.

Mir fehlen allerhand Dinge.

Zum Beispiel Nachrichten von meiner Mutter.

Wenn ich Santiago bitte, er möge mal in Erfahrung bringen, wie es meiner Mutter gehe, sagt er, „Klar, mach ich“, und wechselt das Thema.

Dann frage ich ihn in den nächsten Tagen, ob er etwas von meiner Mutter gehört habe, und er sagt, „Bis jetzt nicht“. Ich habe daraufhin keine Lust mehr zu fragen.

Eigentlich ist es nicht so, dass ich keine Lust mehr hätte zu fragen, aber Santiagos Schweigen (die Tatsache, dass er keine Auskunft über meine Mutter gibt) lässt mich nur an eine bestimmte Möglichkeit denken, und ich will an diese Möglichkeit nicht denken. Ich traue mich nicht, Santiago nach dieser Möglichkeit zu fragen.

Die Dinge sind nun mal so, wie sie sind, nicht wahr?

Obwohl es sich lächerlich anhört: Ich glaube, ich habe mich an das Leben eines eingekerkerten Drehbuchautors gewöhnt.

Nein, nicht eingekerkert, eingekellert.

Gegen Ende des ersten Jahres habe ich zu einer Routine gefunden, die funktioniert, und seitdem respektiere ich sie.

Wie ich schon sagte, schreibe ich in dieses Notizbuch morgens von sechs bis sieben Uhr.

Dann streiche ich von sieben bis fünf nach sieben alles durch, was ich geschrieben habe.

Dann stelle ich mich schlafend, bis Santiago um zehn nach sieben aufkreuzt mit seinem Stuhl, der Tasse Kaffee, einem Teller mit Obst und den ausgedruckten Szenen mit seinen Anmerkungen.

Wir arbeiten von zwanzig nach sieben bis ein Uhr mittags und kritzeln die Wandtafel so voll, dass ich manchmal kaum noch etwas entziffern kann.

Dann verschwindet Santiago mit seinem Stuhl und Norma kommt mit dem Mittagessen.

Ich esse allein, von zehn nach eins bis halb zwei.

Dann mache ich einen Mittagsschlaf von einer Stunde.

Von halb drei bis halb acht schreibe ich; dabei sitze ich auf der Matratze, mit dem Rücken gegen die Wand gelehnt, und tippe auf einem alten MacBook Pro mit einem 15-Zoll-Display, auf dem WLAN, Bluetooth und kabelgebundener Zugang gesperrt sind.

Ich korrigiere die vorhergehenden Szenen anhand von Santiagos Anmerkungen (normalerweise übernehme ich zehn

Prozent seiner Anmerkungen), und schließlich schreibe ich die neuen Szenen gemäß dem, was wir diskutiert haben (normalerweise übernehme ich dreißig Prozent seiner Ideen).

Um acht Uhr abends kommt Norma mit dem Essen und der externen Festplatte und nimmt die korrigierten Seiten sowie die neuen Szenen mit nach oben.

Ich esse allein, von zehn nach acht bis halb neun.

Dann nehme ich die zwei Playboy-Hefte vom Nachttisch (Santiago tauscht mir die Hefte dreimal im Jahr aus) und masturbiere mindestens eine Stunde lang; ich versuche, den Akt des Masturbierens so lange wie möglich hinzuziehen.

Von halb zehn bis halb elf mache ich nichts.

Ich schaue an die Decke.

Vielleicht ein paar Liegestütze.

Dann kommt Norma, um das Tablett mit Teller und Besteck abzuholen und den Kellerraum zu lüften; sie bleibt eine Weile an der Tür stehen, bis ein Schwall von Sauerstoff die stickige Luft ersetzt hat.

Manchmal spreche ich sie an, nur um sie zu nerven.

Wie ich schon sagte: Ich versuche schon gar nicht mehr, ihr ein Wort zu entlocken, ich versuche schon gar nicht mehr, sie dazu zu bringen, mich auch nur einmal anzuschauen.

Von viertel vor elf schlafe ich dann bis zehn vor sechs am nächsten Morgen.

Ich schlafe ziemlich gut in dem dunklen Keller.

Von sechs bis sieben Uhr morgens schreibe ich in dieses Notizbuch.

Seit Santiago mir vorschlug, das Drehbuch zu schreiben, das alles, wirklich alles gewinnen soll, ist mir das Notizbuch zur Routine geworden.

Es ist immer präsent.

Wie ein stark Drogenabhängiger, der aufhören will, aber es nicht schafft, die letzten paar Gramm wegzuwerfen, und sie stattdessen versteckt, so verstecke ich das Notizbuch tagsüber und versuche, nicht daran zu denken; doch die Notwendigkeit, dies hier aufzuschreiben und es schließlich wieder durchzustreichen, hat mich besiegt.

Das Notizbuch ist Herr meiner einsamen Stunden.

* * *

Ich erinnere mich nicht, in welchem Moment ich das Masturbieren satthatte.

Nein, Verzeihung, ich hatte es nicht satt (niemand hat es satt zu masturbieren), ich fühlte, dass es nicht genügte.

Eines Morgens erzählte ich Santiago davon.

Er schaute mich an, als ob ich ihm gesagt hätte, dass eine seiner Anmerkungen nicht stimmig sei, dass die Szene so bleiben müsse, wie sie ist – so wie ich sie geschrieben habe –, damit sie funktionieren kann; dass seine Anmerkung die Szene ruinieren werde, eine Szene, die, so wie sie ist, vollständig die Funktion erfüllt, die sie erfüllen muss.

Drei Tage später (ich glaube, es war ein Freitag) kam er in den Keller hinunter, begleitet von einem großen schlanken Mädchen mit grünen Augen, kupferfarbener Haut und schwarzem Haar, so schwarz wie der Keller bei Nacht.

Er stellte sie mir als Anita vor.

Er sagte mir, dass Anita, falls ich einverstanden sei, für ein paar Stunden bei mir bliebe.

Ich brauchte keine halbe Sekunde, um ihm zu sagen, dass ich einverstanden war.

Santiago legte mir eine Hand auf die Schulter, warf eine Schachtel extra gefühlsechte Kondome auf die Matratze und sagte mir, ich solle nicht blöd sein und sie benutzen; dann verschwand er wieder aus dem Keller und pfiff die Melodie von „Vení Raquel" („Komm her, Raquel") vor sich hin.

Anita sagte keinen Mucks und hoffte, dass ich ihr sagte, wie es nun weiterginge.

Ich weiß gar nicht, warum ich sie nach ihrem Alter fragte.

Es gibt nichts Schlimmeres, als eine Frau nach ihrem Alter zu fragen, erst recht nicht, wenn es das Erste ist, was man sagt.

Neunundzwanzig, sagte sie.

In dem Licht der Kellerfunzel sah sie nicht älter aus als zwanzig.

Ich bat sie näher zu kommen.

Sie machte einen Schritt nach vorne, blieb stehen und blickte verstohlen auf die Matratze am Boden.

Es gefiel ihr nicht, dass es kein Bett gab und dass die Matratze so schmal war. Sie sagte es mir nicht, aber ich sah es in ihren Augen.

Warum bist du hier unten eingesperrt?, fragte sie mich.

Ihre Stimme passte nicht zu ihrer großen und schlanken Statur, es war die Stimme eines dicken Mädchens, dem jahrelang irgendjemand, irgend so ein Arschloch, mindestens einmal am Tag „Du fette Sau" ins Gesicht geschrien hatte.

Ich schreibe, sagte ich.

Was schreibst du?

Drehbücher für Filme. Spielfilme. Dramen. Gefallen dir Dramen?

Ja, aber nicht besonders. Ich mag lieber Komödien.

Woher kommst du?

Von hier.

Aus San Martín?

Nein, nicht aus San Martín. Ich bin in Zapala geboren, das liegt aber auch in der Provinz Neuquén.

Ich setzte mich auf die Matratze und gab ihr mit einer Geste zu verstehen, sich doch neben mich zu setzen.

Sie drehte sich zur Tür um, schaute mich dann an, lächelte, zog sich die Sandalen aus und setzte sich ans andere Ende der Matratze.

In dem Moment, als Anita sich hinsetzte, bemerkte ich, wie entsetzlich die Situation war. Ich verstand (ich glaubte zu verstehen), wie entsetzlich die Situation für sie war: zwei Stunden lang mit einem Fremden in einem Keller eingeschlossen zu sein, ohne Bett, ohne Fenster, kein Licht außer der Nachttischlampe und der kleinen Funzel unter der Zimmerdecke.

Ich fragte sie, ob sie etwas trinken möchte.

Sie nickte.

Ich kroch zum Kühlschrank und öffnete ihn: Obstreste vom Morgen, eine viertel Flasche Mineralwasser.

Ich goss Wasser in das einzige Glas und bot es ihr an.

Das ist alles, was ich habe, sagte ich.

Mineralwasser?

Ja, etwas anderes trinke ich nicht.

Sie setzte das Glas an die Lippen und nippte.

Dann trank sie einen kleinen Schluck.

Dann trank sie das Glas in einem Zug aus.

Warum wohnst du hier unten?, fragte sie mich.

Hat Santiago es dir nicht erzählt?

Wer ist Santiago?

Ich nahm ihr das leere Glas ab und stellte es auf den Fußboden, zwischen Matratze und Wand.

Diese kurze Unterhaltung mit Anita (die Tatsache, dass sie nicht wusste, wer der Mann war, der sie in den Keller geführt hatte, nämlich der wichtigste Regisseur des lateinamerikanischen Films aller Zeiten) rief mir wieder ins Gedächtnis, wie groß der Abstand zwischen dem Film und den meisten Leuten doch ist; der sogenannte „künstlerische" Film, dessen Absicht nicht nur in der Unterhaltung besteht.

In den letzten Jahrzehnten war etwas geschehen, was die meisten Leute vom sogenannten „künstlerischen" Film fernhielt.

Es bildete sich allmählich eine unsichtbare Mauer zwischen dem sogenannten „künstlerischen" Film und den meisten Leuten: denen, die nur ins Kino gehen, um sich für eine Weile zu amüsieren.

In den Fünfziger- und Sechzigerjahren gingen die meisten Leute ins Kino, um sich bei Filmen von Fellini zu amüsieren.

Fellinis Filme waren populär.

Heutzutage verstehen die meisten Leute Fellini gar nicht und wissen auch nicht, wer Fellini ist.

Und etwas Ähnliches passierte in den letzten Jahrhunderten auch mit dem Theater: Eine unsichtbare Mauer bildete sich zwischen den meisten Leuten und dem sogenannten „künstlerischen" Theater.

Im XVII. Jahrhundert gingen die meisten Leute ins Theater, um Werke von Shakespeare zu sehen.

Sie lachten und weinten, sie amüsierten sich mit Werken von Shakespeare.

Leute, die weder lesen noch schreiben konnten.

Völlig ungebildete Leute.

Heutzutage versteht fast niemand mehr Shakespeare.

Nicht einmal die Leute, die sich für hochkultiviert halten, verstehen Shakespeare.

Ich verstehe Shakespeare nicht.

Santiago Salvatierra versteht Shakespeare nicht.

Der wichtigste Regisseur des lateinamerikanischen – und bald weltweiten – Films aller Zeiten versteht Shakespeare nicht.

So oft „Shakespeare“ hinzuschreiben erschöpfte mich.

Ich legte mich rücklings auf den Boden.

Ich zog mir einen Popel aus der Nase, der schon eine ganze Weile im linken oberen Nasenloch steckte.

Ich versuchte, mich an den Text von „Vení Raquel“ zu erinnern.

Anita legte eine Hand auf meinen Oberschenkel; sie legte ganz einfach ihre linke Hand auf meinen rechten Oberschenkel und drückte ihn ein wenig.

Sie wollte mir etwas sagen.

Ich dachte daran, ihr noch ein Glas Wasser einzuschenken.

Wie heißt du?, fragte sie.

Pablo.

Niemand sollte so lange Zeit in einem Keller verbringen, Pablo. Gehst du hin und wieder mal raus?

Ich gehe niemals raus.

Niemals?

Niemals.

Sie zog ihre Hand zurück.

Ich überlegte, ob ich ihr meine Geschichte, angefangen beim Abendessen mit Santiago, als wir über alles redeten, erzählen sollte; ich wollte Anita meine Geschichte erzählen, angefangen mit dem Drehbuch über den Jungen, der seine Familie in den Brunnen wirft.

Ich hätte dieses Drehbuch nicht schreiben sollen.

Ich hätte Santiago dieses Drehbuch nicht schicken sollen.

Ich hätte dieses Drehbuch nicht per Mail an Santiagos Assistentin schicken sollen, damit sie es an ihn weiterleitete.

Mein Freund Lisandro besorgte mir die Mailadresse von Patricia, der Assistentin von Santiago.

Lisandro arbeitete an einem Werbespot für Gatorade mit, den Santiago in Buenos Aires drehte.

Ich weiß nicht, wie Lisandro es mit seinem ängstlichen Mäusegesicht geschafft hat, Patricia zu verführen.

Ich vermute, er war ganz einfach hartnäckig genug.

Lisandro war ein Meister der Hartnäckigkeit; er brachte es fertig, stundenlang mit einem Mädchen zu reden (einem Mädchen, das vom ersten Moment an schon entschieden hatte, dass zwischen ihr und ihm nichts laufen würde, niemals), bis er es überzeugt hatte, woanders hinzugehen, gewöhnlich in seine Einzimmerwohnung, ein Raum mit nur einem Fenster, durch das man auf eine Ziegelwand blickte.

Ich vermute, dass es wieder seine Hartnäckigkeit war, mit der er Patricia verführte.

Sie trafen sich fast jede Nacht während der zwei Wochen, in denen der Werbespot für Gatorade gedreht wurde.

Sie schworen sich ewige Liebe.

Das sagte mir Lisandro.

Sie vereinbarten, sich in Cusco wiederzusehen, wo Patricia damals in einem Häuschen wohnte, das einen halben Block entfernt von Santiagos Villa lag.

Aber Lisandro reiste nie nach Cusco, er hat Buenos Aires nie verlassen, soweit ich weiß.

Eines Morgens, als ich mit meiner Mutter bei Vanillekeksen und Matetee saß, kam Lisandro vorbei.

Er hörte gar nicht wieder auf zu grinsen.

Er schnappte sich meine Kalebasse und brühte sich einen Mate.

Er fragte mich, ob ich das Drehbuch, an dem ich schrieb, schon fertig hätte.

Welches meinst du denn?

Das von dem Jungen, der seine Familie in den Brunnen wirft.

Ich hatte meiner Mutter noch nicht erzählt, dass ich ein Drehbuch über einen Jungen schrieb, der seine Familie in einen Brunnen wirft; sie schaute mich fragend an.

Ich habe es noch nicht fertig, sagte ich. Der dritte Akt fehlt mir noch. Schon seit einem Monat schlage ich mich mit den letzten zwanzig Seiten herum.

Na gut, sagte Lisandro, wenn du fertig bist, schick eine PDF-Kopie an folgende Mailadresse: ssassistant@gmail.com.

Warum?

Wieso warum?

Warum soll ich eine Kopie des Drehbuchs über den Jungen, der seine Familie in einen Brunnen wirft, an diese Mailadresse schicken?

Es ist die Assistentin von Santiago Salvatierra. Patricia. Wir sind befreundet. Sie sagte mir, wenn du etwas hast, sollst du es ihr schicken, sie leitet es an ihn weiter.

Meine Mutter fragte, wer dieser Santiago sei.

Ein Filmregisseur, sagte ich, Argentinier.

Einer der wichtigsten Regisseure der Welt, sagte Lisandro.

Nicht der Welt.

Doch, der ganzen Welt. Er ist der neue Iñárritu. Der neue Almodóvar. Noch größer als Almodóvar. Nur nicht so schwul. Nicht so einer, der seine Schwulität dauernd an die große Glocke hängt.

Anita stand auf und zog sich, mit dem Rücken zu mir, aus.

Ihr Körper war ein langes, schmales Rechteck ohne Kurven.

Sie streifte sich ein Haargummi vom Handgelenk ab und band ihre Haare zu einem Pferdeschwanz.

Bevor sie sich umdrehte, fragte sie mich, warum ich nicht floh.

Warum akzeptierst du es, in diesem Keller zu leben?

Ich akzeptiere es nicht, man zwingt mich dazu. Sie haben mich entführt.

Jetzt drehte sie sich um, und in ihrem Gesicht sah man Angst, die nackte Angst.

Bist du besoffen?, fragte sie.

Nein.

Was trinkst du außer Mineralwasser?

Morgens einen Kaffee, sagte ich. Und ein Glas Rotwein, wenn Santiago abends runterkommt, um mir seine Scheißfantastereien zu erzählen.

Sie lachte nicht.

Ihr ernster Ausdruck erschreckte mich.

Nein, er erschreckte mich nicht, er erfüllte mich mit großer Sorge.

Ich hätte ihr nicht alles erzählen dürfen, was ich ihr erzählte, dachte ich. Ich brachte sie in Gefahr.

Santiago war zu allem fähig, das hatte er schon bewiesen.

Am ersten Tag in dem Kellerraum, nachdem ich begriffen hatte, was passiert war, nachdem wir eine Stunde lang gestritten hatten, nachdem ich gedroht hatte, ihm die Fresse zu polieren (obwohl ich mit einem Arm an einem Rohr angekettet war, von dem ich heute noch nicht weiß, wozu es dient), schrie ich ihn an, dass ich nicht gewillt war, irgendetwas für ihn zu schreiben, und dass es das Beste wäre, wenn er mich tötete. Santiago zückte daraufhin eine Waffe, einen Revolver, und schob eine Patrone in die Trommel, drehte sie, zielte auf mich und drückte ab, klick, drehte die Trommel, zielte auf mich und drückte ab, klick, drehte die Trommel, zielte auf mich und drückte ab, klick, bis ich anfing zu weinen. Santiago umarmte mich (ich spürte den Revolvergriff im Rücken) und raunte mir ins Ohr, dass wir zusammen Kunst machen würden.

Die größte Kunst, Pablo. Die einzige wirklich große Kunst, die es gibt. Denn niemand macht noch wirklich große Kunst. Niemand. Aber wir werden sie machen. Du wirst mir dabei helfen, sie zu machen. Du wirst mir helfen, die Welt zu verändern. Eine Welt, die sich in Sachen Kunst seit Jahrzehnten nicht verändert.

Ich sagte zu Anita, dass sie sich dumm stellen und so tun solle, als ob sie keine Ahnung hätte, falls Santiago sie beim Hinausgehen fragen sollte, worüber wir gesprochen haben.

Und woher weißt du, dass er uns nicht abhört?, fragte sie mich. Woher weißt du, dass dieser Computer kein verstecktes Mikrofon hat?

Ich hob den Laptop hoch, sah ihn mir genau an, drehte ihn um, sah ihn mir noch mal an.

Das MacBook Pro hat ein eingebautes Mikrofon, aber ich bezweifelte, dass Santiago es benutzen könnte, um uns abzuhören.

Meine Mutter sagte mir, dass sie es für eine sehr gute Idee hielt.

Was denn?

Das Drehbuch diesem Herrn zu schicken, diesem Regisseur.

Das ist kein Herr, er ist fast so alt wie ich.

Egal, ich finde es eine gute Idee. Man weiß nie, was passiert. Man weiß aber mit Sicherheit, dass, wenn man nichts macht, auch nichts passieren wird. Du verlierst doch nichts, wenn du es ihm schickst.

Da passiert gar nichts.

Du verlierst auch nichts.

Da passiert nichts, Mama.

Du verlierst doch nichts.

Na gut, Mama, du hast dich geirrt, weil ich ihm das Drehbuch geschickt und das Leben verloren habe, sowohl in körperlicher als auch in geistiger Hinsicht, sowohl in sinnlicher als auch in künstlerischer Hinsicht.

Santiago das Drehbuch über den Jungen, der seine Familie in den Brunnen wirft, zu schicken war der größte Fehler.

Nein, der größte Fehler war, Santiagos Einladung anzunehmen, ein Wochenende in seinem Haus in San Martín de los Andes zu verbringen.

Wenn ich richtig darüber nachdenke, war es eigentlich eine ganze Reihe von Fehlern, die damit begann, dass ich Santiago (der Assistentin von Santiago) das Drehbuch über den Jungen schickte, der seine Familie in den Brunnen wirft. Der nächste Fehler war, dass ich die Einladung Santiagos annahm, ein Wochenende in seinem Haus in San Martín de los Andes zu verbringen. Dann, dass ich dummerweise beschloss, niemandem irgendetwas über die Reise zu erzählen, weder meiner Mutter noch Lisandro. Und zum Schluss, dass ich Santiago bei jenem Abendessen, als wir über alles redeten, erzählte, dass ich niemandem irgendetwas über die Reise gesagt hatte – aus Angst davor, dass es Unglück bringt.

Ich sagte ihm nicht, dass es aus Angst davor war, dass es Unglück bringt.

Ich weiß wirklich nicht, warum ich ihm erzählte, dass ich niemandem etwas gesagt hatte, weder von seiner Mail, in der er mich zu dem Drehbuch über den Jungen, der seine Familie in den Brunnen wirft, beglückwünschte, noch von der bevorstehenden Reise nach San Martín.

Meist, wenn ich mich mit jemandem treffe, den ich für besser halte als mich selbst (in geistiger und künstlerischer Hinsicht), pflege ich, einen Haufen überflüssiger Dinge zu sagen.

Ich kann es nicht verhindern.

Bevor ich mich mit jemandem treffe, den ich für besser halte als mich selbst, nehme ich mir immer vor, dass ich dieses Mal nichts Überflüssiges, nichts Unnötiges sagen werde; ich verspreche es mir selber, mit der rechten Hand auf dem Herzen, und dann, nachdem ich nur wenige Minuten der Person gegenübersitze, die ich für besser halte als mich selbst, rutscht mir der erste unnötige Satz raus, wenig später der zweite, und dann gibt es kein Halten mehr.

Ich stehe plötzlich neben mir und sehe mich reden.

Ich sehe mich Dinge sagen, die ich nicht sagen will, die ich nicht sagen müsste.

* * *

Santiago ist gerade gegangen.

Er ist besorgt.

Eine dieser Nächte, in denen er zweifelt.

Das passiert ihm mindestens einmal im Monat.

Plötzlich sieht er nur noch schwarz, will alles umschreiben.

Ich bat ihn, sich zu beruhigen.

Ich sagte ihm, dass es das Beste sei, ein paar Tage verstreichen zu lassen, es noch einmal zu lesen, keine übereilte Entscheidung zu treffen.

Nein, es hat keinen Sinn, er will alles wegwerfen.

Er geht im Kreis durch den Kellerraum und streift mit der rechten Hand über die Wände.

Er geht im Rechteck.

Er hatte zuerst die Matratze von der Wand gezogen, um im Rechteck umhergehen zu können.

Zwanzig vor vier am frühen Morgen.

Ich las ihm eine der Szenen vor, an denen ich gestern arbeitete, und er schaute mich hasserfüllt an.

Santiago kann mich in den Nächten, in denen er zweifelt, fürchterlich hassen. Ich kann ihm eine Szene von Edwin Albee vorlesen, als ob es eine von mir wäre, und er schaut mich hasserfüllt an und fragt mich, warum zum Teufel ich Drehbuchautor werden wollte, obwohl es doch völlig klar ist, dass ich keinen einzigen Funken Talent zum Schreiben habe.

Und dann, nachdem er sich mit mir herumgestritten hat, geht er meist dazu über, gegen alle loszupoltern, die jemals für ihn gearbeitet haben (die Schauspieler, Kameraleute, Artdirectors, Kostümbildner, Filmkomponisten, Filmeditoren et cetera). Er fragt jemanden, der sich gar nicht bei uns im Keller aufhält, warum zum Teufel er sich immer mit so einer Horde von Schwachsinnigen herumstreiten muss, warum immer er es sein muss, der sich totschuftet, um die Filme vor einer abgrundtiefen Mittelmäßigkeit zu retten, in die all jene, die für ihn arbeiten, sie hineinstoßen wollen.

Dieses Talent, die Verantwortung auf andere abzuschieben, hat Santiago bis zur Perfektion entwickelt.

Nur sehr selten wird er von heftigen Attacken befallen, die er „Hass auf mich selber“ nennt.

Ich kann zwei oder drei Tage lang grummelnd durchs Haus laufen, ohne in den Spiegel zu schauen, sagte er mir. In keinen einzigen Spiegel. Denn wenn ich mich sehe, auch nur flüchtig, laufe ich Gefahr, auf mich selbst loszugehen und mich zu verletzen. Mir selbst die Scheiße aus dem Leib zu prügeln.

Ein merkwürdiger Ausdruck, wenn ich jetzt darüber nachdenke. Wie prügelt man jemandem die Scheiße aus dem Leib? Oder erst recht: Wie prügelt man sich selbst die Scheiße aus dem Leib?

Anita fragte mich, ob ich möchte, dass wir etwas machen.

Meine Mutter fragte mich, ob sie das Drehbuch über den Jungen, der seine Familie in den Brunnen wirft, lesen dürfte.

Noch bin ich nicht fertig, Mama. Wenn ich fertig bin, gebe ich dir eine Kopie.

Ich habe ihr nie eine Kopie gegeben.

Niemand hat das Drehbuch über den Jungen, der seine Familie in den Brunnen wirft, gelesen; außer Santiago, und seiner Assistentin, vermute ich.

Ein Drehbuch, das ich nicht hätte schreiben dürfen.

Ein Drehbuch, das niemals verfilmt werden wird.

Ein Drehbuch, das ich letzten Monat noch einmal las und das zweifelsohne das Beste ist, was ich je geschrieben habe.

Anita fragte mich, ob ich ihr einen Kuss geben wollte.

Ich sagte ja.

Sie stellte klar, dass es teurer würde, wenn ich sie küsste.

Das macht nichts, sagte ich, ich bezahle es ja nicht.

Ich nahm ihre Hand und zog sie auf die Matratze.

Ich streichelte ihr Gesicht.

Wir küssten uns.

Ein einfacher Kuss, ohne Zunge, Lippen auf Lippen.

Ein einfacher Kuss, und überhaupt nicht erotisch, der mich durchzuckte.

Ich spürte, wie mein Körper sich straffte.

Ein weiteres Zucken, das mir den Magen umdrehte.

Ich musste aufstehen, zum Kühlschrank gehen und einen Schluck Wasser trinken.

Das Wasser war ein Fehler.

Sofort erinnerte ich mich daran, dass meine Mutter sagte, es sei gut, Wasser zu trinken, bevor man sich den Finger in den Hals steckt und sich übergibt, weil es den Brechreiz fördere.

Ich schloss die Augen und versuchte, nicht an das zu denken, woran ich unweigerlich denken musste: Normas Huhn mit Reis und Chilisoße, das sich in meinem Magen zersetzte.

Ich stürzte ins Bad und kniete mich vor die Kloschüssel.

Das Bad hat die Größe eines Sarges.

Das Duschwasser fällt direkt auf Klo und Waschbecken.

Ein Bidet gibt es nicht.

Ich benutze ein tragbares Bidet: eine kleine Plastikflasche, die man zusammendrücken kann, mit einem Mini-Brausekopf.

Das war eine der wenigen Bedingungen, die ich Santiago stellte, nach dem Vorfall mit dem Revolver: Ich sagte ihm, wenn er das Problem mit dem Bidet nicht lösen könnte, wäre es für mich unmöglich, im Keller zu wohnen.

Ich weiß nicht, wie achtzig Prozent auf der Welt es schaffen, ohne Bidet zu leben.

Achtzig Prozent?

Sechzig?

Das Huhn mit Reis und Chilisoße im Wasser der Kloschüssel drehte mir den Magen noch einmal um, aber es gab nichts mehr auszukotzen.

Ich zog die Klospülung.

Ich dachte daran, mich mit den Gesammelten Werken von Borges abzuwischen.

Ich bewahre sie meistens im Medizinschränkchen auf, zusammen mit der Zahnbürste, der Zahnpasta und dem Deodorant.

Ich will sie nicht sehen, wenn ich schreibe.

Ich will sie dann nicht in meiner Nähe haben.

Santiago ist verrückt nach Borges; der einzige Künstler, den er, mit Ausnahme von Tarkowski, wirklich verehrt.

Nach meiner ersten Woche im Keller brachte er mir seine Gesammelten Werke, in einer kritischen Ausgabe, verlegt bei Planeta.

Er sagte mir, dass Borges für ihn der größte Autor überhaupt sei; dass Borges für ihn Homer, Schopenhauer, Dickens und Dostojewski in einer Person sei.

Er sagte mir, dass er mich auch deshalb eingeladen hätte, mit ihm zu arbeiten, weil ich, genau wie er, Argentinier sei, und dass das einzige Land Lateinamerikas, das ernst zu nehmende Schriftsteller hervorbringe, Argentinien sei.

Er sagte mir, dass die großen Schriftsteller aus Ländern mit guter Literatur – wie Mexiko, Chile und Kolumbien – den großen Schriftstellern Argentiniens nicht einmal bis zu den Fersen reichen, dass weder Rulfo noch Neruda oder García Márquez es schaffen, die Fußsohlen von Borges und Cortázar zu kitzeln.

Obwohl er dann sagte, dass selbst Cortázar es nicht schafft, auch nur mit den Fingerspitzen Borges' Fußsohlen zu erreichen.

Es ekelte mich beim Gedanken an Borges' Fußsohlen, aber ich sagte nichts.

Während dieser ersten Wochen versuchte ich, Santiago nicht allzu sehr zu widersprechen.

Deshalb sagte ich ihm auch nichts darüber, warum ich Borges nicht lesen konnte.

Ich wartete mehr als ein Jahr lang, um Santiago zu erzählen, warum ich Borges nicht lesen konnte.

Zwischen meinem siebenundzwanzigsten und neunundzwanzigsten Lebensjahr hatte ich Borges' Prosa mehr als alles andere auf der Welt bewundert.

Er war der einzige, den ich las.

Nicht der einzige, aber alles, was ich las und was nicht von Borges war, verglich ich ständig mit Borges, und nach wenigen Seiten hörte ich schon wieder auf zu lesen.

Zwischen meinem siebenundzwanzigsten und neunundzwanzigsten Lebensjahr war ich von Borges' Prosa gefesselt gewesen, ein Gefangener seiner Gesammelten Werke.

Ich hatte die vier Bände von dem Geld gekauft, das ich in einer der Jackentaschen meines Vaters fand, nachdem er sich an Bord jenes Flugzeugs während einer Turbulenz das Genick gebrochen hatte.

Einen der vier Bände hatte ich immer dabei.

Besonders den ersten Band.

Ich schlenderte durch Buenos Aires mit dem Band eins der Gesammelten Werke von Borges unter dem Arm.

Bis ich mich eines Tages auf eine Bank in den Park Barrancas de Belgrano setzte, um Borges zu lesen und einen Hotdog mit Senf und Ketchup zu essen. Als mein Blick über den ersten Absatz der Erzählung „Die kreisförmigen Ruinen“ glitt, fühlte ich, dass alle Wörter ohne Ausnahme überflüssig waren.

Plötzlich ging mir die Künstlichkeit von Borges' Prosa auf, und von da an konnte ich sie nicht mehr lesen; nicht einmal die Essays oder die minimalistischsten Erzählungen aus dem dritten Band.

Das Schlechteste an Borges ist sein Wortgebrauch, das Beste an ihm sind seine Intelligenz und sein Humor.

Borges schrieb eine Prosa, die zu sehr in das Wort verliebt ist.

Das sagte ich eines Mittags zu Santiago, bevor er mit seinem Stuhl den Keller wieder verließ.

Er schaute mich an, als ob er mir gleich eine knallen würde.

Und du, was zum Teufel glaubst du, wer du bist? Was für großartige Prosa schreibst du denn? Welcher deiner Sätze kann es auch nur annähernd aufnehmen mit dem Satz „Eine Rotte mondfarbener Hunde bricht aus den schwarzen Rosenstöcken“?

Ich versuchte ihm zu erklären, dass mein Problem mit Borges vielleicht darin bestand (immer noch besteht), dass er Borges missbraucht hatte, dass er es zugelassen hatte, dass Borges den Rest meines Lebens, alles was das Leben ausmacht und nicht in den Gesammelten Werken vorkommt, leugnete.

Ich werde Borges nicht wieder mitnehmen, Pablo, sagte er. Die Bände gehören dir. Du kannst sie behalten. Wenn du willst, liest du sie, wenn nicht, dann eben nicht. Aber ich empfehle dir, sie zu lesen.

Ich lese sie nicht.

Ich lese sie nie.

Es ist sinnlos, sie zu lesen.

Denn wenn man sie ernsthaft liest, bewirken die Gesammelten Werke von Borges nur, dass sie dich ruinieren.

Santiago ist als Schriftsteller ruiniert, nicht nur weil er keine Ahnung vom Schreiben hat, sondern auch wegen seiner dauernden Borges-Lektüre.

Borges hat Santiago ruiniert, wie so viele andere auch.

Die großen Schriftsteller in der Geschichte ruinieren uns nur.

Wir können vor ihnen nicht fliehen, und gleichzeitig können wir von ihnen nur ruiniert werden.

Anita fragte mich, ob es mir gut ginge.

Ich spülte mir den Mund aus, mit großen Schlucken, und bat sie um Entschuldigung.

Es ist nicht deine Schuld, sagte ich. Es hat nichts mit dir zu tun. Vor langer Zeit …

Verstehe, sagte sie.

Ich sah in ihren Augen, dass sie mich tatsächlich verstand, obwohl ich nicht weiß, was es da zu verstehen gab.

Ich legte mich rücklings auf die Matratze.

Anita war zur Tür gegangen; die Hand auf der Türklinke, aber sie öffnete sie nicht.

Sie ging ins Bad.

Stille.

Ich fragte sie, was sie mache.

Sie antwortete mir nicht.

Ich hörte, wie sie den Wasserhahn öffnete und schloss; für den Bruchteil einer Sekunde schlug Wasser ins Waschbecken.

Schließlich verließ sie das Bad, kam zu mir zurück, bat mich, mir selbst einen runterzuholen, und legte sich neben mich; ihre Brüste ruhten auf meinem linken Arm.

So lagen wir eine ganze Weile.

Dann spürte ich, dass sie mir etwas ins Ohr flüsterte, auch wenn ich nicht verstand, was.

Trotzdem sagte ich: ja.

Ich drehte mich zu ihr und schaute sie an.

Wir küssten uns wieder.

Sie zog sich ihren Slip aus und ich schob meine Jogginghose bis auf die Knöchel hinunter.

Sie zog mir das Kondom mit bewundernswerter Leichtigkeit über, wobei sie mir weiterhin in die Augen schaute.

Als ich in sie eindrang, überfiel mich eine eisige und nicht abzuschüttelnde Kälte, wie Trockeneis.

Ich brauchte keine fünf Minuten.

Anita zog sich langsam an; die Kleidung hing ihr am Körper wie zum Trocknen über der Rückenlehne eines Stuhles.

Ich sah sie nie wieder.

Eines Morgens fragte ich Santiago nach Anita.

Anita?

Das Mädchen, das du letzten Freitag hergebracht hast.

Ah ja, Anita. Was für ein bescheuerter Name. Sie wollte nicht wiederkommen. Sie sagt, dass du ihr nicht gefällst. Dass sie genügend Kunden hat und dass du ihr nicht gefällst.

* * *

Heute nehmen wir den zweiten Akt in Angriff.

Santiago kam mit dem Stuhl, dem Kaffee und dem Obstteller herunter, und wir verbrachten zwei Stunden damit, über die Struktur des aristotelischen Dramas in drei Akten zu reden sowie die wichtigen Erzählsituationen, die Wendungen, die Aktion und den Konflikt in jeder Situation zu bestimmen.

Es geht voran.

Mir brummt der Schädel. Das ist ein gutes Zeichen.

Wenn Santiago etwas auf die Wandtafel kritzelt, isst er dabei schwarze Schokolade mit Meersalz; vier oder fünf Tafeln pro Sitzung.

Alle naslang bietet er mir ein Stück an und ich lehne ab. Ich erkläre ihm zum tausendsten Mal, dass Schokolade mir Kopfschmerzen verursacht. Er nickt, und nach einer Weile bietet er mir wieder ein Stück an.

Der erste Akt funktioniert: Er stellt die Figuren vor und den Hauptkonflikt, nicht ohne Überraschungen und Abschweifungen, aber ohne in Absurditäten zu verfallen.

Santiago hasst Absurditäten, er findet sie billig und geschmacklos.

Er braucht einen Rahmen des gesunden Menschenverstandes, einen Rahmen, in dem die Grenze zwischen der Welt im Film und der realen Welt verschwimmt, und dann versucht er, innerhalb dieses Rahmens zu fliegen.

Niemals verlässt er diesen Rahmen.

Er erlaubt es nicht, dass auch nur eine freie Assoziation oder momentane Verrücktheit seinen Rahmen sprengt.

Der zweite Akt ist immer der schwierigste.

Nicht, weil er vielleicht der längste ist, nein, die Länge vereinfacht die Sache sogar; wenn der zweite Akt die Länge des ersten hätte, könnte man ihn nicht schreiben.

Im zweiten Akt findet sich die Substanz der Geschichte, das Herzstück.

Im zweiten Akt schlagen Santiago und ich uns (jedenfalls war es die letzten beiden Male so) den Kopf an der

Wand blutig: Ich nehme seinen Kopf mit beiden Händen und schlage ihn gegen die Wand, er nimmt meinen Kopf mit beiden Händen und schlägt ihn gegen die Wand.

Im zweiten Akt fließt Blut.

Der zweite Akt ist die Schlacht, die den Krieg entscheidet.

Schon viele Drehbücher habe ich im zweiten Akt aufgegeben.

Der zweite Akt hat mich schon mehr als einmal nach Punkten besiegt.

Ich frage mich, ob Peter Shaffer wohl jemals gegen einen zweiten Akt nach Punkten verloren hat.

Der zweite Akt von Amadeus ist einer der besten zweiten Akte, die jemals geschrieben wurden.

Er endet damit, dass Salieri schließlich versteht (sich der Einsicht unterwirft), dass Gott sich über ihn nur lustig gemacht hat; dass der Pakt zwischen den beiden für Gott keine Bedeutung hatte (aber für Salieri alles bedeutete; nie hat er, dem Pakt gehorchend, eine Frau angefasst).

Plötzlich verliert die Welt für Salieri ihre Ordnung und fällt ins Chaos.

Eine Erzählsituation, die meist „Alles ist verloren“ heißt.

All is lost.

Das aristotelische Drama in drei Akten hat in der Regel fünf wesentliche Erzählsituationen: den Anfangspunkt, das Ende des ersten Aktes, den Mittelpunkt, der den zweiten Akt teilt, das Ende des zweiten Aktes und den Schlusspunkt.

Das englische Wort, das den Anfangspunkt des aristotelischen Dramas benennt (welches wir für dieses dritte Drehbuch benutzen, jenes, das die Filmgeschichte weltweit verändern soll), heißt „infestation“.

Ich weiß nicht, warum Santiago so gerne englische Wörter benutzt, um die Erzählsituationen zu benennen.

Das Wort, welches das Ende des ersten Aktes benennt, heißt „tree".

Jetzt müssen wir die Szenen entwerfen, die uns vom „tree" bis zum Mittelpunkt, der den zweiten Akt teilt, führen; eine Erzählsituation, die wir nach mehreren Wochen der Diskussion mit dem Wort „adoption" benennen.

Normalerweise brauchen wir fast sechs Monate, um den zweiten Akt zu beenden.

Eine ständige Übung in „trial and error".

Dass wir die Geschichte entworfen, sie in einem Schaubild aufgezeichnet und aristotelisiert haben, heißt noch nicht, dass wir uns beim Schreiben nicht plötzlich vor verschlossenen Türen finden, die uns im Regen stehen lassen.

Die Arbeit, die noch vor dem Schreiben liegt, die Monate der Strukturierung der Geschichte, dient dazu, den Rahmen zu erstellen.

Ein Rahmen nach Santiagos Wünschen.

Ein Rahmen, der das Thema, den Ton und die wichtigen Erzählsituationen enthält.

Ein Rahmen, der die Biografien oder backstories der Hauptfiguren, aber auch die aristotelischen Strukturen enthält.

Wenn es mit dem Schreiben losgeht, stelle ich mich mit beiden Beinen in den Rahmen und entdecke, als wäre es das erste Mal, dass zu viel Raum da ist, dass es viele Wege gibt, die man innerhalb des Rahmens einschlagen kann.

Dieser so sorgfältig entworfene Rahmen enthält unendlich viele Filme.

Dieser Rahmen kann einen fürchterlichen Film, einen mittelmäßigen Film, einen unbedeutenden Film, einen akzeptablen Film, einen guten Film, einen interessanten Film, einen sehr guten Film, einen fast hervorragenden Film, einen hervorragenden Film, ein einzigartiges Kunstwerk hervorbringen, das sich vor der Geschichte des Films aufbaut und ihr die Nase mit einem Schlag zertrümmert.

Ein Rahmen, der rein physisch nicht existiert, den ich aber sehe.

Verschlüsselte Word-Datei

Santiago hat das Notizbuch gefunden.

Er fragte mich, was das für ein Heft sei, was es bedeute.

Ich fragte ihn, wie er es gefunden habe.

Er sagte mir, dass es nicht wichtig sei, wie er es gefunden, sondern dass er es gefunden habe, und nun wollte er wissen, welche Bedeutung es hat.

Keine, sagte ich. Anmerkungen. Dummes Zeug, das ich nachts schreibe.

Und warum streichst du es durch?

Weil es dummes Zeug ist.

Wenn es dummes Zeug wäre, würdest du es nicht durchstreichen. Es besteht keine Notwendigkeit, dummes Zeug durchzustreichen.

Ich wusste nicht, was ich ihm sagen sollte.

Wir schauten uns an; Santiago hatte Lust, mir eine zu knallen.

Er versuchte, das Durchgestrichene zu lesen, aber es ging nicht.

Es ist unmöglich zu lesen, was ich geschrieben habe, ich habe es sorgfältig durchgestrichen, mit schwarzer Tinte, so ist die blaue Tinte des Textes fast gar nicht mehr zu erkennen.

Er nahm das Notizbuch trotzdem mit.

Ich schreibe dies hier in einer verschlüsselten Word-Datei, die ich in einem Ordner in den Tiefen dieses 15-Zoll-Laptops aufbewahre.

Heute muss ich die erste Szene des zweiten Aktes schreiben.

Ich konnte nicht schlafen, weil ich nur an diese Szene gedacht habe.

Eine unkontrollierbare Angst lässt mein Herz rasen, ständig fühle ich mir den Puls.

Ich weiß nicht, was für eine Szene es eigentlich ist.

Ich weiß, welche Szene es sein muss, was in der Szene passiert, wie sie anfängt und aufhört, aber nicht, was sie eigentlich ist.

Ich versuchte, ohne das Notizbuch weiterzumachen, seine Notwendigkeit zu ignorieren; doch letztendlich habe ich diese Word-Datei hier angelegt und jedes Mal, wenn ich in einer Szene steckenbleibe, komme ich in Versuchung, etwas hineinzuschreiben.

Ich müsste eine Art von Verschlüsselung lernen, für deren Entschlüsselung man etliche Minuten (mindestens eine Viertelstunde, besser eine halbe) benötigt. Eine Art von Verschlüsselung, auf deren Entschlüsselung ich nicht den geringsten Bock hätte, es sei denn, ich verspürte die absolute Notwendigkeit, dieses hier weiterzuschreiben.

Ein Passwort, für das ich fünfzehn Minuten bräuchte.

Ein ungewöhnliches Wort.

Wie viele Zeichen kann man als Passwort zur Verschlüsselung von Word-Dateien benutzen?

Es ärgert mich, kein Internet zu haben.

Es ärgert mich, nicht zu wissen, wie Santiago es geschafft hat, das Notizbuch zu finden.

Zu welchem Zeitpunkt?

Ich verlasse den Raum doch nie.

Als ich mich gewaschen habe?

Vielleicht hat Norma es gesehen, als sie saubermachte.

Aber was hat sie gesehen?

Wo ist der Unterschied zwischen dem Heft und dem Wörterbuch der Real Academia Española, dem Englisch-Spanischen Wörterbuch von Longman und den Gesammelten Werken von Borges?

Sie liegen alle auf dem gleichen Haufen.

Alles Arbeitsmittel.

Bis auf die Gesammelten Werke von Borges.

Was hat Norma in dem Heft gesehen, das ihr auffiel?

Die Streichungen?

Es ist nichts Besonderes, wenn man etwas durchstreicht.

Durchstreichen gehört zum Schreiben, ist ein wichtiger Teil davon.

Santiago hat, soweit ich weiß, das Heft in den Tausenden von Arbeitsstunden nie gesehen.

Ein Heft, das ich aus Buenos Aires mitgebracht habe.

Ein Heft, das ich, wenn ich jetzt darüber nachdenke, bei jenem ersten Abendessen mit Santiago, als wir über alles redeten, benutzt habe, um eine Liste von Filmen aufzuschreiben, die ich mir anschauen sollte.

La dolce vita.

Stalker.

Die sieben Samurai.

Songs from the Second floor.

El topo.

2001: Odyssee im Weltraum.

Amanecer.

Fahrraddiebe.

Fitzcarraldo.

La dolce vita.

Ich habe mir nie vorgestellt, während jenes ersten Abendessens mit Santiago, als wir über alles redeten, dass ich diese Filme schließlich eingesperrt in einem Keller sehen sollte.

Santiago kam eines Morgens mit seinem 75-Zoll-Fernseher und seiner Blu-Ray-Konsole runter, bat Norma, eine Kanne Kaffee zu kochen, sowie einen Krug mit entrahmter Milch (für mich), einen mit Mandelmilch (für ihn), einen weiteren mit Orangensaft sowie einen Teller mit Keksen bereitzustellen; dann setzten wir uns hin und schauten uns diese Filme an, und zwar in der Reihenfolge, wie ich sie aufgeschrieben habe, am Anfang und am Ende *La dolce vita.*

Als die Credits des zweiten Durchlaufs von *La dolce vita* sich dem Ende näherten (Santiago schaut sich die Filme gerne bis ganz zum Schluss an, liest die Credits vollständig durch, oder tut so als ob), fragte ich ihn, ob wir uns am nächsten Tag vielleicht *Amadeus* ansehen wollten, einen meiner Lieblingsfilme.

Er schaute mich an, so wie er mich anschaut, wenn ich etwas kommentiere und er anderer Meinung ist; er sagte mir, dass Miloš Forman, seiner Meinung nach, kein so bedeutender Regisseur sei.

Ein guter Regisseur, versteh mich nicht falsch, aber nicht so bedeutend, sagte er. Ein durchschnittlicher Regisseur. Ein guter durchschnittlicher Regisseur. Ich meine: Unter all den durchschnittlichen steht Miloš Forman ganz oben, zusammen mit Kusturica, Polanski und Tarantino. Ein toller Typ, Miloš Forman. Er lud mich zum Frühstück bei sich zu Hause in Čáslav ein.

Čáslav?

In Tschechien. Ein schönes Dorf. Todlangweilig, aber schön. Ein toller Typ, Miloš Forman.

Während meines zweiten Jahres im Keller kam Santiago eines Morgens (wenn ich mich recht erinnere, waren wir mit dem dritten Akt des ersten Drehbuchs beschäftigt, das wir gemeinsam schrieben und er dann als alleiniger Autor unterzeichnete) mit seinem 75-Zoll-Fernseher und seiner Blu-Ray-Konsole runter und ich musste mir alle Filme, bei denen er Regie geführt hatte, anschauen.

Ich hatte die meisten schon gesehen, aber ich musste sie noch einmal sehen.

Und während wir sie uns anschauten, hörte er nicht auf, die Szenen ausführlich zu kommentieren; eine Kommentarspur live und direkt.

Er erklärte mir, wie er mit etlichen Schauspielern gerungen hatte, um schließlich das gewünschte Resultat, die größtmögliche Perfektion zu erlangen.

Er erzählte mir lachend, dass er einigen dieser Schauspieler gedroht hatte, sie umzubringen; einem hatte er sogar angedroht, seine Mutter verschwinden zu lassen.

Ich habe Statisten eingestellt, die den Eindruck erwecken sollten, Killer zu sein, sagte er mir. Ich bat sie, sich in der Nähe des Video-Assistenten aufzuhalten, wobei sich der Kolben einer Waffenreplika unter ihren schwarzen Sakkos abzeichnete. Schwarze Sakkos, schwarze Hemden, schwarze Hosen und schwarze Schuhe. Alles in schwarz. Bedrohlich. Und die Schauspieler zitterten. Ich schwöre es dir. Ich sah, wie sie zitterten und Dinge sagten wie »Hoffentlich verbocken wir die Sache nicht« oder »Jetzt bloß nichts verkehrt machen, sonst gehen wir mit dem Arsch auf Grundeis«. Ich lasse die Mikrofone immer offen und höre, was sie sagen. Sogar wenn sie aufs Klo gehen. Ich höre, wie heftig sie die Klospülung betätigen. Das ist wichtig: wie heftig sie die Klospülung betätigen.

Santiago fuchtelt mit den Händen beim Sprechen: Er spricht mit dem Mund und mit den Händen.

Er hatte schon eine Glatze, als er jung war, noch keine dreißig, und jetzt rasiert er sich jeden Morgen den ganzen Schädel mit einem Gillette-Rasierer.

Er erzählte mir, dass Norma ihm den Spiegel hält, damit er sich den Nacken rasieren kann.

Santiago hat eine recht große Nase; nicht so gewaltig wie meine, aber recht groß, eine Nase, die sich vom Gesicht zu entfernen versucht.

Er plagt sich mit den Haaren herum, die ihm aus den Nasenlöchern wachsen.

Ständig stochert er mit einem Finger in der Nase, und wenn er ein Haar findet, stopft er es wieder zurück.

Ich rasiere mich schon lange nicht mehr, ebenso wenig stutze ich mir die Haare in der Nase oder den Ohren.

Norma schneidet mir hin und wieder die Haare auf dem Kopf, auf brutale Art und Weise, mit einer dieser abgerundeten Scheren, die man den Kindern zum Basteln gibt.

Eine Schere, mit der das Haar ausgerissen, aber nicht geschnitten wird.

Eine Schere, die nicht viel nützen würde, falls ich auf die Idee käme, sie Norma zu stehlen und sie damit zu erstechen.

Der Bart reicht mir bis zum Bauchnabel.

Eines Abends war mir langweilig und ich bat Norma, mir ein Lineal zu bringen: Fünfundfünfzig Komma acht Zentimeter war der Bart lang.

Jetzt werden es schon mehr als siebzig sein.

Vermute ich.

Ich habe ihn nicht noch mal gemessen.

Aus den Ohren wuchern mir die Haare schon heraus und kräuseln sich.

Manchmal frottiere ich sie.

Manchmal furze ich, und der Geruch zieht erst nach einer halben Stunde ab.

Die Belüftung des Kellerraums lässt zu wünschen übrig, sie ist gerade ausreichend, damit ich nicht dauernd ohnmächtig werde.

Oder vielleicht werde ich doch ohnmächtig.

So hat Santiago auch das Notizbuch gefunden: Sie kommen rein, wenn ich ohnmächtig werde.

Nein, ich würde es vermutlich merken, wenn ich ohnmächtig werde, ein Schwindelgefühl oder so etwas.

Ich weiß nicht, was eine Person fühlt, der die Luft wegbleibt.

Santiago scheint jedes Mal kurz vor einem Ohnmachtsanfall zu stehen, wenn ich Michael Haneke erwähne.

Meiner Meinung nach ist Michael Haneke der bedeutendste Regisseur der letzten drei Jahrzehnte.

Und Santiago weiß, dass ich recht habe.

Ich bin sicher, dass er das weiß, und deshalb vermeidet er es, ihn zu erwähnen, und deshalb scheint er jedes Mal, wenn ich ihn erwähne, kurz vor einem Ohnmachtsanfall zu stehen und wechselt das Thema.

Ich erinnere mich, dass wir an meinem ersten Abend in San Martín de los Andes über Haneke sprachen.

Wir sprachen über den Selbstmord einer der Figuren aus Santiagos letztem Film (der letzte, den er zusammen mit seinem spanischen Kumpel Fermín Hermida schrieb), und ich erwähnte meinen Lieblingsfilm von Haneke, *Der siebente Kontinent*, der beste Film aller Zeiten über einen Selbstmord.

Santiagos Gesichtsausdruck änderte sich schlagartig, als ich den Österreicher erwähnte: Sein Enthusiasmus war verflogen, sein Gesicht verkniffen.

Er sagte mir, dass *Der siebente Kontinent* ein guter Film sei, zweifelsohne ein guter Film, aber auch ein misslungener Film.

Ein Film, der nur eine Frage ist, sagte er, eine ausführliche Frage, ein Geheimnis, wenn man so will, eine Frage, die sich am Ende von selbst beantwortet. Das ist alles, was dieser Film ist: eine ausführliche Frage, die sich am Ende von selbst beantwortet. Es gibt keine Empathie. Die Figuren verändern sich nicht, weder zum Guten noch zum Schlechten. Man hat Mitleid mit dem Mädchen, das stimmt schon, und was für eine gute Schauspielerin dieses Mädchen ist, aber man empfindet kein Mitleid mit den Eltern. Die Eltern töten das Mädchen und begehen dann Selbstmord, und man denkt: »Na gut, so was passiert, diese Familie hat beschlossen, der Welt den Rücken zu kehren – was soll ich heute mal zu Abend essen?«

Im zweiten Akt dieses dritten Drehbuchs gibt es auch einen Selbstmord.

Ein Selbstmord, der, gut gespielt (mit Sicherheit werden die Regie, die Beleuchtung und der Soundtrack hervorragend sein), einer der beeindruckendsten Selbstmorde in der Geschichte des Films sein wird.

Ein total überraschender und zugleich unvermeidlicher Selbstmord.

Ein Selbstmord, den alle kommen sehen, oder fast alle, und den zugleich alle, oder fast alle, mit größtem Erstaunen aufnehmen werden.

Ein Selbstmord, den der Zuschauer mit nach Hause nimmt, den die Bewunderer von Santiago Salvatierra einrahmen und sich an die Wand ihres Wohnzimmers hängen werden.

Ein Selbstmord, der sich in den meistverkauften T-Shirt-Aufdruck verwandeln wird.

Ein faszinierender Selbstmord, der, wenn ich es schaffe, ihn in Worte zu fassen, mir Angst macht.

Es macht mir Angst, dass ich der Versuchung nachgeben könnte, diesen Selbstmord zu imitieren.

Heute dachte ich im Bett daran, während ich die letzten vom Frühstück übrig gebliebenen Ananasscheiben verzehrte, dass es nur eine einzige Möglichkeit gäbe, diesen Selbstmord in Worte zu fassen: ihn zu imitieren.

* * *

Ich bat Santiago, mir eine Gitarre zu besorgen.

Irgendeine.

Akustische.

Aus Argentinien.

Eine billige.

Nach wenigen Stunden kam er herunter mit einer fabrikneuen Tenor-Ukulele der Marke Blackbird, voll und ganz aus Carbonfasern, hergestellt in den USA.

Ein Instrument, das ein Vermögen gekostet haben muss.

Ich fragte ihn, wie er es angestellt hatte, eine Ukulele aus Carbonfasern in San Martín aufzutreiben, und er sagte mir, dass einer seiner Nachbarn der Musiker Gustavo Santaolalla sei, dass sie befreundet seien und dass er bei ihm eine Gitarre leihen wollte, aber Santaolalla hatte scheinbar keine Gitarren übrig, er brauchte sie alle selber. Immerhin hatte er diese Blackbird-Ukulele, die er aus einer Laune heraus in einer Musikhandlung in San Francisco gekauft hatte und kaum benutzte.

Die Ukulele klingt fast wie eine Gitarre.

Die Akustik im Keller ist ausgezeichnet: mein Teatro Colón.

Morgen werde ich Santiago bitten, mir ein Lehrbuch für das Ukulele-Spiel zu besorgen.

Außerdem werde ich ihn um Partituren von den Beatles bitten.

Die Beatles sind die einzigen, die ich höre. Auf dem Laptop habe ich alle Songs von ihnen.

Die Beatles zu verstehen war das Beste, was mir während meiner zwei Jahre auf dem Konservatorium passieren konnte.

Ich wurde zu einem Fan der Beatles.

Die einzigen, die ich vor der Reise nach San Martín hörte; die einzigen, die ich in dem Kellerraum höre.

Es war eines der ersten Dinge, um die ich Santiago bat, nachdem ich ihn um ein Bidet gebeten hatte, welches das fehlende Bidet ersetzen sollte.

Als ich erfuhr, dass er mir ein 15-Zoll-MacBook Pro zum Arbeiten ausleihen (nur ausleihen, nicht schenken) wollte, bat ich ihn darum, mir alle CDs der Beatles auf einen USB-Stick zu kopieren, einschließlich der Konzerte auf BBC.

Am gleichen Abend nahm Santiago den Laptop mit und kaufte bei iTunes alle CDs der Beatles und etliche CDs von Lennon, McCartney und Harrison. Den mit den Beatles geladenen Laptop brachte er mir am folgenden Morgen mit dem Frühstück.

Santiago hasst die Piraterie.

Jedes Mal, wenn ich ihm nahelege, sich etwas aus dem Internet herunterzuladen, ein Buch im PDF-Format, das wir für unsere Arbeit brauchen, oder eine CD, die uns als Inspiration für einen Soundtrack dienen könnte, schaut er mich so an, wie er mich anschaut, wenn ich etwas sage, was ihm nicht gefällt. Dann erklärt er mir, dass er noch in dieser Nacht die CD bei iTunes kaufen werde, oder er bittet mich, einige Tage zu warten, bis die Librería Norte das gewünschte Buch geschickt hat.

Alle Bücher, die er kauft, kauft er in der Librería Norte.

Laut Santiago ist es die einzige Buchhandlung in Buenos Aires, die etwas taugt.

Wenn es die Librería Norte nicht mehr geben sollte, und ich bitte Gott, dass das nie passiert, wird Buenos Aires nichts mehr wert sein, sagte er mir. Nichts ist von Bedeutung in Buenos Aires, außer der Librería Norte. Die Museen und Kunstgalerien sind vom Pathos verseucht. Die alten Kinos verfallen, und die neuen Kinoketten benutzen digitale Projektoren, was ihnen jegliche Bedeutung als Kinosaal nimmt. Die großen Buchhandlungen haben wenig oder gar nichts, weniges in großen Mengen oder nichts. Es gibt ein paar neue, kleine Buchläden, in Stadtvierteln wie Palermo oder Barracas, aber ihr Angebot ist beschränkt, und das wenige, was angeboten wird, ist im Nu ausverkauft. Das Einzige, was uns bleibt, ist die Librería Norte. Eine ganze Stadt hängt davon ab, dass diese Buchhandlung nicht verschwindet.

Ich sagte ihm, dass ich dauernd in die Librería Norte ging, dass ich dort einige meiner Lieblingsschriftsteller entdeckte.

Ich entdeckte Beckett, Joyce, Laiseca, DeLillo, Flannery O'Connor.

Ich entdeckte Arno Schmidt.

In der Librería Norte las ich zum ersten Mal Philip Roth und David Markson.

Santiago hat Markson nie gelesen.

Kaum etwas von Beckett.

Santiago hasste Beckett von ganzem Herzen; er ist eine jener Personen, die Beckett nicht lesen können, die ihn nicht ausstehen können, denen sich der Magen umdreht, wenn sie nur an Beckett denken.

In der Librería Norte sah ich Lisandro zum letzten Mal, ich begleitete ihn, als er sich den *Ulysses* von Joyce in der Ausgabe von Cátedra kaufte.

Wir trafen uns in der Bar Frattempo, Ecke Pueyrredón und Peña; wir tranken eine heiße Schokolade und teilten uns einen Schinken-Käse-Toast.

Wenn ich mich recht erinnere, sprachen wir über Patricia, Santiagos Assistentin.

Lisandro wusste nicht, was er mit Patricia machen sollte.

Er sagte mir, dass er sie mochte, sehr sogar, aber dass sie ihn nicht im Geringsten erregte.

Das Beschissenste daran ist, dass ich nicht weiß, warum sie mich nicht aufgeilt, sagte er. Sie hat alles, um mich richtig aufzugeilen; trotzdem kriege ich keinen Ständer. Wenn ich mit ihr im Bett bin, muss ich an irgendeine Frau denken, die ich auf der Straße oder im Internet gesehen habe. Ich muss die Augen schließen und mir vorstellen, dass diese Frau, die nackt neben mir liegt, nicht Patricia ist, sondern eine Frau aus Russland, Polen oder Japan.

Ich fragte ihn, ob er sie verlassen wollte.

Ich bin doch nicht bescheuert, sagte er.

Dann gingen wir zur Librería Norte.

Sie hatten kein Exemplar des *Ulysses* in der Cátedra-Ausgabe mehr; Lisandro bestellte eines.

Wir verließen die Buchhandlung; er sagte mir, dass er irgendwohin müsse, und wir verabschiedeten uns.

Heute dachte ich während des Frühstücks an Lisandro.

Wie wird es meinem Freund wohl ergangen sein?

Während Santiago mir erklärte, wie er eine der ersten Szenen des zweiten Aktes drehen wollte, versuchte ich mir vorzustellen, welches Leben Lisandro wohl führen mochte.

Ich dachte daran, Santiago zu bitten, irgendeine Information über Lisandro aufzutreiben, mindestens einen Hinweis, dass er noch lebt.

Aber wahrscheinlich sagt er, »ja, mache ich«, und dann tut er es doch nicht.

Vielleicht macht er es, damit es mir besser geht.

Das heißt, er macht nichts, damit es mir besser geht.

Es ist auch so in Ordnung, ohne zu wissen, was mit Lisandro und meiner Mutter geschah.

Ich stelle mir vor, wie Lisandro versucht, sein Studium der Betriebswirtschaft zu beenden; ein Studium, das er nur begonnen hatte, um seine Eltern zu besänftigen, und mehr als zehn Jahre später immer noch nicht beendet hatte.

Ich stelle mir vor, wie meine Mutter weiterhin das Animationstheater für Kinder organisiert, wie sie sich bis aufs Blut mit der Señora Wasserman streitet und sich dann wieder mit ihr verträgt; die Frau, die ihr die Kostüme der Superhelden, Prinzessinnen und Disney-Figuren anfertigt. Ich stelle mir vor, wie sie frühmorgens ihren Mate der Marke La Merced aufgießt, wenn die ersten Sonnenstrahlen die Nacht zunichtemachen: im Sommer um halb sechs, im Winter um halb acht.

Ich wachte gerne von den Geräuschen meiner Mutter in der Küche auf, um dann noch ein paar Stunden weiterzuschlafen, in dem Wissen, dass sie da war, schon wach, mit ihrem Mate in der Hand, den Sonnenaufgang betrachtend.

Seit fünf Jahren schon sehe ich keinen Sonnenaufgang mehr.

Seit fünf Jahren schon sehe ich keinen Baum mehr.

Seit fünf Jahren schon sehe ich keine Wolke mehr.

Dabei bin ich an einem der schönsten und malerischsten Orte Argentiniens.

Ich erinnere mich noch, wie mich die Landschaft an jenem Morgen beeindruckte, als ich gelandet war und Santiago mich mit seinem Geländewagen vom Flughafen Chapelco in sein Haus brachte.

Der unendliche Farbenreichtum der Natur.

Das unendliche Blau des Himmels.

Der Geruch der reinen Luft, so anders als in Buenos Aires.

Hier, in dem Kellerraum, hat alles ein Ende, nichts ist unendlich, es gibt keine Unmenge an Nichts.

Das Oberlicht lässt nicht erkennen, was auf der anderen Seite ist.

Ein Rechteck, das hell wird und dunkel, hell und wieder dunkel.

Und die Luft …

Über die Luft habe ich schon gesprochen.

Gesprochen?

Mit wem habe ich gesprochen?

Mit meiner Mutter?

Mit Lisandro?

Mit Peter Shaffer?

Ich werde Santiago bitten herauszufinden, ob Peter Shaffer noch lebt.

Spielt das eine Rolle?

Peter Shaffer spielt keine Rolle mehr.

Niemand spielt mehr eine Rolle, der irgendwann mal irgendetwas geschrieben hat.

Alles, was eine Rolle spielt, sind die Szenen, die ich für Santiago schreibe.

Und diese verschlüsselte Datei.

Und die Ukulele von Santaolalla.

Und die CDs von den Beatles.

Die von Lennon, McCartney und Harrison höre ich nie, ich höre nur die Beatles.

Eine Band, die ein gutes Beispiel für die Vorteile einer Zusammenarbeit ist.

Eine Band aus vier äußerst talentierten Musikern, die durch ihre Zusammenarbeit ihr Talent in etwas Geniales verwandelten. Sie hörten auf, nur sie selbst zu sein, sie ließen den talentierten Musiker hinter sich, um ein Teil von etwas Genialem zu werden, etwas, das jeden einzelnen von ihnen übertraf.

Zum Glück lieh Santiago mir seine Bose-Kopfhörer; es wäre ein Jammer, die Beatles über die im Laptop eingebauten Lautsprecher zu hören.

Die Töne dringen durch die Tasten hindurch.

Ein Lautsprecher aus Tasten.

Ein Lautsprecher, der das musikalische Wahrnehmungsvermögen der kommenden Generationen ruiniert.

Santiago sagte mir, dass er oben in seinem Haus ein Surround-Soundsystem habe: Dutzende von kleinen in Decken und Wänden seines Studios versteckten Lautsprechern, in denen die Musik dekonstruiert und dann im Raum, kurz bevor er sie hört, wieder zusammengefügt wird.

Mindestens eine Stunde täglich setze ich mich in meinen lederbezogenen Lehnstuhl und höre die großen Komponisten der Musikgeschichte, sagte er mir. Ich lasse sie auf mich wirken, lasse mich tragen, lasse mich von ihnen für eine Weile aus dieser im Verfall begriffenen Welt entführen. Die Töne der großen Komponisten erfüllen mich, ich steige auf wie ein Ballon und schwebe, lasse mich treiben wie ein verlorener Ballon.

Ich bin erstaunt, wie kitschig Santiago sein kann.

Der bedeutendste Regisseur des lateinamerikanischen Films aller Zeiten ist süchtig nach Banalitäten und Kitsch.

Vielleicht ist er deshalb der bedeutendste.

Vielleicht ist die Mischung aus Genialität, Banalität und Kitsch das A und O, um der bedeutendste zu sein.

Haneke mangelt es völlig an Banalitäten und Kitsch.

Vielleicht kann Haneke deshalb weltweit nicht der bedeutendste Regisseur sein, obwohl er es für mich ist und für Santiago auch (obwohl der es nicht zugibt).

Obwohl, wenn ich jetzt darüber nachdenke: In seinem letzten Film *Liebe* (ich habe ihn hier unten im Keller zusammen mit Santiago gesehen) spielt Haneke mit einigen Plattitüden.

Ob es nun Kitsch ist, da bin ich mir nicht sicher, aber Plattitüden sind es mit Sicherheit.

Und *Liebe* war der Film, der ihm den Oscar für den besten fremdsprachigen Film einbrachte.

Das hat Santiago mir erzählt: Nachdem Haneke mit *Das weiße Band* knapp vorbeischoss, hat er mit *Liebe* einen Volltreffer erzielt.

Und es ist gut möglich, dass der Gebrauch einiger Plattitüden zu dem Erfolg beigetragen hat.

Haneke musste auf Banalitäten zurückgreifen, um in jenem Jahr der bedeutendste Regisseur außerhalb der USA zu werden.

Man kann nicht der bedeutendste werden mit Filmen wie *Der siebente Kontinent* oder *71 Fragmente einer Chronologie des Zufalls*.

Diese Filme sind einfach zu gut.

Mit so guten Filmen wird ein Regisseur niemals zum bedeutendsten Regisseur werden.

* * *

Santiago ist mit der Schlusswendung der dritten Szene im zweiten Akt beschäftigt: Sie überzeugt ihn nicht.

Die Schlusswendung ist die Tür, die sich am Ende der Szene öffnet, um das Vorhersehbare zu durchkreuzen.

Die Schlusswendung ist das Unerwartete in der Szene: was der Erzählung ermöglicht, dem Zuschauer immer einen Schritt voraus zu sein.

Jede Szene, die nicht nur eine des Übergangs ist, verlangt nach einer Schlusswendung.

Handlung, Konflikt und Schlusswendung.

Eine der Figuren bestimmt die Handlung, will etwas erreichen, benötigt etwas.

Der Konflikt tut sich zwischen der Figur und diesem Etwas auf.

Die Schlusswendung besteht darin – egal, ob die Figur dieses Etwas erreicht hat oder nicht –, dass sie jene Figur in eine unverhoffte Situation stürzt.

In *Amadeus* zum Beispiel gibt es eine Szene, in der Mozarts Frau die Kompositionen ihres Mannes zu Salieri bringt; in der Hoffnung, der Maestro möge das Talent ihres Mannes erkennen und ihm Arbeit anbieten.

Die Handlung geht von der Frau aus, sie will, dass ihr Mann Arbeit, einen Auftrag oder eine Stelle erhält, sie braucht Geld.

Der Konflikt entwickelt sich daraus, dass sie nicht weiß, dass Salieri Mozart zutiefst verachtet.

Das heißt, er verachtet Gott, weil dieser ihm Mozart vor die Nase gesetzt hat, aber in Wahrheit verachtet er Mozart.

Und was den Konflikt noch verschärft, ist das, was Salieri in diesen Partituren findet: das Genie.

Doch nicht nur das, die Partituren sind Originale; die Frau brachte keine Abschriften, sondern Originale, und die sind fast ohne Korrekturen.

Salieris (F. Murray Abrahams) Reaktion ist eine der vortrefflichsten Reaktionen, die eine Filmkamera jemals aufgenommen hat.

Eine unmöglich zu verstehende Reaktion.

Eine Reaktion, die alle anderen Schauspieler auf der Welt erschrecken muss, sie daran denken lässt aufzuhören, den Schauplatz zu verlassen und wegzulaufen.

Die Schlusswendung ist folgende: Salieri verlässt schweigend den Raum.

Er fühlt sich von Mozarts Genie übertroffen, die Partituren gleiten ihm aus der Hand, und Mozarts Frau fragt ihn: »Sind sie nicht gut?«, und Salieri antwortet: »Sie sind wunderbar.« Sie lächelt, sie bückt sich, hebt die Partituren auf und fragt: »Also werden Sie uns helfen?« Salieri verlässt, ohne ein Wort zu sagen, den Raum.

Eine subtile Schlusswendung, aber ausreichend, um uns ein wenig ratlos zurückzulassen.

Was geht in Salieri vor?

Was wird er gegen Mozart oder Gott unternehmen?

Und den Zuschauer ein wenig ratlos zurückzulassen ist gut.

Ein wenig, nicht völlig.

Wenn der Zuschauer völlig ratlos zurückbleibt, verliert er den Faden.

Santiago glaubt, dass in jeder Szene mehrere Schlusswendungen möglich sind, aber er irrt sich: Wenn die Szene gut konstruiert ist, ist nur eine einzige Schlusswendung möglich.

Deshalb brauche ich so lange, um die Szenen abzuschließen, und deshalb geht es mir auf den Sack, wenn Santiago runterkommt, meine Schlusswendung infrage stellt und mir andere vorschlägt, die immer schlechter und der Sache nie angemessen sind.

Jede Szene ist wie ein Song der Beatles.

Ein Song, der aus der Zusammenarbeit entsteht; den es ohne Zusammenarbeit nie geben würde, aber der von einem einzigen Komponisten abhängt, der die Details bestimmt.

Die Beatles verstanden, dass bei jedem Song einer von ihnen den Ton angab, und respektierten sich gegenseitig.

Lennon gab den Ton bei einem seiner Songs an und sagte den anderen, was zu tun und was zu spielen war; die anderen steuerten Ideen bei, die den Song verbesserten; aber gleichzeitig respektierten sie, dass Lennon die letzte Entscheidung traf.

Gingen sie zu einem Song von McCartney über, schnappte Lennon sich die Gitarre, verdrückte sich in eine Ecke und überließ McCartney das Ruder.

Santiago ist davon überzeugt, dass er bei allen Szenen den Ton angibt, dass alle Szenen im Grunde genommen auf seinem Mist gewachsen sind und ich mit ihm nur zusammenarbeite, ihm nur dabei helfe, seine Szenen zu verbessern.

Santiago ist davon überzeugt, dass er Lennon und McCartney ist, und ich Harrison bin.

Nein, er ist Lennon, McCartney und Harrison, und ich bin Ringo Starr.

Wenn es tatsächlich so wäre, würde es mich nicht im Geringsten stören, ich bewundere Ringos Job bei den Beatles; er ist ein Autodidakt, aber gerade deshalb kreativ und in seinen besten Momenten schwer zu imitieren.

Ich hätte kein Problem damit, Ringo zu sein, ich wäre mehr als stolz darauf, wenn es so wäre.

Doch die Wahrheit ist, dass Santiago, wenn es um das Schreiben von Drehbüchern geht, weder Lennon noch McCartney noch Harrison oder Ringo ist.

Santiago ist Yoko Ono.

Sie hängt im Studio rum, gibt zu allem ihren Senf dazu, niemand hört auf sie, oder fast niemand, und wenn sie geht, ist sie fest davon überzeugt, ein unverzichtbarer Teil der Beatles zu sein.

Santiago ist Yoko Ono, schwanger, unter der Decke in einem Bett im Aufnahmestudio, mit einem Mikrofon bewaffnet, um allen auf den Sack zu gehen.

Ich brauchte mehr als zwei Stunden, um ihn davon zu überzeugen, dass die von mir benutzte Schlusswendung in der Szene die richtige ist.

Wir ließen sie, wie sie ist.

Er teilte mir mit, dass die Schauspieler, die er für diesen dritten Film einsetzen will (und deren Namen er mir noch nicht verraten hat), von März bis August nächsten Jahres zur Verfügung stehen.

Du musst dich beeilen, Pablo, sagte er mir. Ich will dich nicht drängen. Ich möchte nicht, dass du unter Zeitdruck schreibst. Aber du musst dich beeilen.

Es ist nicht mehr lange hin bis März: dreieinhalb Monate.

Hundertfünf Tage, um das *shooting script* fertigzustellen.

Das bedeutet, dass ich das erste Script in zwei Monaten fertig haben muss.

Dann haben wir einen weiteren Monat für den Feinschliff und die Beendigung des zweiten Scripts.

Santiago sagt, dass er die Vorproduktion auch schon mit dem ersten Script beginnen kann.

Ich habe eineinhalb Monate, um den zweiten Akt zu schreiben, einen Monat für den dritten.

Schon wieder Herzrasen.

Ich tat so, als ob nichts wäre, legte aber instinktiv Zeige- und Mittelfinger der rechten Hand auf das linke Handgelenk, um mir den Puls zu fühlen.

Santiago sah es, sagte allerdings nichts.

Er fragte mich, ob ich abends Gegrilltes wollte.

Klar, sagte ich.

Ich werde ein Lendenstück und ein paar Innereien auf den Rost legen. Was möchtest du an Innereien?

Därme, Bratwurst. Alles außer Dickdarm.

Er sah mich eine Weile still an, in seinen Augen entdeckte ich die Absicht, mir etwas zu sagen.

Ich glaube, dass er mich vielleicht einladen wollte, oben in seinem Haus mit ihm zu grillen; dass er einen Moment lang daran dachte, mich zu einem gemeinsamen Grillabend einzuladen.

Ich tunkte gerade das letzte Stückchen Baguette in den Saft des gegrillten Fleisches.

Meine Mutter ekelt sich vor dem Saft, sie nennt ihn fälschlicherweise »Blut«.

Wenn wir zu einem Grillessen gingen, bestellte sie zwei gut durchgegrillte Rindersteaks: zwei Schuhsohlen, die rochen wie verbrannte Kohle.

Ich hoffe, dass sie immer noch zum Grillen geht und ihre Schuhsohlen bestellt.

Ich hoffe, dass sie jemanden kennengelernt hat, der sie zum Grillen einlädt, damit sie ihre Schuhsohlen mit gemischtem Salat genießen kann.

Meine Routine ist zum Teufel.

Ich bin mit dem Abendessen gerade fertig und schon schreibe ich dies hier in die verschlüsselte Datei.

»A Day in the Life.«

Es gibt, musikalisch gesehen, nichts Erfreulicheres, als sich das Album *Sgt. Pepper's Lonely Hearts Club Band* über Kopfhörer reinzuziehen.

Obwohl ich dieses Album tausendmal gehört habe, überrascht mich der Stereo-Effekt immer wieder: Instrumente und Stimmen springen unverhofft von links nach rechts, von rechts nach links; Instrumente und Stimmen tauchen unverhofft in meinen Ohren auf und füllen meinen Kopf.

Die Arrangements sind minimalistisch und übertrieben zugleich.

George Martin hat sich köstlich amüsiert beim Spiel mit diesen vier Jungs, seinen Marionetten, seiner prähistorischen Garage-Band.

Ich stelle mir vor, wie er aufgeregt ins Studio gekommen ist und sich gefragt hat, womit sie heute wohl auftauchen werden; aber auch gewusst hat, dass er mit allem, was die Vier aus Liverpool mitbringen, mühelos arbeiten konnte.

* * *

Ich höre, wie es regnet.

Es gießt in Strömen.

Nur ein einziges Mal fiel bisher das Licht im Keller aus.

Santiago tauchte erst nach drei Stunden hier unten mit einer Taschenlampe auf.

Er sagte, ich solle mir keine Sorgen machen, denn er hätte schon ein Stromaggregat bestellt, und es würde in ein paar Tagen da sein.

Es ist möglich, dass das Licht öfter ausgefallen ist (es gab weitere Unwetter), aber dass das Stromaggregat die fehlende Energie sofort ersetzt hat.

Obwohl es mir aufgefallen wäre, wenn es einen Stromausfall gegeben hätte, denn das Aggregat braucht ein paar Minuten, bevor es anspringt.

Vermute ich jedenfalls.

Ich stelle mir vor, wie ganz San Martín de los Andes ohne Licht ist, bis auf das Haus von Santiago Salvatierra.

Ein erleuchtetes Haus inmitten völliger Dunkelheit.

Ein Haus, welches das einzige Haus auf der Welt ist.

Das Haus, in dem die Geschichte des Films neu geschrieben wird.

Zwanzig nach vier am frühen Morgen.

Santiago ist gerade gegangen.

Er kam besoffen herunter.

Er gönnte sich drei Flaschen Prosecco, um ein Stück Rindersteak runterzuspülen, das von vorgestern übrig geblieben war.

Er brachte einen seiner Oscars mit, den letzten, den er für den besten fremdsprachigen Film erhalten hatte.

Er bat mich um Verzeihung, dass er ihn mir nicht schon früher gezeigt hatte.

Wenn du willst, kannst du ihn behalten, sagte er. Kannst ihn da hinstellen, neben die Matratze, und ihn dir anschauen, wenn du schlafen gehst.

Nein danke. Es geht mir gut.

Natürlich geht's dir gut. Warum sollte es dir nicht gut gehen? Du brauchst diesen Oscar nicht. Niemand braucht diesen Oscar. *Bester fremdsprachiger Film.* Was soll das bedeuten?

Es bedeutet, dass ...

Nichts. Es bedeutet nichts. Ein Oscar, der nichts bedeutet. Du kannst ihn als Briefbeschwerer benutzen. Ich habe oben noch einen. Noch einen Oscar. Und der bedeutet auch nichts. Ich werde ihn dir holen. Kannst sie beide behalten.

Nein danke, ich will sie nicht.

Warum nicht?

Darum nicht. Sie gehören dir.

Das weiß ich, dass sie mir gehören. Aber ich leihe sie dir. Bester fremdsprachiger Film.

Er umarmte mich.

Das zweite Mal, dass er mich umarmte, seit jenem Abend mit dem Revolver.

Dieses Mal spüre ich statt des Revolvergriffs den Oscar im Rücken; den Sockel, auf dem die goldene Plakette befestigt ist, mit dem Namen des Films und des Regisseurs, oder des Drehbuchautors, oder des Kostümbildners oder des Editors, oder ...

Er legte sich auf die Matratze und verbarg das Gesicht in den Händen.

Er sagte mir, dass seine Ex-Frau nächsten Monat heiratet.

Sie hat mir eine Einladung geschickt, sagte er, wie findest du das? Dieses schamlose Weib hat mir eine Einladung geschickt. Sie heiratet einen dieser Idioten, die Apps für Handys entwickeln. Er hat ein Schweinegeld mit einer App verdient, die dir anzeigt, wie viele verschiedene Farben die Nahrung hat, die du wöchentlich verzehrst. Anscheinend ist es wichtig, die Farben der Nahrung zu wechseln. Millionen hat er verdient. Sie heiraten am Strand, gegenüber von seinem Haus in Punta del Este. Das Haus, in dem sie bald wohnen wird. Sie und Hilario. Hilario wird zu ihnen ziehen. Habe ich dir das nicht erzählt? Ich erfuhr es letzte Woche von ihm. Er schickte mir eine Mail. Er unterhält sich mit mir per Mail. Er ruft mich nicht mal an, und wenn er anruft, dann nur, weil er Geld will. Mails ohne Zeichensetzung, ohne Rechtschreibung, ohne Grammatik. Er schreibt nicht ein Wort richtig.

Santiago setzte sich auf und schaute mich mit einer lächerlichen Ernsthaftigkeit an:

Wir müssen es schaffen, Pablo. Daran darf es keinen Zweifel geben. Ich habe schon eine amerikanische Übersetzerin besorgt, eine gute, eine Frau, die auch Bolaño ins Englische übersetzt hat. Ich werde nichts dem Zufall überlassen. Ich werde den Film wie Hitchcock drehen, exakt durchgeplant von Anfang bis Ende. Wenn ich am Set erscheine, wird es nicht mehr nötig sein, dass ich noch Anweisungen gebe.

Er verließ den Kellerraum, umklammerte dabei fest den Oscar, packte im Vorbeigehen meinen Unterarm und murmelte:

Wir müssen es schaffen, wir müssen es schaffen, wir müssen es schaffen …

Es ist das erste Mal in diesen fünf Jahren der Zusammenarbeit, dass Santiago sich so verletzlich zeigt.

Ich weiß nicht, ob ich mit dem Druck umgehen kann.

Ich kann unter Druck nicht schreiben.

Es gibt Schriftsteller, die unter Druck schreiben können, die ihn brauchen, ihn sogar suchen.

Tony Kushner braucht den Druck: Er kassiert einen Vorschuss, es macht ihm nichts aus, dass die Vorproduktion anläuft, dass die Leute sich auf etwas vorbereiten, von dem sie noch gar nicht wissen, was es ist. Und wenn der Druck steigt, wenn die Leute an seine Tür klopfen und ihn auffordern, er möge doch die fertige Fassung abliefern, erst dann setzt er sich hin und schreibt und liefert ein Meisterwerk ab.

Ich würde mich in einer solchen Situation vom Balkon stürzen, wenn es denn einen Balkon in der Nähe gäbe.

Ich ertrage den Druck nicht.

Ich ertrage nicht, was ich schreibe, wenn ich unter Druck schreibe.

Es funktioniert, wenn ich mit der Vorstellung schreibe, dass niemand darauf wartet, dass ich irgendetwas schreibe.

Es funktioniert, wenn ich in der Überzeugung schreibe, dass das, was ich schreibe, keinerlei Bedeutung hat.

Niemand wartet darauf und es ist nicht wichtig.

Deshalb ist das Drehbuch über den Jungen, der seine Familie in den Brunnen wirft, das beste Drehbuch, das ich je geschrieben habe: weil niemand darauf wartete.

Das gleiche ist Charlie Kaufman passiert: Sein bei weitem bestes Drehbuch ist *Being John Malkovich*, weil er es schrieb, als niemand darauf wartete, dass er etwas schrieb;

er schrieb es für sich, um sich nachts in seinem Haus köstlich zu amüsieren, ohne sich vorzustellen, dass es eines Tages verfilmt und als bestes Originaldrehbuch ausgezeichnet werden würde und sein Leben verändern sollte.

Sogar bei dieser Zusammenarbeit mit Santiago schreibe ich, als ob niemand darauf warten würde, dass ich etwas schreibe; obwohl ich weiß, dass Santiago über mir schläft und jeden Tag auf neue Szenen wartet.

Aber Santiago hat mich nie gedrängt.

Hat mir nie eine Frist gesetzt.

Er hat mir nie zu verstehen gegeben, dass die Szene, an der ich gerade schreibe, die endgültige Fassung sein muss.

Ich lernte, an den Szenen zu arbeiten, auch wenn ich wusste, dass Santiago auf sie wartete, aber gleichzeitig war mir klar, dass es keinen Druck gab, dass die erste Version nicht die letzte sein musste.

Diese Regelung reichte aus, um so zu schreiben, wie ich immer schrieb, so, dass es funktionierte. Ich wusste, dass das, was ich gerade schreibe, noch lange nicht die letzte Fassung ist, dass alles noch im Papierkorb landen und alles noch einmal geschrieben werden kann. Alles hat so lange noch keine Bedeutung, bis wir ihm, wenn es so weit ist, die endgültige Bedeutung verschafft haben.

Aber diese Regelung gilt nicht mehr.

Bei diesem dritten Drehbuch herrschen andere Regeln.

Regeln, die mir Angst machen.

Regeln, die mir nicht erlauben, so zu schreiben, wie ich immer geschrieben habe.

Regeln, die mich zwingen, zu einem Tony Kushner zu werden.

Einem eingekellerten Tony Kushner.

Ein Tony Kushner, der unter Druck schreiben kann wie ein Irrer.

Ich müsste Santiago sagen, dass ich unter diesen neuen Regeln nicht schreiben kann, dass ich es nicht akzeptiere, unter den neuen Regeln weiterhin in diesem Keller zu bleiben.

Traumtänzer.

Du bist nicht im Keller, weil du freiwillig im Keller bist; du bist im Keller, weil du keine andere Wahl hast, weil du fürchtest, mit einem Kopfschuss erledigt zu werden.

Nein, weil du es hasst, die Gelegenheit zu verpassen, an der Seite des bedeutendsten Regisseurs des lateinamerikanischen Films aller Zeiten Kunst zu machen.

Nein.

Warum bist du im Keller?

Warum bin ich im Keller?

Warum kämpfe ich nicht dafür, wieder rauszukommen, auch wenn ich bei diesem Kampf vielleicht riskiere, mein Leben zu verlieren?

Du hast dein Leben schon verloren.

In dem Moment, als Santiago dich zum ersten Mal umarmte, hast du dein Leben verloren.

Ich frage mich, ob er Norma zu schätzen weiß und ob er sie mag.

Wenn ich Norma als Geisel nehme und damit drohe, sie zu töten, vielleicht …

Ich werde Norma nicht als Geisel nehmen und damit drohen, sie zu töten.

Viel wahrscheinlicher ist, dass sie mich schließlich töten wird.

Ich will Norma gar nicht als Geisel nehmen und damit drohen, sie zu töten.

Was willst du denn?

Was ich will?

Ich will das Drehbuch fertigstellen.

Ich will die Geschichte des Films verändern, auch wenn niemand jemals erfahren wird, dass ich daran Anteil hatte.

Ich will ein Drehbuch schreiben, das wirklich mir gehört, mehr noch als das Drehbuch über den Jungen, der seine Familie in den Brunnen wirft, mehr noch als alles, was ich bisher geschrieben habe, obwohl dieses Drehbuch mir gleichzeitig überhaupt nicht gehört; ein Drehbuch, das ganz und gar Santiago Salvatierra gehört, weil er das Genie ist; er ist es, der meine misslungenen Drehbücher in Filme verwandelte, die die Geschichte des lateinamerikanischen Films veränderten und bald auch, wenn ich mich von dem Druck nicht lähmen lasse, die Geschichte des Films überhaupt.

* * *

Seite siebenundvierzig.

Der zweite Akt ist auf Sand gebaut; Sand, der zu beiden Seiten des Bildschirms herunterricselt.

Als ich anfing zu schreiben, passierte mir das öfter: Die Sätze fielen wieder aus dem Bildschirm.

Der Boden übersät mit Wörtern, die sich weigerten, Teil meiner Scheißtexte zu sein; Wörter, die ich unter meinen Fußsohlen spürte.

Ich hatte mir einen billigen PC gekauft.

Ich wusste nicht so richtig, was ich anfangen sollte mit meinem Leben.

Musik zu studieren war ein Irrtum gewesen, eine Zeitverschwendung, nicht wegen der Musik (ein Instrument zu spielen ist gut; die Beatles zu verstehen ist gut), sondern deswegen, weil der Weg zum Sessionmusiker für mich in einer Sackgasse endete. Nach zwei Jahren stand ich mit leeren Händen da.

Die Gitarre, der Verstärker, der Notenständer mit den Partituren und dem Übungsmaterial zum Selbststudium erinnerten mich nur noch an meinen Irrtum.

Ich verkaufte alles.

Alles außer der Technics-Stereoanlage und den Beatles-CDs.

Ich versteckte das Geld ganz hinten in der Strumpfschublade.

Bis meine Mutter mir eines Morgens erzählte, dass sie eine Website für ihr Animationstheater entwerfen möchte; sie wollte Fotos, Videos und die Preise der verschiedenen Angebote ins Netz stellen.

Ich nahm das Geld aus der Strumpfschublade und kaufte einen billigen, in seine Bestandteile zerlegten PC.

Ich wollte ihn selbst zusammenschrauben.

Da ich von Computern keine Ahnung hatte, dachte ich, dass ich in kurzer Zeit viel lernen könnte, wenn ich ihn in seine Bestandteile zerlegt kaufen und wieder zusammensetzen würde.

Ich brauchte zwei Wochen, um ihn zusammenzuschrauben.

Ich schraubte ihn zusammen, auseinander, zusammen, auseinander, ging in den Laden, damit sie mir die Grafikkarte austauschten, und schraubte ihn wieder zusammen.

Ich musste Windows installieren, deinstallieren und wieder installieren.

Meine Mutter engagierte einen Privatlehrer, der ihr zeigte, wie man Outlook, Word und Excel benutzte und eine einfache Website entwarf.

Eines Nachts (ich konnte wegen der Hitze nicht schlafen; es war Sommer und meine Mutter hasste es, mit eingeschalteter Klimaanlage zu schlafen) stieg ich aus dem Bett und ging in die Küche, um ein Glas Wasser zu trinken.

Der PC schlummerte neben dem Kühlschrank vor sich hin.

Es ärgerte mich, dass der PC so friedlich vor sich hin schlummerte.

Ich bewegte die Maus: Der Monitor leuchtete auf.

Meine Mutter hatte Outlook offen gelassen, mit ihren Mails für die Arbeit.

Ich schloss es.

Auch eine Word-Seite war noch geöffnet, auf der geschrieben stand:

»Ach, der Mate, wie gut er doch schmeckt, wie gut schmeckt doch der Mate, wie gut«.

Ich speicherte ihr Gedicht (?) auf dem Desktop und öffnete ein neues Dokument.

Eine ganze Weile betrachtete ich diese leere Seite auf dem Bildschirm eines PCs, den ich mit meinen eigenen Händen zusammengeschraubt hatte und von dem ich nicht wusste, wie man ihn benutzt oder wofür. Ich dachte daran, mich wieder ins Bett zu legen, neben meine Mutter, in der Hoffnung einzuschlafen.

Aber bei dieser Hitze zu schlafen würde nicht möglich sein.

Ich spielte mit dem Gedanken, ein wenig spazieren zu gehen.

Nein, ich blieb vor der leeren Seite hocken und lauschte dem Robotergeflüster des PCs.

Irgendwann beugte ich mich über die Tastatur und tippte »Ich schreibe«.

Eine Zeit lang betrachtete ich die beiden Wörter »Ich schreibe« auf dem Bildschirm.

Dann tippte ich die Wörter »Ich lese«.

So ein Blödsinn!

»Ich schreibe. Ich lese.«

»Ich schreibe. Ich lese. Ich schreibe. Ich lese.«

Ich ging ins Schlafzimmer, so leise es ging, und hob das Buch vom Fußboden auf.

Weil es keinen Platz für Nachttische gab, ließen wir unsere Sachen auf dem Boden liegen: ein Buch, die Brille, das Taschentuch, das Handy, ein Foto meines Vaters, das meine Mutter jeden Morgen und jeden Abend küsste.

Das Buch, ein gebrauchtes, war *Der Zauberberg*.

Ich legte das Buch neben die Tastatur, öffnete es in der Mitte und tippte einen der Sätze von Thomas Mann ab.

Eine Zeit lang betrachtete ich diesen Satz.

Ein Satz, der nicht von mir war, der aber, aus dem Text herausgelöst, allein auf dieser Word-Seite auf einem billigen Computer am Arsch der Welt, einer von mir zu sein schien.

Ich weiß nicht, wie lange ich diesen Satz betrachtete, aber plötzlich beugte ich mich wieder über die Tastatur und tippte noch einen Satz, diesmal einen von mir, neben den von Thomas Mann.

Eine Zeit lang betrachtete ich beide Sätze.

Meine Mutter stand auf, um ins Bad zu gehen, und fragte, was ich da machte.

Nichts, ich kann nicht schlafen.

Ich wollte noch etwas hinzufügen, aber sie ging ins Bad, pinkelte, betätigte die Spülung, kam aus dem Bad zurück und ging wieder ins Bett.

Den Rest der Nacht verbrachte ich schreibend.

Eine Geschichte.

Eine fürchterliche Geschichte, von Thomas Mann begonnen und von mir ruiniert.

Eine Geschichte von fünfzehn Seiten.

Fünfzehn Seiten in wenigen Stunden.

Ich war erschöpft und glücklich, obwohl ich nicht wusste, warum ich glücklich war.

Eine angenehme Erschöpfung, die ich vorher nie gespürt hatte, nicht einmal, als ich es schaffte, eines der Gitarrenstücke fehlerlos zu spielen.

Eine geistige Erschöpfung, keine körperliche, aber eine, die ich im Körper spürte.

Ich legte die Geschichte in einem Ordner ab, den ich »Entwürfe« nannte, und den Ordner mit dem Titel »Entwürfe« speicherte ich in »Mein PC«.

Ich ging ins Bett, als meine Mutter aufstand.

Ich hörte gerade noch, wie sie sich ihren Mate bereitete, dann schlief ich schon ein.

Am nächsten Tag las ich die Geschichte. Ohne auch nur eine Sekunde zu zögern, warf ich sie in den Papierkorb und leerte ihn.

Ich machte mir einen Milchkaffee, setzte mich an den PC, öffnete ein leeres Dokument und fing an zu schreiben.

Ich wollte feststellen, was in mir diese wunderbare Erschöpfung hervorgerufen hatte: die Tätigkeit des vielen Schreibens oder die Einbildung, etwas Gutes geschrieben zu haben, oder nur die Tatsache, stundenlang vor einem PC-Bildschirm zu sitzen.

Ich schrieb eine Geschichte von siebenundzwanzig Seiten in einem Zug durch.

Ich trank drei Milchkaffees.

Die Erschöpfung war die gleiche, wunderbar, eine Zufriedenheit, wie man sie sonst nur bei Hunden beobachtet.

Und das, obwohl ich bei diesem zweiten Mal schon beim Schreiben davon überzeugt war, dass das Geschriebene Scheiße war, literarischer Müll.

Ich legte auch diese zweite Geschichte in dem Ordner »Entwürfe« ab.

Am nächsten Morgen las ich sie, warf sie in den Papierkorb und leerte ihn.

So verbrachte ich die nächsten zwei Monate: Ich schrieb eine Geschichte pro Tag, zwischen fünfzehn und vierzig Seiten, und am nächsten Morgen las ich die Geschichte, warf sie in den Papierkorb und leerte ihn.

Ich habe mich nie so gut gefühlt: Als ob ein Psychiater mir Benzodiazepine verschrieben und mir empfohlen hätte, sie jeden Tag zu nehmen, ohne Nebenwirkungen und ohne Angst, süchtig zu werden.

Aber ich wurde süchtig.

Süchtig danach, jeden Tag diese Seiten zu schreiben.

Süchtig danach, jeden Tag eine Scheißgeschichte zu schreiben.

Wenn ich meine Scheißgeschichte nicht schrieb, hatte ich das Gefühl, dass es ein verlorener Tag war.

Ich tippte auf dem PC herum wie ein wildgewordener Affe.

Ich begann die Geräusche meiner Mutter als lästig zu empfinden: Alles, was meine Mutter in der Wohnung tat, während ich schrieb (Dinge, die sie seit Jahren tat und die mich nie gestört hatten), dröhnte mir in den Ohren, wie durch ein Megafon verstärkt.

Ich kaufte mir ein Heft und ging zum Schreiben in die Bar.

Ich las fast gar nicht mehr.

Ich schrieb nur noch, Stunde um Stunde (die Welt um mich herum ein dichter Nebel), und dann zerriss ich die Seiten in kleine Schnipsel und warf sie in den Müll.

Ich bewahrte nichts von dem auf, was ich in jenem Jahr schrieb.

Das ist gelogen.

Ich bewahrte einen Kriminalroman auf, den ich in einem Rutsch schrieb.

Wenn ich mich richtig erinnere, begann ich ihn um zwei Uhr nachmittags in der Bar und beendete ihn um vier Uhr morgens am PC; trank dabei einen Milchkaffee nach dem anderen, während meine Mutter im Schlafzimmer schnarchte.

Ein Kriminalroman mit dem Titel *Absolute Ruhe*, den ich mit großer Begeisterung schrieb, obwohl ich dann bemerkte, dass er nicht funktionierte, zumindest nicht ganz, aber ich hatte keine Lust, ihn zu korrigieren.

Ein Kriminalroman, den ich schrieb, ohne zu wissen, worauf er hinauslief; ohne zu wissen, worin die Lösung des Rätsels bestand.

Ich war selbst überrascht, als ich die Lösung fand, auf Seite sechzig ungefähr.

Ein Kriminalroman, den ich gleichzeitig schrieb und las und der vielleicht deshalb nicht funktionierte.

Man macht sich besser einen Plan, bevor man einen Kriminalroman schreibt, strukturiert ihn so, wie wir die Drehbücher strukturieren, arbeitet gründlich an der Struktur, bevor man sich hinsetzt und das erste Wort aufschreibt.

Ich habe schon immer gerne Kriminalromane gelesen, obwohl die meisten idiotisch und vorhersehbar sind.

Romane dieser Art haben etwas Beruhigendes an sich.

Jedes vierte Buch, das ich in den Gebrauchtbuchhandlungen tauschte, war ein Kriminalroman; das heißt, drei Bücher gehörten zur »ernsten Literatur« und eins war ein Krimi.

Ich genoss diese Krimis sehr, solange sie nicht idiotisch und vorhersehbar waren; ich las sie noch lieber als die Bücher der »ernsten Literatur«.

Außer wenn ich die Trilogie von Beckett las.

Verzeihung, *die drei Romane* von Beckett.

Beckett mochte es gar nicht, wenn man seine drei Romane »Trilogie« nannte.

Molloy, *Malone stirbt* und *Der Namenlose*.

Diese Bücher der sogenannten »ernsten Literatur« haben etwas von einem Kriminalroman, besonders *Molloy*, aber auch der Schlussteil von *Malone stirbt*.

Ich kaufte mir in der Librería Norte die drei Romane in einem Schuber des Verlags Editorial Alianza, gedruckt auf billigem Papier, schlecht geleimt und mit einer kaum lesbaren Schrifttype.

Ein Jahr lang las ich diese Romane wieder und wieder, ohne Unterbrechung, ohne andere Bücher dazwischenzuschalten, bis diese drei Romane mich anwiderten; ich begann, mich über sie zu ärgern (nicht so sehr über *Malone stirbt*, aber doch über die anderen zwei; obwohl auch *Malone stirbt* mich anwiderte; aber ich ärgerte mich nicht darüber), also brachte ich sie in die Gebrauchtbuchhandlung und tauschte sie gegen *Operation Shylock* von Philip Roth ein.

* * *

Santiago kaut an den Nägeln.

In den letzten Tagen kaut er während der Arbeit ununterbrochen an den Nägeln.

Immer wieder schaut er sie an, mit prüfendem Blick, schnaubt und kaut weiter.

Gestern schrieb ich eine wichtige Szene.

Ich fühlte mich gut, als ich damit fertig war, ausgeglichen.

Santiago kam heute Morgen herunter und schaute mich so an, wie er mich immer anschaut, wenn er etwas gelesen hat, was ich geschrieben habe, und es ihm gefällt: ein Gesichtsausdruck, der schwer zu deuten ist, voller Hass und Stolz zugleich; als ob es ihn gewaltig ärgerte, dass ich diese Szene geschrieben habe, die funktioniert, aber auch als ob er mich jeden Moment umarmen möchte.

Die Szene, die ich gestern schrieb, brachte eine Mauer zum Einsturz: Zum ersten Mal seit Wochen sehen wir den zweiten Akt als durchaus machbar an.

Santiago ist gut gelaunt, er kaut ununterbrochen an den Nägeln und lacht über alles Mögliche.

Er hat nie über meine Witze gelacht, jetzt lacht er über alle meine Witze.

Seine Witze sind ausnahmslos schlecht, und immer lacht er, wenn er sie (übertrieben lang) erzählt hat; er schaut mich an und wartet darauf, dass ich auch lache, und ist überzeugt davon, dass seine Witze alle gut und intelligent und neu sind.

Seine Witze sind alle schlecht und dumm und alt.

Aber ich lache.

Selbstverständlich lache ich.

Ein weiterer Preis, den ich zahle: Kieferschmerzen.

Santiago ist von seinem Genius so überzeugt, dass er gar nicht auf die Idee kommt, jemand könne nur so tun, als ob er über seine Witze lache.

Es fällt uns schwer, in dem Drehbuch den Humor zu finden.

Zündende Ideen.

Santiago zwingt diese Ideen gerne herbei; er ist überzeugt davon, dass man sie ausgraben kann.

Aber die Ideen, die funktionieren, sind solche, die ganz von selbst auftauchen, die sich unverhofft zeigen, ohne sich aufzudrängen.

Manchmal, wenn ich eine dramatische, zutiefst traurige Szene schreibe, schießt mir ein Gedankenblitz durch den Kopf, den ich nicht ungenutzt lassen darf, den ich sofort in die Szene einbauen muss.

So tauchen diese zündenden Ideen auf, die etwas taugen.

Aber in diesem dritten Drehbuch sind die Gedankenblitze rar gesät, und Santiago versucht sie dann zu erzwingen: Er will mir einreden, dass ihm gerade einer durch den Kopf schoss, obwohl es gar nicht so war, er erfindet irgendetwas.

Wenn sie nicht unvermutet erscheinen, erscheinen sie nicht.

Das Drehbuch ist zum Teil so, wie wir es wollen, und zum Teil gehorcht es ganz eigenen Gesetzen.

Ist das Drehbuch männlicher oder weiblicher Natur?

Das erste Drehbuch, das ich für Santiago schrieb, ist männlicher, das zweite weiblicher Natur.

Dieses ist vielleicht ein Hermaphrodit.

Oder ein asexuelles Drehbuch.

Aber ein asexuelles Drehbuch hat keinen Humor.

Genau wie Santiago, der hat auch keinen Humor.

Für den Humor bin ich zuständig, aber diesmal taucht er nicht auf.

Das Drehbuch ist bisher ein einziges Trauerspiel. Ein Drehbuch, das ein einziges Trauerspiel ist, kann nicht zum besten Film des Jahres werden.

Ein Film, der ein einziges Trauerspiel ist, kann den Oscar für den besten fremdsprachigen Film gewinnen, aber nicht zum besten Film überhaupt werden.

Die Tage vergehen wie im Flug.

Ich habe mir nie vorstellen können, dass im Keller die Tage wie im Flug vergehen könnten.

Norma brachte mir mit dem Mittagessen eine Dose Red Bull.

Ich fragte sie, was die Dose Red Bull soll, ich schrie sie an, dass ich nicht darum gebeten hatte, aber sie sagte wie immer nichts.

Sie muss mir nicht erklären, was die Dose Red Bull soll: Santiago ist verzweifelt.

Unser dritter Film wird ein Vermögen kosten, nicht weniger als siebzig Millionen Dollar.

Santiago hat nie mit mehr als fünfzehn Millionen gedreht, was eine Menge Geld für einen Film auf Spanisch ist.

Aber dieser dritte Film dürfte ein Budget von nicht weniger als siebzig Millionen haben, und das auch nur, wenn alles glatt läuft, wenn es keine unvorhergesehenen Ereignisse gibt, und bei den Filmaufnahmen von Santiago gibt es immer unvorhergesehene Ereignisse.

Seine Anforderungen sind umgekehrt proportional zum veranschlagten Budget.

Red Bull funktioniert tatsächlich; ich bat Norma, mir noch eins mit dem Abendessen zu bringen.

Ich erinnere mich an eine Nacht vor etlichen Jahren, als ich mich, mit Koffein vollgepumpt, an den PC setzte, um eine Geschichte zu schreiben, die mich verfolgte.

Eine Geschichte, die ich, wie alles, was ich in jener Zeit schrieb, in einem Zug durch schrieb.

Eine Geschichte über einen pädophilen Geistlichen, der zu dreißig Jahren Gefängnis verurteilt worden war und der nach einem Jahrzehnt des Schweigens und der Haft einem Interview mit einem Journalisten zustimmte. Diesem Journalisten erklärte er, dass es niemals seine Absicht gewesen sei, die Kinder zu missbrauchen, dass er kein Triebtäter sei, dass er nur mit dem Jesuskind habe schlafen wollen.

Ich erinnere mich an das Gesicht meiner Mutter, als sie die Geschichte las.

Ich weiß nicht, warum ich ihr diese Geschichte zu lesen gab, ich hatte ihr sonst nie gezeigt, was ich schrieb.

Ich vermute, dass diese Geschichte etwas hatte, was sie besser machte als die anderen.

War ich stolz darauf, die Geschichte über den pädophilen Geistlichen geschrieben zu haben?

Eine schreckliche, entsetzliche Geschichte, aber besser als alles, was ich vorher geschrieben hatte.

Das erste Mal, dass ich stolz auf etwas war, was ich geschrieben hatte.

Aber der Blick meiner Mutter zwang mich, die Geschichte in den Papierkorb zu werfen und ihn zu leeren.

Ich wollte nicht verantwortlich für eine Geschichte sein, die solch einen Blick bei meiner Mutter auslöste.

Ich gab ihr meinen Kriminalroman *Absolute Ruhe*; ich druckte ihn ihr in einem Internetcafé auf DIN A4 aus, in der Times New Roman mit der Schriftgröße 14 und einfachem Zeilenabstand.

Nach einer Woche las sie ihn.

Sie sagte mir, dass er ihr gefallen habe, dass sie beeindruckt davon sei, dass ich so etwas habe schreiben können.

Das erste Mal, dass meine Mutter sagte, von etwas beeindruckt gewesen zu sein, was ich gemacht hatte.

Von meinen musikalischen Erfolgen war sie nie beeindruckt.

Sie schaute mich dann immer mit einem mitleidigen Lächeln an, das mir zu verstehen gab: Ich werde dir bei allem helfen, was du machen willst, was es auch sei; und gleichzeitig: Was für eine traurige Zukunft du mit deiner Musik haben wirst.

Es deprimiert mich, über meine Mutter zu schreiben.

Ich stelle mir vor, was sie wohl empfunden hat, als ich weg war.

Obwohl ich es mir nicht vorstellen kann, stelle ich es mir vor, und ich habe Angst, es mir vorzustellen.

Manchmal denke ich, dass meine Mutter es akzeptiert hätte, mit mir hier im Keller zu wohnen.

Sie hätte mir geholfen, den bedeutendsten Regisseur des lateinamerikanischen Films aller Zeiten in den bedeutendsten Regisseur des Films weltweit und aller Zeiten zu verwandeln.

Meine Mutter war diejenige, welche mich davon überzeugte, nichts mehr in den Müll zu werfen von dem, was ich schrieb.

Nimm dir die Zeit, die du brauchst, sagte sie, aber schreib etwas, das etwas wert ist. *Das dir etwas wert ist.* Das du vorzeigen magst. Ich mache dir Kaffee, so viel du willst. Nur keine Eile. Wenn du ein Jahr brauchst, brauchst du ein Jahr. Wenn du zwei brauchst, zwei.

Ich brauchte drei.

Drei Jahre, in denen ich fünf Geschichten von nicht mehr als je zehn Seiten schrieb.

Das heißt, ich schrieb viel mehr, aber diese fünf waren die einzigen, die meiner Meinung nach einen gewissen Wert hatten.

Es war klar, dass ich kein Buch mit fünf Geschichten von nicht mehr als je zehn Seiten zusammenstellen konnte.

Meine Mutter sagte mir, dass ich den Kriminalroman hinzunehmen sollte, aber nein, *Absolute Ruhe* gehörte einer anderen Zeit an, er wurde in meinen Anfangsjahren geschrieben.

Er hat mit diesen fünf neuen Geschichten nichts zu tun, sagte ich.

Meine Mutter schien mich zu verstehen, schaute mich aber wieder mit ihrem mitleidigen Lächeln an.

Lisandro erzählte mir, dass einem seiner Cousins ein Häuschen an der Lagune von Chascomús gehörte.

Wenn du willst, bitte ich ihn, dich dort wohnen zu lassen, sagte er. Du fährst hin, ziehst dich in das Haus zurück und schreibst so lange, bis du mindestens zehn Geschichten mehr geschrieben hast. Danach helfe ich dir, das Buch bei den Verlagen unterzubringen.

Ich mochte nie gerne reisen, und erst recht nicht allein, aber Chascomús liegt nur eine Autostunde von Buenos Aires entfernt und es war einen Versuch wert.

Meine Mutter bot sich an, mir ein Taxi zu bezahlen.

Ich betrat das Haus von Lisandros Cousin an einem Dienstagmorgen.

Es regnete.

Das Haus roch nach Feuchtigkeit und Algen.

In allen Ecken hingen Spinnweben.

Die ersten Stunden verbrachte ich damit, zu putzen, Ungeziefer zu beseitigen und mich zu vergewissern, dass die Moskitonetze Fenster und Türen lückenlos abdichteten.

Ich füllte den Kühlschrank mit Vollmilch und Orangensaft im Tetra Pak und mit in Plastikfolie eingeschweißten Würstchen.

Im Speiseschrank: Brot für Hotdogs, Mayonnaise, Ketchup, Senf, eine große Dose mit löslichem Kaffee, Vanillegebäck und Kekse.

Die ersten zwei Tage ging ich nicht aus dem Haus.

Ich versuchte, in der Küche zu schreiben, in ein Heft, morgens eine Weile, nachmittags eine Weile, abends eine Weile.

Dann versuchte ich zu schlafen, zu lesen oder zu masturbieren.

Ich hatte zwei Romane von Cormac McCarthy dabei (*Verlorene* und *Die Abendröte im Westen*), die *Gesammelten Erzählungen* von Flannery O'Connor und eine Ausgabe des *Hustler*, die ich vor Jahren in einem dieser Läden mit gebrauchten Büchern und Zeitschriften in der Calle Corrientes gekauft hatte.

Ich strich alles wieder durch, was ich in diesen zwei ersten Tagen geschrieben hatte.

Am Morgen des dritten Tages lief es besser, mit einer Geschichte über einen Schriftsteller, der sich in ein Haus voller Ungeziefer an der Lagune von Chascomús zurückzieht, nur Hotdogs und Vanillegebäck isst und Unmengen von Milchkaffee trinkt, es aber nicht schafft, das zu schreiben, was er will; und der sich dann mit einem Heft an das Küchenfenster stellt, um die verschiedenen Farbtöne des Himmels, die Formen der Wolken et cetera zu beschreiben.

Am Abend des fünften Tages verließ ich das Haus und ging zur Lagune.

Ich setzte mich auf einen Stein und betrachtete das Wasser.

Es war nichts Besonderes an diesen endlosen Wassermassen.

Eine Lagune, die für Touristen viel zu wünschen übrig lässt.

Eine Lagune, die nicht das Außergewöhnliche der Natur zeigt, sondern das Alltägliche, Altbekannte, dem niemand hinterhertrauern würde, wenn es verschwände.

Ich öffnete *Die Abendröte im Westen* und las ein paar Seiten.

Es ergab keinen Sinn. Dieser unglaublich gut geschriebenen Anhäufung von Gewalt mangelte es an jeglichem Wert.

Ich saß auf dem Stein, betrachtete das bräunliche Wasser und dachte: Wenn Cormac McCarthy verschwände (das heißt, wenn er niemals gelebt hätte), wäre die Welt immer noch die gleiche; wenn Faulkner aus der Geschichte entfernt würde, wäre die Welt immer noch die gleiche; wenn Shakespeare aus der Geschichte entfernt würde …

Ein Vogel landete neben mir.

Ich weiß nicht, was für ein Vogel es war. Er sah aus wie eine Taube, aber doch nicht ganz so.

Er blieb ein Weilchen sitzen, fing dann an, sich auf diese hysterische Art und Weise zu bewegen, wie Vögel es tun, und schaute mich mit seinen Vogelaugen scharf an, er krächzte, er schaute mich weiterhin an, rüttelte mit den Flügeln und flog weg.

Ich schloss das Buch von McCarthy.

Vor mir ging die Sonne unter und versteckte sich hinter den Bäumen.

Mich erstaunte die Geschwindigkeit, mit der sie unterging; in wenigen Minuten war sie verschwunden und der Himmel verlor seine blaue Farbe, die Wolken färbten sich mit einem dunklen Rosa, das mich an die Zuckerwatte erinnerte, die mein Vater mir kaufte, wenn wir in den Zirkus gingen.

Ich dachte, dass dieser Himmel und diese Wolken unmöglich zu beschreiben waren; dass niemand, egal wie viel Talent er auch haben mag, in der Lage ist, diesen Himmel und diese Wolken zu beschreiben.

Ich verstand, warum ich die naturalistische Literatur noch nie ausstehen konnte.

Selbst in den großen Werken der Weltliteratur habe ich ganze Absätze mit Beschreibungen übersprungen.

Niemand konnte, kann oder wird diesen Himmel und diese Wolken, die vor mir über dieser deprimierenden Lagune hängen, in Worte fassen.

Ich ging zum Haus zurück, rief meine Mutter an und sagte ihr, dass ich zurückkommen werde.

Sie fragte mich, wie es mir ergangen sei.

Ich gab ihr keine Antwort.

Ich stopfte die wenigen Kleidungsstücke, die ich mitgenommen hatte, in die Tasche, verließ das Haus, schloss die Tür ab, ging am Ufer der Lagune entlang, bis ich auf eine Frau traf, die im Weidegras saß und Mate trank, und fragte sie, von wo der Bus nach Buenos Aires abfuhr.

* * *

Ungefähr ein Jahr später hatte ich mein erstes Drehbuch fertig.

In rund dreihundert Tagen hatte ich der Literatur den Laufpass gegeben und mich in die Arme des Films geworfen, eine Kunst, die ich kaum kannte, außer dass ich rund zehnmal im Jahr ins Kino gegangen war, seitdem ich mit meinen Eltern im Kino Pinamar *E.T.* (meinen ersten Film) gesehen und während des dritten Aktes Rotz und Wasser geheult hatte.

Santiago sagt, dass der Film die größte aller Künste ist, weil er alle anderen miteinbezieht:

Der Film bedient sich bei der Literatur, der Malerei, dem Theater, der Musik, der Fotografie und der Bildhauerei. Er benutzt die verschiedensten Wissenschaften.

Ich glaube, dass der Film (das habe ich Santiago nie gesagt) die anderen Künste und die verschiedensten Wissenschaften zwar benutzt, aber in keine tiefer eindringt; der Film bedient sich ein wenig bei allen, schöpft sie allerdings nicht aus.

Man kann Filme machen, wenn man ein wenig von der Malerei, dem Theater oder der Literatur versteht.

Eine Kunst, typisch für unsere Zeit, in der die meisten Künstler (Santiago und mich inbegriffen) kaum Ahnung von irgendetwas haben und keiner Disziplin erschöpfend auf den Grund gehen.

Der Film ist eine industrielle Kunst und genau deshalb höchst mangelhaft.

Je mehr Leute daran beteiligt sind, desto mangelhafter das Resultat.

Eine Summe von Mängeln.

Das Genie des einen droht in der Mittelmäßigkeit des Restes zu versickern.

Ich habe der Literatur nicht deswegen den Laufpass gegeben und mich in die Arme des Films geworfen, weil ich glaubte, dass der Film eine größere Kunst als die Literatur sei.

Nein, der Film ist eine deutlich geringere Kunst als die Literatur.

Keine Kunst (mit Ausnahme der Musik) erreicht ein solches Niveau von Tiefe, von Vertraulichkeit zwischen Autor und Publikum wie die Literatur.

Die Literatur ist bisher von keiner der anderen erzählenden Künste übertroffen worden: weder vom Film noch dem Theater, noch vom Fernsehen.

Aber die Literatur verlangt ein hohes Maß an Hingabe.

Der Schriftsteller muss sein Leben dem Schreiben opfern.

Alles andere stört ihn nur: Familie, Freunde; sie hindern ihn daran, noch mehr Stunden zu schreiben.

Ich merkte, dass ich zu einer solchen Hingabe nicht fähig war und dass das Resultat, wenn ich doch dazu fähig gewesen wäre, nicht den Ansprüchen genügt hätte.

Das Drehbuch hingegen verlangt eine andere Art von Hingabe.

Das Drehbuch ist kein literarischer Text.

Es hat keinen Stil.

Das heißt, es macht nichts, wenn der Drehbuchautor der geschriebenen Seite seinen Stil aufdrückt.

Obwohl es viele Drehbuchautoren mit unterschiedlichen Stilen gibt, ist am Schluss nicht einer dieser Stile von Bedeutung, sie alle landen in dem Ordner der produzierten oder nicht produzierten Drehbücher.

Ich setze mich gerne hin und schreibe, ohne mich um den Stil kümmern zu müssen.

Ich muss kein Joyce, kein Hemingway oder Carver sein.

Ich muss nur gute Szenen schreiben: klare Anweisungen und präzise Dialoge.

Ich lasse eher etwas weg, als dass ich etwas hinzufüge.

Das erste Drehbuch, das ich ein Jahr nach meiner Rückkehr aus Chascomús schrieb, taugte nichts, es war wirklich schlecht, aber es beschämte mich nicht so sehr wie die Geschichten.

Ich zeigte es Lisandro.

Er gratulierte mir, und dann sagte er, ich solle es verschwinden lassen.

Aber ich warf es nicht in den Papierkorb, sondern schob es in einen Ordner mit dem Namen »Drehbücher«, den ich in »Mein PC« anlegte.

Lisandro hatte als Produktionsassistent in der Werbeagentur seines Onkels angefangen.

Ich bat ihn, mir Drehbücher zu besorgen, egal welche; ich wollte Drehbücher lesen, viele Drehbücher, nur Drehbücher.

Er besorgte mir ein Buch mit vier Drehbüchern von William Goldman auf Spanisch: *Butch Cassidy und Sundance Kid*, *Der Marathon-Mann*, *Die Unbestechlichen* und *Die Braut des Prinzen*.

Ich wurde ein Fan von William Goldman.

Ich las diese Drehbücher immer wieder, studierte sie gründlich, tippte sie Wort für Wort auf dem PC ab, wobei ich eine Raubkopie von Final Draft benutzte.

Drehbücher schreiben, obwohl ich noch nicht genau wusste, wie es ging, passte zu mir.

Die Art der Sätze, wie ich sie ganz selbstverständlich in meinen Geschichten schrieb, passte besser zu Drehbüchern.

Ich verbrachte zwei Jahre mit dem Schreiben von Drehbüchern für Kurzfilme und Spielfilme.

Ich schrieb sie zu Ende, las sie noch einmal, korrigierte sie, las sie noch einmal, korrigierte sie, las sie noch einmal und schob sie in den Ordner »Drehbücher« in »Mein PC«.

Ich las ganze Bücherstapel über das Schreiben von Drehbüchern.

Ich las mehrmals die *Poetik* von Aristoteles, weil in einem jener Bücher stand, dass man mehrmals die *Poetik* von Aristoteles lesen müsste.

Ich lernte die wesentlichen Passagen der *Poetik* auswendig und setzte sie in die Praxis um: Ich schrieb mehr als zwanzig Drehbücher, bei denen ich mich streng an Aristoteles hielt.

Ich kaufte mir einen DVD-Player und lieh mir alle Filme und TV-Serien aus, die *commentary tracks* von Drehbuchautoren enthielten.

Ich habe reihenweise Hefte mit Kommentaren gefüllt, die mir bemerkenswert erschienen.

Ich habe mit einigen meiner Drehbücher an Wettbewerben teilgenommen, aber nie einen Preis gewonnen; nur eine lobende Erwähnung in einem Kurzfilmwettbewerb, für die ich das Buch *Cassavetes über Cassavetes* erhielt.

Ich las mehrmals *Cassavetes über Cassavetes*.

Ich las mehrmals *David Lynch über David Lynch*, *Die versiegelte Zeit* von Tarkowski, *Woody Allen im Gespräch*, *Das Hollywood-Geschäft* von Goldman.

Ich verbrachte ganze Wochen nur in der Wohnung und schaute mir viele der wichtigsten Streifen der Filmgeschichte an, die ich bisher noch nicht gesehen hatte, und andere, die ich schon gesehen hatte, aber an die ich mich nicht mehr gut erinnern konnte. Ich trank einen Milchkaffee nach dem anderen, manchmal war auch meine Mutter dabei und trank ihren Mate.

Ich schrieb weiter Drehbücher, prüfte sie bis in alle Einzelheiten, um herauszubekommen, warum sie nicht funktionierten, wie man sie verbessern kann, wie man den größten Nutzen aus jedem Akt, aus jeder Erzählsituation ziehen kann, worin die Handlung und der Konflikt jedes Drehbuchs und jeder Szene bestanden, worin die Schlusswendung jeder Szene und jedes Aktes bestand, worin das Thema jedes einzelnen Drehbuchs und die Absicht jeder einzelnen Figur bestanden, und welches Problem das geeignetste war, mit dem man jede der Figuren konfrontieren konnte.

Ich gab diese Drehbücher meiner Mutter, Lisandro und meiner jeweiligen Freundin, wenn ich denn gerade eine hatte, denn ich hatte nicht viele Freundinnen.

Ich machte riesige Fortschritte als Drehbuchautor.

Meine Mutter hat mir nie vorgeworfen, dass ich nicht arbeitete (obwohl das, was ich in der Wohnung tat, ja irgendwie arbeiten war).

Sie hat mir nie vorgeworfen, dass ich kein Geld nach Hause brachte; nicht einmal, als ich schon dreißig war, und später fünfunddreißig.

Wir gehörten nicht zu denen, die viel ausgaben.

Wir leisteten uns kaum etwas.

Wir gingen kaum essen.

Wir trugen jahrelang dieselbe Kleidung.

Das Geld, das meine Mutter mit dem Animationstheater verdiente, reichte, um unsere Krankenversicherungen, das Essen, gelegentliche Unkosten und Mehrausgaben zu bezahlen.

Es gab sogar Monate, in denen Geld übrig blieb. Meine Mutter bewahrte es in einer roten Thermosflasche auf, die sie im Speiseschrank hinter den Päckchen mit Mate versteckte.

Ich hoffe, dass sie in diesen letzten fünf Jahren genügend zurückgelegt hat, um sich den Lebensabend einigermaßen erträglich einrichten zu können.

* * *

Santiago schlug die Tür zu und ging.

Wir hatten so lange gearbeitet wie sonst auch, und als er im Begriff war zu gehen, als er seinen Stuhl nahm und zur Tür ging, bat ich ihn, noch einen Moment zu warten.

Ich sagte ihm, dass ich nicht weiterschreiben werde, wenn er meiner Mutter nicht einen Scheck über hunderttausend Dollar zukommen lässt.

Er schaute mich so an, wie er mich anschaut, wenn ich etwas sage, was er nicht völlig versteht, oder schon versteht, aber einige Sekunden braucht, um es zu verdauen.

Wie kommst du darauf, dass ich einen Scheck über hunderttausend Dollar für eine Frau ausstelle, die ich nicht kenne?

Das ist doch egal, sagte ich. Das ist nicht mein Problem. Ich bin sicher, dass du einen Haufen Geld mit den Filmen gemacht hast, die ich für dich geschrieben habe, und ich bin auch sicher, dass du noch mehr Geld mit dem Film machen wirst, den ich jetzt schreibe. Das Mindeste, was du tun kannst …

Du schreibst einen Film für mich? Du hast Filme für mich geschrieben? Wo hast du das denn her? Wo steht dein Name in diesen Filmen, die du angeblich für mich geschrieben hast?

Er schnappte sich seinen Stuhl und warf ihn gegen die Wand.

Du hilfst mir, Pablo. Das ist alles, was du machst. Du hilfst mir. Du hast das Privileg, mir helfen zu dürfen, und auf diese Weise wirst du Teil eines historischen Ereignisses. Niemand macht für mich irgendetwas in meinen Filmen. Ich mache alles. Ich spiele sogar selbst. Ich mache die Beleuchtung, ich komponiere die Musik und entwerfe die Kostüme und kümmere mich um den Ton. Alle anderen helfen mir. Sie assistieren mir. Denn man kann keinen Film ganz alleine machen. Erst recht keinen Film, der die Geschichte des Films weltweit verändern wird.

Ich fragte ihn, warum er die nächste Szene dann nicht selbst schreiben könne.

Nimm dir so viel Zeit, wie du brauchst, sagte ich. Schreib sie, bring sie mit runter, und dann lesen wir sie.

Er schaute mich so an, wie er mich anschaut, wenn er von ganzem Herzen wünscht, dass ich tot wäre, ein Körper im fortgeschrittenen Stadium der Verwesung.

Ich werde gar nichts schreiben, sagte er. Dafür bist du da. Ich gebe dir die Szenen vor, du schreibst sie. Die Szenen sind von mir, das Schriftliche ist von dir. Das Schriftliche, der Akt des Schreibens ist das, was von dir ist. Die Szenen gehören mir, die Geschichte gehört mir, die Figuren gehören mir.

Ich bitte dich nur darum, meiner Mutter den Lebensabend ein wenig zu versüßen, sagte ich. Das ist doch nicht zu viel verlangt. Hunderttausend Dollar. Soviel gibst du für Sandwiches aus, damit deine Techniker in den Drehpausen was zu beißen haben. Hunderttausend Dollar, Santiago. Bei dem Leben, das meine Mutter führt, kommt sie damit zwanzig Jahre aus. Wenn du ihr keinen Scheck mit deinem Namen geben willst, sag deinem Buchhalter, er soll das Geld von deinem Konto abheben, und Norma bringt es meiner Mutter.

Und was wird deine Mutter denken? Wird sie ein Geschenk von hunderttausend Dollar von einer wildfremden Frau annehmen?

Wir erfinden eine Ausrede.

Welche? Was für eine Ausrede, Pablo?

Keine Ahnung. Lass mich überlegen. Mir wird schon was einfallen.

Nein, ich will nicht, dass du deine Zeit damit verbringst, über Ausreden nachzudenken, damit deine Mutter Geld annimmt, das ihr nicht zusteht. Ich will, dass du die Szenen schreibst, die uns noch fehlen. Wir haben gerade erst mit der zweiten Hälfte des zweiten Aktes angefangen. Es fehlt noch viel, und wir haben nicht mehr viel Zeit. Schreib, Pablo. Schreib mir meine Szenen. Hör auf, mich anzustarren wie ein Blöder, und mach dich endlich an die Arbeit.

Santiago schlägt die Tür jedes Mal mit größerer Theatralik zu; je näher wir dem Ende des Drehbuchs kommen, desto theatralischer schlägt er die Tür ins Schloss.

Dies hier schreibe ich auf dem Fußboden sitzend und mit dem Rücken an der Tür; die Erschütterungen spüre ich immer noch.

* * *

Ich weiß nicht, warum es mir nicht früher einfiel, Santiago darum zu bitten, sich um meine Mutter zu kümmern und ihr die wenigen Jahre, die ihr noch bleiben, zu erleichtern.

Es bekümmert und erschreckt mich, warum ich es nicht schon früher für nötig hielt, Santiago zu bitten, sich um meine Mutter zu kümmern.

Es bekümmert und erschreckt mich, mit welcher Leichtigkeit ich mein Leben im Keller, mein Dasein als eingekellerter Schriftsteller akzeptiert habe.

Warum ist es mir nie eingefallen, Santiago aufzufordern, mich zu bezahlen?

Weil ich entführt wurde und niemand einen Entführten bezahlt?

Aber die Entführten arbeiten doch nicht für ihre Entführer.

Oder doch?

Bin ich vielleicht so wie diese entführten Chinesen, die gefälschte Brieftaschen herstellen?

Nein, diese Chinesen wurden nicht entführt; sie sind aus ihrem Land geflüchtet, sie zahlten für die Flucht eine Menge Geld und stellen gefälschte Brieftaschen her, weil sie immer noch Geld schuldig sind. Wenn sie die Summe abbezahlt haben, können sie gehen und mit ihrem Leben machen, was sie wollen.

Vermute ich jedenfalls.

Ehrlich gesagt weiß ich nichts über diese Chinesen, die gefälschte Brieftaschen herstellen.

Ich habe niemals Geld verdient.

Vielleicht kann ich mir deshalb nicht vorstellen, dass jemand mich fürs Drehbuchschreiben bezahlen muss.

Ich werde bald sechsundvierzig Jahre alt und habe noch nie Lohn erhalten.

Ich habe noch nie Steuern bezahlt.

Ich habe es noch nie zum Steuerzahler gebracht.

Ich habe noch nie eine Kreditkarte besessen.

Ich habe vierundzwanzig Jahre auf Kosten meiner Eltern gelebt, dann sechzehn auf Kosten meiner Mutter und fünf auf Kosten von Santiago.

Man hat mir ein einziges Drehbuch abgekauft, in Buenos Aires, aber keinen Peso bezahlt.

Der Regisseur und die Produzenten sagten mir, dass niemand etwas verdiente, nicht einmal die Schauspieler, weil das Geld gerade noch für die Produktion des Films reichte, aber sobald er in die Kinos käme, würden alle am Gewinn beteiligt werden.

Sie legten mir einen Vertrag vor, in dem es hieß, mein Honorar beliefe sich auf null Pesos, aber dass mir vom zukünftigen Gewinn drei Prozent zustünden, was nach ihren Aussagen eine ausgezeichnete Bezahlung für mich sei.

Wie konnte ich so naiv sein zu glauben, dass dieser Film Geld einspielen würde, dass er Gewinn abwerfen würde?

Vielleicht war ich nicht ganz so naiv zu glauben, dass dieser Film Geld einspielen würde, es war mir einfach nur scheißegal.

Das Geld war mir immer scheißegal.

Ich dachte nie ans Geld, wenn ich schrieb.

Ich habe mir nie vorgestellt, dass ich mit dem, was ich schrieb, Geld verdienen könnte.

Der Gewinn beim Schreiben lag im Akt des Schreibens selbst.

Deshalb sitze ich zu dieser frühen Stunde unter dem noch völlig dunklen Oberlicht und schreibe in meiner verschlüsselten Datei.

Das Schreiben ist das Einzige, was beim Schreiben zählt; ist das Einzige, was zählen *sollte*.

Vielleicht ist mir das Geld scheißegal, weil ich es nie gebraucht habe. Zu Hause war immer genug da, um die Grundbedürfnisse zu befriedigen; ich konnte mich immer auf meine Eltern verlassen, so wie ich mich jetzt auf Santiago verlassen kann.

Erleichtert mir der Keller das Leben?

Erleichtert mir die Entführung das Leben?

Ich bin offensichtlich ein bequemer Mensch.

Mein Vater war ein bequemer Mensch; er hatte sich in der Bequemlichkeit seiner Routine eingerichtet und hasste alles, was ihn zwang, diese Routine zu unterbrechen.

Er hasste es, Urlaub zu machen.

Wenn meine Mutter ihn davon überzeugt hatte, dass wir für ein paar Tage nach Pinamar oder Mar del Plata fuhren, versank er wochenlang in einen Zustand der schlechten Laune.

Für gewöhnlich kam er aus diesem Zustand erst heraus, wenn wir uns in dem Haus in Pinamar oder Mar del Plata eingerichtet hatten und für ihn abzusehen war, wie er den Urlaubstagen eine gewisse Routine abgewinnen konnte.

Bevor die Reise losging, konnte er einen ganzen Tag damit zubringen, darüber zu schimpfen, dass der Duschvorhang im Bad zu viele Geräusche verursachte, wenn man ihn zurückzog, um in die Wanne zu steigen oder wieder herauszuklettern.

Ein Kühlschrank, der nicht gut schloss, verleitete ihn dazu, so hart gegen die Wand zu schlagen, dass er sich an der Hand verletzte.

Nur seine Geschäftsreisen nahm er gelassen hin, weil sie Teil seiner Routine und völlig durchgeplant waren, angefangen bei dem Auto, das ihn zu Hause abholte, bis zu dem Auto, das ihn am Flughafen erwartete und ihn ins Hotel brachte, ganz zu schweigen von der Vorzugsbehandlung am Check-in, der Business Lounge, dem Sitzplatz erster Klasse und den Papieren, die jegliches Problem bei der Einreisekontrolle verhinderten.

Auf diesen Reisen tat mein Vater nichts anderes, als in die Duty-free-Shops zu gehen und in seinem cremefarbenen Notizbuch Details über die Räumlichkeiten und die Beschäftigten zu notieren.

Die Städte interessierten ihn nicht, er stieg in einem Hotel in der Nähe des Flughafens ab und verbrachte seine freie Zeit damit, auf dem Zimmer Nachrichtensender zu sehen.

Mein Vater schaute sich gerne Nachrichtensender an.

Ich fragte ihn einmal, warum er sich so gerne Nachrichtensender anschaute, und er sagte mir, dass er gerne sähe, was sonst so auf der Welt los war.

Ich will wissen, dass die Welt da ist, sagte er, dass sie existiert, dass sie unendlich groß und oftmals entsetzlich ist. In den Nachrichtensendern kann ich sehen, was auf der Welt los ist, ohne daran teilnehmen zu müssen.

Ich sagte ihm, dass meiner Meinung nach die Nachrichtensender ein verzerrtes Bild zeigten.

Er nahm einen kleinen Schluck Johnnie Walker Black Label (so, wie er an dem Glas nippte, kam er damit eine Stunde aus) und sagte mir, dass wir alle ein verzerrtes Bild abgäben.

Wir alle, Pablo. Es gibt niemanden auf der Welt, der kein verzerrtes Bild abgibt.

Mein Vater hatte ein enormes Potenzial. Wenn er gewollt hätte, hätte er die Welt auf den unterschiedlichsten Gebieten verändern können, aber er zog es vor, dieses Potenzial zu unterdrücken und ein bescheidenes und bequemes Leben zu führen.

Mein Vater hätte Santiago Salvatierra sein können, vielleicht noch bedeutender als Santiago Salvatierra, aber er zog es vor, als Angestellter eines Millionärs zu leben, dem fünfundzwanzig Prozent der Duty-free-Shops weltweit gehörten.

Santiago war niemals bei irgendjemandem angestellt, weder bei den Geldgebern, die seine Filme finanzierten, noch bei den Marken oder Produzenten, die ihn für ihre Werbespots engagierten.

Er filmte niemals etwas, ohne das letzte Wort bei der Endfassung zu haben.

Dafür respektiere ich ihn.

Er hat nicht ein einziges der Projekte angenommen, die man ihm aus Hollywood anbot.

In diesen letzten Jahren hätte Santiago Regie führen können bei einem *Indiana Jones* oder dem neuen *Star Wars*, oder irgendeinem dieser Filme, die als Kassenschlager einen Rekord nach dem anderen brachen, aber nein, er filmt nur das, wozu er Lust hat, Geschichten, die ihm gehören.

Er trifft sich mit den Finanziers und Produzenten seiner Filme, hört sich ihre Vorschläge an und versucht, höflich und offen für alles zu sein, aber am Schluss macht er doch, was er will.

Deshalb sind die Budgets seiner Filme das Papier nicht wert, auf dem sie stehen.

Deshalb machen manche der Schauspieler, mit denen er arbeitete, nur noch einen weiten Bogen um ihn; manchmal musste er sie quälen, um das angestrebte Resultat zu erreichen.

Eine monatelange Quälerei.

Schauspieler, die normalerweise machen, was sie wollen, und die erreichen, was sie wollen, und das zu fünfundneunzig Prozent, quälte er über Monate hinweg.

Deshalb war Ricardo Darín auf dem Fest nach der Premiere des einzigen Films, den sie zusammen machten, drauf und dran, Santiago eine aufs Maul zu hauen.

Deshalb riss sich Antonio Banderas sein Kostüm vom Leib und warf es zu Boden, nachdem die letzte Szene abgedreht war und das ganze Filmteam eine Minute lang das Ende der Dreharbeiten beklatscht hatte. Dann verbarrikadierte er sich in seinem Wohnmobil und kam nicht wieder heraus.

Santiago weiß, dass viele Leute einen weiten Bogen um ihn machen, aber es ist ihm egal.

Auch dafür respektiere ich ihn.

Die Filme, sagte er mir einmal, sind wichtiger als die Leute, die daran mitarbeiten. Viel wichtiger. Die Filme sind das einzige, was der Mühe wert ist. Die Filme werden uns überdauern. Sie werden *wir* sein, wenn wir nicht mehr sind. Sie werden *ich* sein. Ein Ich aus den vortrefflichsten Bildern.

Ich lese den ersten Akt noch einmal und das, was ich vom zweiten schon geschrieben habe.

Die Tage, die mir bleiben, um das Drehbuch fertigzuschreiben, verfliegen schneller, als man glaubt.

Besser, man denkt nicht darüber nach.

Besser, man plant nichts.

Man legt keine Seitenzahl pro Tag fest, auch keine Szenen pro Woche.

Besser, man schreibt, schreibt weiter. Es kommt, wie es kommt.

* * *

Bevor Santiago mit seinem Stuhl, der Tasse Kaffee, dem Teller mit Obst und den ausgedruckten Szenen inklusive seiner Anmerkungen hereinkam, wischte ich die Tafel ab; ich spuckte in eine Serviette und wischte die aristotelische Struktur des zweiten Aktes, die Liste der wichtigen Erzählsituationen für jede Figur und die Aufzählung noch zu entwickelnder Themen weg.

Santiago mochte es nicht, wenn die Tafel abgewischt war.

Mein Speichel riecht nach faulem Fisch.

Er betrachtete eine ganze Weile die leere Tafel, drehte sich um, bot mir den Teller mit Obst an und sagte, dass die Szenen, die ich gestern geschrieben hatte, das Beste seien, was wir seit Langem geschrieben hätten.

Ich habe so gut wie keine Anmerkungen, sagte er. Ein paar Kleinigkeiten, sonst nichts. Gestern sprach ich mit Meryl Streep. Sie ist dabei. Sie war so begeistert von ihrer Rolle, dass sie mitmacht, ohne das Drehbuch gelesen zu haben. Obwohl sie es nicht abwarten kann, es zu lesen. Die beste Schauspielerin in der Geschichte des Films wird unser Drehbuch lesen, Pablo. Sie wird es auswendig lernen. Sie wird es so lange durchkauen, bis sie es sich zu eigen gemacht hat, bis es ein Teil von ihr ist. Unsere Wörter werden die Worte von Meryl Streep sein.

Noch mehr Druck.

Wenn die Figur jetzt den Mund aufmacht, wenn ich die Wörter hinschreibe, die die Figur spricht, denke ich an den Mund von Meryl Streep.

Es ist das erste Mal, dass Santiago mit mir über das Casting spricht.

Er lässt mich sonst nie an den anderen Bereichen teilhaben.

Er zeigt mir keine Fotos von Drehorten, keine Videos von den Casting-Sessions.

Er gestattet mir nur, Musik vorzuschlagen, CDs, die einen Soundtrack inspirieren könnten, CDs, die ihm schließlich wie immer doch nicht gefallen.

Santiago bemüht sich gewaltig, alles abzulehnen, was andere (Freunde, Mitglieder des Filmteams, Produzenten oder Schauspieler) ihm vorschlagen.

Es gefällt ihm überhaupt nicht, wenn irgendetwas in seinen Filmen nicht von ihm stammt, nicht seine Idee ist.

Was ich ihm vorschlage, lehnt er ab (so hat er es bisher jedenfalls immer gemacht), er schaut es sich an und lehnt es ab (alle CDs, die er bei iTunes für mich kaufte), und dann, einige Wochen später, macht er sich meinen Vorschlag zu eigen, als ob ich so bescheuert wäre, mich nicht zu erinnern, dass ich es war, der ihm diese oder jene CD vorgeschlagen hat.

Seine ungeheure Frechheit erlaubt es ihm, den Keller in der sicheren Gewissheit zu verlassen, dass ich mich nicht daran erinnere, dass ich es war, der ihm diese oder jene CD vorschlug.

Eigentlich *weiß* ich gar nicht, ob Santiago mit seinen Freunden, den Mitgliedern seines Filmteams, seinen Produzenten oder Schauspielern genauso verfährt; aber es würde mich nicht wundern, wenn er sich deren Vorschläge auch zu eigen macht.

Ich beneide Santiago um seine Frechheit.

Um wie vieles wäre mein Leben doch einfacher gewesen, wenn ich nur ein Fünkchen seiner Frechheit besessen hätte.

Wo würde ich heute sein, wenn ich auch nur mit der Hälfte seiner Frechheit geboren worden wäre?

Verheiratet?

Mit Kindern?

In einem eigenen Haus in La Lucila, mit einem geräumigen Studio, in das ich mich zum Schreiben zurückziehen könnte, und einer gut sortierten Bibliothek?

Hätte ich jene Geschichten, die ich in einem Rutsch schrieb, in den Papierkorb des PCs geworfen und dann den Papierkorb geleert?

Oder hätte ich sie aufbewahrt, ein wenig umgeschrieben, an ihnen gefeilt und sie dann an die Verlage geschickt?

Hätte einer dieser Verlage meine Geschichten angenommen?

Hätte einer von ihnen meinen misslungenen Kriminalroman angenommen?

Absolute Ruhe: mehr als eine Million verkaufte Exemplare, übersetzt in dreißig Sprachen, die Filmrechte verkauft an Hollywood.

Santiago hätte mich nicht entführen können, weil alle sich fragen würden, wo ist dieser erfolgreiche Romanautor geblieben.

Santiago hätte mich nicht entführen können, weil meine Frau und meine Mutter Himmel und Hölle in Bewegung gesetzt hätten, um mich zu finden.

Vielleicht lässt er mich gehen, wenn dieses dritte Drehbuch ihm erlaubt, den Film zu drehen, von dem er immer geträumt hat, den Film, der die Geschichte des Kinos auf der ganzen Welt verändern wird.

So verrückt klingt das gar nicht.

Was bleibt denn noch, wenn man alles erreicht hat?

Ich glaube nicht, dass er viel verliert, wenn er mich gehen lässt, oder dass ich eine Gefahr für ihn darstellen könnte.

Wer wird schon einem bärtigen Verrückten, der auf die Fünfzig zugeht, glauben, dass der bedeutendste Regisseur der Welt ihn in einem Keller gefangen hielt, um Drehbücher zu schreiben?

Santiago hat nichts zu verlieren.

Darüber habe ich heute nachgedacht, den ganzen Tag.

Jetzt, wo ich auf der Matratze sitze mit dem Laptop auf dem Schoß, bin ich nicht mehr so sicher.

Santiago ist jemand, der nichts dem Zufall überlässt, weder im Leben noch in der Kunst.

Eine perfekte Mischung aus Fellini und Hitchcock: einfühlsamer Poet und Workaholic in einem.

Ich weiß nicht, was Santiago mit mir machen wird, wenn dieses dritte Drehbuch ihm dazu verhilft, den Film zu drehen, von dem er immer geträumt hat.

Ich weiß allerdings genau, was er mit mir machen wird, wenn der Film nicht die Geschichte des Kinos weltweit verändern wird: Er wird von mir verlangen, dass wir ein weiteres Drehbuch schreiben.

Er wird mir stundenlang etwas über die Bedeutung der Kunst erzählen, der Kunst als das, was *uns dann* repräsentiert, wenn wir nicht mehr sein werden.

Er wird mir versprechen, dass er dieses Mal die geeignete Geschichte hat, die beste Geschichte für den besten Film aller Zeiten, und ich werde einwilligen.

Ich werde mir seine Geschichte anhören, werde sie mit ihm zusammen bearbeiten, sie gestalten, sie aristotelisieren, und dann werde ich sie ihm schreiben.

Deshalb muss ich sicher sein, dass dieses dritte Drehbuch dasjenige ist, welches die Geschichte des Films weltweit verändern wird.

Es muss ihm dazu verhelfen, den Film zu drehen, von dem er immer geträumt hat, es muss ihn zum bedeutendsten Regisseur der Welt machen, es muss dafür sorgen, dass er den Oscar für den besten Film bekommt.

Nein, die Goldene Palme und den Oscar für den besten Film, beide im selben Jahr, zum ersten Mal in der Geschichte.

Ich schlafe nicht.

Höchstens zwei Stunden, zweieinhalb.

Ich glaube, heute Nacht werde ich gar nicht erst versuchen einzuschlafen.

Wenn mein Gehirn nicht schlafen will, werde ich es arbeiten lassen.

Soll es sehen, wie es damit fertig wird!

Vor zwei Nächten holte ich die *Gesammelten Werke* von Borges aus dem Medizinschränkchen und las ein paar Erzählungen, in der Hoffnung, müde zu werden.

Es war zwecklos.

Ich probierte es mit ein paar Essays, aber die Essays sind besser geschrieben als die Erzählungen, und so kam ich nicht wieder los von ihnen, bis ein Satz im zweiten Abschnitt von »Valéry als Symbol« mich an den Laptop und diese verschlüsselte Datei trieb.

Santiago ist nach Los Angeles geflogen und kommt in einer Woche zurück.

Er bat mich, mindestens das dritte Viertel des zweiten Aktes abzuschließen.

Manchmal reden Regisseure über Drehbücher, als ob es sich um Excel-Tabellen handele.

Leute, die nicht schreiben, werden nie verstehen, was Schreiben heißt.

Schon des Öfteren habe ich versucht, meiner Mutter und Lisandro zu erklären, was Schreiben heißt, aber obwohl sie mir sagten, ja, das verstünden sie, merkte ich, dass sie nichts verstanden hatten.

Ich will nicht pedantisch klingen, aber die Wahrheit ist: Leute, die nicht schreiben, werden niemals einen blassen Schimmer davon haben, was Schreiben heißt.

Es ist mir scheißegal, ob es pedantisch klingt.

All die Personen, die schreiben, weil sie glauben, dass das Schreiben ihnen nützen könnte; Personen, die sich in Schreibkursen anmelden; die ein Buch lesen, das ihnen gefällt, und glauben, auch sie könnten einen ähnlichen Text schreiben; die Literatur studieren oder Drehbuchschreiben; die eine Seite pro Monat schreiben; die überallhin ein Notizbuch mitschleppen; die in Büchern Zeilen unterstreichen und die Ränder mit schwachsinnigen Bemerkungen vollkritzeln – sie alle haben nicht den blassesten Schimmer davon, was Schreiben heißt.

Santiago wird als einer der erfolgreichsten Drehbuchautoren in der Geschichte des Films sterben, ohne den blassesten Schimmer gehabt zu haben, was Schreiben heißt.

Mir zittern jetzt die Hände beim Tippen.

Das dürfte der Schlafmangel sein.

Das dürfte die Gewissheit sein, dass ich Szenen schreiben müsste anstatt dieses Blödsinns.

Und wenn ich es nicht schaffe?

Und wenn ich statt eines Drehbuchs, das es Santiago ermöglicht, den Film zu drehen, von dem er immer geträumt hat, ein Scheißdrehbuch schreibe?

Wenn ich damit anfange, das Erstbeste, was mir durch den Kopf geht, zu tippen?

Auch die Schriftsteller, die glauben, dass das Erstbeste, was ihnen durch den Kopf geht, gut ist, haben nicht den blassesten Schimmer davon, was Schreiben heißt.

Gut zu schreiben (das heißt, ernsthaft zu schreiben) ist wie eine Ausgrabung, ist eine archäologische Arbeit an sich selbst. Man trägt die Schichten der Mittelmäßigkeit ab, bis man auf das eigentlich Wertvolle stößt.

Die Schriftsteller, die sich für Mozart halten, werden nie etwas schreiben, was wertvoll ist; es sei denn, sie sind Mozart.

Und wenn ich mich nur mit dieser ersten Schicht der Mittelmäßigkeit begnüge, die mich völlig bedeckt?

Vielleicht ist Santiago dann enttäuscht von mir und lässt mich gehen.

Nein, aller Wahrscheinlichkeit nach wird er mir eine Kugel in den Kopf jagen.

Weil ich nur mittelmäßig bin.

Auch um künftige Probleme zu vermeiden, ja, aber vor allem, weil ich nur mittelmäßig bin: um die Welt von meiner Mittelmäßigkeit zu erlösen.

Wahrscheinlich bemerkt er, dass ich es mit Absicht tue.

Höchstwahrscheinlich bemerkt er, dass ich es mit Absicht tue.

Es ist auch möglich, dass ich mit der Absicht, ein schlechtes Drehbuch zu schreiben, letztendlich mein erfolgreichstes Drehbuch schreibe.

Qualitativ das schlechteste, aber das erfolgreichste.

Mittelmäßigkeit erzeugt Empathie.

Aber Santiago wird dieses Drehbuch nicht verfilmen wollen.

Er wird für die Produktion dieses Films vielleicht seinen Namen hergeben; er hat einen Haufen Filme für andere gemacht, die im besten Fall passabel sind; als ob er es sich erlaubte, nur Regisseure zu sponsern, von denen er weiß, dass sie schlechter sind als er, viel schlechter, als ob er seinen Namen aus Wohltätigkeit hergäbe.

* * *

Wenn Santiago verreist ist, kommt Norma mit einem Revolver herunter, den sie in die Schürzentasche gesteckt hat.

Ein einziges Mal hat sie auf mich gezielt, aufs Gesicht.

An einem Abend während der Monate, in denen Santiago unseren zweiten Film drehte (oder dafür auf Promotiontour war), als ich mich weigerte, das Abendessen auch nur zu probieren, das sie mir mit ihrem ausdruckslosen Gesicht brachte.

Ich sagte ihr, dass ich gar nicht daran dächte, Hirn zu essen.

Ich hasse Hirn, sagte ich. Ich bin kein Zombie, Norma. Ich esse kein Hirn, weder vom Rind noch von einem Menschen aus Neuquén.

Sie schaute mich an.

Ich dachte, sie würde jetzt etwas sagen, aber nein, sie zog den Revolver aus der Schürzentasche und zielte auf mein Gesicht.

Mit einem Fuß schob sie das Tablett mit dem Teller Hirn und Kürbispüree in meine Richtung.

Ich sagte, dass Santiago mich nicht zum Essen zwang, wenn ich nicht essen wollte.

Ich hasse Hirn, Norma, sagte ich ihr noch einmal. Wenn ich es schon sehe, muss ich kotzen.

Sie hob das Tablett mit einer Hand auf, zielte weiter auf meinen Kopf und verließ den Kellerraum.

In jener Nacht kam sie nicht herunter, um den Raum zu lüften.

Am nächsten Morgen brachte sie das Frühstück irgendwann, nur nicht zur vorgesehenen Stunde.

Tagelang stellte sie meinen Zeitplan auf den Kopf; meine Routine war dahin.

Sie säuberte den Kellerraum nur oberflächlich, und sie vergaß, die Handtücher zu wechseln oder neues Klopapier zu bringen.

Manchmal kam sie mit einem tragbaren Radiogerät herunter und hörte mexikanische Rancheras.

Wenn ich gerade die Beatles hörte, blieb sie stehen und schaute mich so lange an, bis ich die Musik ausmachte und sie das Radio einschaltete.

Die Monate, in denen Santiago mit der Vorproduktion, den Dreharbeiten oder der Promotion der Filme zu tun hat, fühlen sich im Keller wie Jahre an.

Normalerweise mache ich in solchen Monaten nichts.

Ich esse und schlafe und lese ein Buch aus Santiagos Bibliothek, das Norma mir mit dem Essen bringt (außer Borges, versteht sich). Ich höre die Beatles und masturbiere, und demnächst, wenn Santiago wegen der Vorproduktion, den Dreharbeiten und der Promotion dieses dritten Films unterwegs ist, werde ich Lieder auf der Ukulele spielen können, mexikanische Rancheras, wenn Norma zum Saubermachen runterkommt – und Santaolalla die Ukulele nicht vorher zurückhaben will.

Ich leide nicht mehr unter Anfällen von Verzweiflung oder Klaustrophobie.

Ich litt sehr wohl unter Anfällen von Verzweiflung und Klaustrophobie in den ersten verlorenen Monaten, als Santiago wegen unseres ersten Films unterwegs war.

Ich dachte nur noch an meine Mutter.

Meine Mutter, ganz allein, wie sie unter meinem Verschwinden litt.

Ich stellte sie mir immer auf die gleiche Weise vor: am Küchentisch sitzend, den Mate vor sich, und darauf wartend, dass die Sonne aufgeht.

Ein Sonnenaufgang, der kein Sonnenaufgang mehr ist, wegen meiner Schuld, wegen Santiagos Schuld.

Ein verdorbener Sonnenaufgang.

Ein Sonnenaufgang, den ich manchmal in dem Oberlicht aus Glasbausteinen abgebildet sehe, obwohl mir bewusst ist, dass es sich nicht um den Sonnenaufgang handelt.

Ein Sonnenaufgang, den die Mittagssonne vortäuscht.

Ein Sonnenaufgang, den ich während der ersten verlorenen Monate ignorierte, allein im Keller und mit nichts anderem beschäftigt, als die Zeit totzuschlagen.

Ich fing an, Biografien zu lesen.

Ich weiß nicht, warum.

Ich bat Norma, mir alle Biografien aus Santiagos Bibliothek zu bringen.

Ich las über das Leben von Schopenhauer, Dostojewski, Ayrton Senna, Tschechow, Miles Davis, Marco Polo, Teddy Roosevelt und Malcolm Lowry.

Die Biografie von Malcolm Lowry las ich noch einmal.

Dreimal las ich die Biografie von Malcolm Lowry.

Ich schrieb einen Text über seine Jugend; eine lange Erzählung, oder eine Novelle; noch einer von diesen Texten, die ich schrieb, ohne darüber nachzudenken, was ich schrieb, ohne sie zu strukturieren, einen Satz nach dem anderen, ein Wort nach dem anderen, einen Buchstaben nach dem anderen.

Kann man überhaupt anders schreiben?

Ist es besser, anders zu schreiben?

Ich nannte die lange Erzählung oder die Novelle *Jupiter gibt es nicht* und versteckte sie in dem Ordner »Programme: Dienstprogramme«.

Ich schrieb diese lange Erzählung oder diese Novelle in einem Monat.

Ein Monat im täglichen Kampf mit den Anfällen von Verzweiflung und Klaustrophobie.

Ein Monat, in dem ich jeden Tag, meistens nachts, im Begriff war, Norma zu rufen, damit sie mich ins Krankenhaus fahren möge.

Das Einzige, was mein Herzrasen (die Überzeugung, jeden Moment einen Herzschlag zu erleiden) verringerte, war das Schreiben dieser langen Erzählung oder Novelle.

Jupiter gibt es nicht heilte mich.

Malcolm Lowry heilte mich.

Einfach weiterschreiben, ohne zu wissen, wo man landet, ist effektiver, als zum Psychologen zu gehen.

Aber man kann keine Drehbücher schreiben, ohne zu wissen, wo man landet.

Man kann kein endgültiges Manuskript für ein Drehbuch schreiben, ohne zu wissen, wo man landet.

Man kann einen ersten Entwurf für ein Drehbuch schreiben, ohne zu wissen, wo man landet, aber höchstwahrscheinlich bleibt von diesem ersten Entwurf nichts, oder fast nichts, übrig.

Nur wenn man imstande ist, diese Missgeburt nüchtern zu beurteilen, sie neu zu schreiben und alles zu streichen, was gestrichen werden muss, selbst Szenen, die in sich funktionieren, kann man einen solchen Entwurf schreiben.

Wenn man einen Entwurf fertiggestellt und das Gefühl hat, dass es ganz einfach war, dass es keine großen Geheimnisse beim Schreiben von Drehbüchern gibt, taugt dieser Entwurf nichts.

Man muss leiden.

Man muss sich den Kopf an der Wand aufschlagen.

Man muss fühlen, dass alles für die Katz ist.

Man muss in den Spiegel schauen und merken, dass man das Gesicht eines Idioten hat, weil wir alle das Gesicht eines Idioten haben; und schlimmer noch, die Augen eines Idioten.

Man muss mindestens einmal in der Woche lachen wie verrückt.

Man muss weinen.

Man muss lesen, was man schreibt, und weinen; nicht weil die Szenen so traurig sind, sondern weil sie peinlich sind.

Man muss stundenlang über andere mögliche Berufe nachdenken.

Man muss sich stundenlang plausible Ausreden einfallen lassen, die das Scheitern rechtfertigen.

Man muss an Selbstmord denken.

Man muss ernsthaft an Selbstmord denken.

Man muss lauthals lachen über diese Gedanken an Selbstmord.

Man muss weitertippen, auch wenn man keine Lust zum Tippen hat.

Man muss das, was man schreibt, tausendmal, zweitausendmal lesen, und wenn man das Gefühl hat, dass das, was man liest, gut ist, dann, erst dann, sollte man es so stehen lassen.

Wir müssen akzeptieren, dass wir jämmerliche Schriftsteller sind, die versuchen, etwas Wunderbares zu schreiben, etwas viel Besseres, als wir selbst es sind.

Wir müssen verstehen, dass neunundneunzig Komma neun Prozent von dem, was wir sind, Scheiße ist.

Wir müssen diese null Komma eins Prozent in uns aufspüren, die etwas taugen.

Aber all das, was ich gerade aufgezählt habe (obwohl ich es nicht im eigentlichen Sinne aufgezählt habe), können wir zu Hause im Schlafanzug machen, wann immer wir wollen.

Schreiben ist harte Arbeit, aber äußerst bequem.

Schriftsteller, die behaupten, dass das Schreiben zum größten Teil eine Qual ist, lügen. Sie sagen es, um den Rest der Sterblichen, die hier herumlaufen und sich fragen, ob sie sich dem Schreiben widmen sollen oder nicht, zu verscheuchen und sich mögliche Konkurrenz vom Hals zu halten.

Schreiben ist eine bequeme Arbeit.

Viel bequemer als irgendeine Büroarbeit.

Und viel, viel bequemer als irgendeine Arbeit auf der Straße, auf dem Feld oder gar in einem Verkehrsmittel.

Um ein guter Schriftsteller zu sein, muss man vor allem ein guter Faulpelz sein.

Faulpelz in körperlicher, nicht in geistiger Hinsicht.

Man muss sich dafür entscheiden, stundenlang bewegungslos zu verharren.

Man muss stundenlang bewegungslos verharren *wollen*.

Deshalb können die meisten Regisseure nicht schreiben, denn um Regisseur zu sein, muss man das Gegenteil von einem Faulpelz sein, sowohl in körperlicher als auch in geistiger Hinsicht.

Der Schriftsteller muss ein Faulpelz in körperlicher Hinsicht sein, das Gegenteil von einem Faulpelz in geistiger Hinsicht.

Der Regisseur muss das Gegenteil von einem Faulpelz in körperlicher und geistiger Hinsicht sein.

Eine Person, die sich in ihrem Leben viel bewegt, die in ihrem Leben nicht ohne Bewegung sein kann, kann nicht schreiben.

Eine Person, die nicht fähig ist, stundenlang auf einem Stuhl zu sitzen, auf einer Matratze zu liegen oder sich auf einem Sofa zu räkeln, kann nicht schreiben.

Ich funktioniere als Drehbuchautor, nicht weil ich ein großer Schriftsteller wäre (mir ist mehr als klar, dass ich ein mittelmäßiger Schriftsteller bin), sondern weil ich fähig bin, in diesem Keller zu leben.

Die Anhäufung von Stunden in diesem Keller macht aus mir fast einen guten Schriftsteller.

Die Anhäufung von Stunden in der Bar oder vor dem PC zu Hause in der Küche machte aus mir einen annehmbaren Schriftsteller.

Als Santiago mein Drehbuch über den Jungen las, der seine Familie in den Brunnen wirft, las er nichts von einem großen Drehbuchautor, er las das Resultat der vor dem PC zu Hause in der Küche angehäuften Stunden.

Santiago beschlagnahmte dieses Resultat der vor dem PC zu Hause angehäuften Stunden, und dann ließ er mich weitere unzählige Stunden in seinem Keller anhäufen.

Ich wurde als Schriftsteller in diesem Keller viel besser.

Santiago sorgte dafür, dass ich besser wurde.

Santiago hat keinen blassen Schimmer vom Schreiben, aber er weiß, wie ich darin noch besser werden kann.

Wenn dieses dritte Drehbuch es ihm ermöglicht, den Film zu drehen, der die Geschichte des Films weltweit verändert, dann wird es zu einem großen Teil dem Keller, den im Keller angehäuften Stunden (die sich weiter anhäufen) und Santiago zu verdanken sein.

* * *

Norma kam um drei Uhr morgens herunter und brachte mir ein schnurloses Telefon. Santiago war dran:

Pablo, ich habe gute Nachrichten. *Sehr* gute Nachrichten. Jack Nicholson ist dabei. Meryl Streep und Jack

Nicholson. Beide, ohne das Drehbuch gelesen zu haben. Mein Agent sagte mir, das sei das erste Mal, dass er so etwas gehört hat. Er sagte mir, dass wir vielleicht bald keine Drehbuchautoren mehr brauchen. Hahaha. Ich habe Jack und Meryl versprochen, ihnen in einem Monat die beiden ersten vollständigen Akte zu schicken. In einem Monat. Ein Monat, Pablo. Jetzt oder nie. Alles, was du mit den Jahren gelernt hast, was dich jetzt als Künstler ausmacht. Das ist *die* Gelegenheit. Jetzt oder nie. Ich bin in fünf Tagen zurück, bin schon gespannt, was du geschrieben hast. Ich habe eine Überraschung für dich dabei. *What? Yes, I'm coming.* Jetzt oder nie. Jetzt oder …

Norma riss mir das Telefon aus der Hand und ging.

Ich konnte nicht mehr einschlafen.

Zwei Stunden lang las ich wieder und wieder die Szenen, die ich geschrieben hatte, seit Santiago weggefahren war.

Ich stellte mit Entsetzen fest, dass die Figur für Jack Nicholson kaum ein paar Zeilen einnimmt. (Eine Figur, die in meinem Kopf mit Jack Nicholson überhaupt keine Ähnlichkeit hat; eher schon mit einem übergewichtigen James Caan.)

Die Handlungen dieser Figur sind entscheidend, aber sie spricht kaum.

Vielleicht gefällt es Jack ja.

Jack?

Wer zum Teufel bin ich eigentlich, um Jack Nicholson »Jack« zu nennen?

Ich hätte es mir nie träumen lassen, während ich mit meiner Mutter zusammen im Bett *Shining* sah, dass ich eines Tages ein Drehbuch für Jack Nicholson schreiben würde, dass ich die Wörter, die Jack Nicholson auf der Leinwand sprechen wird, in den PC tippen würde.

Obwohl die Wörter, die ich tippe, nicht exakt die sind, die Jack Nicholson auf der Leinwand sprechen wird.

Jack Nicholson wird auf der Leinwand die englische Übersetzung sprechen.

Ich habe weniger als einen Monat Zeit, um den zweiten Akt zu beenden, weil die Übersetzerin einige Tage für die Übersetzung benötigen wird.

Ich weiß nicht, wie lange es dauert, achtzig Seiten eines Drehbuchs zu übersetzen.

Ich würde die Übersetzerin gerne kennenlernen: die Frau, die Bolaño übersetzt hat.

Was ist daran so Besonderes?

Bolaño war schließlich kein Arno Schmidt.

Jeder annehmbare Übersetzer kann eine gute Übersetzung von Bolaño liefern.

Jeder annehmbare Übersetzer kann eine gute Übersetzung von unserem Drehbuch liefern.

Von *meinem* Drehbuch.

Ich würde mich gerne mit der Übersetzerin darüber unterhalten, wie man mein Drehbuch am besten übersetzt, aber ich spreche kein Englisch, ganz wenig nur, gerade genug, um etwas zu essen zu bestellen oder mich mit der Stewardess zu verständigen.

Ich habe gerade masturbiert und dabei an die Übersetzerin gedacht: die erste professionelle Übersetzerin, die gleichzeitig eine Wichsvorlage ist.

Das endgültige Manuskript wird von mir, von Santiago und von der Übersetzerin sein.

Nein, es wird ausschließlich von Santiago sein, wie alles zum Schluss immer nur von Santiago ist.

Die ganze Welt wird letztendlich von Santiago sein.

Vor einer halben Stunde habe ich einen fahren lassen, den ich immer noch rieche.

Mir dreht sich der Magen vom Geruch meiner eigenen Fürze um.

Noch nie hat sich mir der Magen vom Geruch meiner Fürze umgedreht, aber heute. Ich schreibe dies hier, um mich abzulenken, damit ich mich nicht in hohem Bogen übergeben muss.

Ich schreibe ich schreibe ich schreibe.

Ich schreibe die Wörter »ich schreibe«, während ich schreibe, dass ich die Wörter »ich schreibe« schreibe.

Das hat nicht geklappt.

Mein Magen spielte verrückt, und ich musste ins Bad laufen und mich vor der Kloschüssel hinknien und das Obst von heute Morgen erbrechen; und dann, ich weiß nicht warum, öffnete ich das Medizinschränkchen, nahm den dritten Band der *Gesammelten Werke* von Borges heraus, verließ das Bad und versuchte, das Oberlicht zu zerschlagen.

Ich schlug mit dem dritten Band der *Gesammelten Werke* von Borges mehrmals auf die Glasbausteine ein, ich gab ihnen Saures mit dem »Sandbuch« und »Shakespeares Gedächtnis«, aber ich konnte sie nicht zerschlagen, ich ruinierte nur den dritten Band der *Gesammelten Werke* von Borges; ich habe Scheiße gebaut.

Da ist nichts mehr zu machen.

Wenn Norma kommt, wird sie es sehen und Santiago zeigen, und ich weiß nicht, was zum Teufel ich ihm sagen soll, wenn er mich fragt, warum ich den dritten Band der *Gesammelten Werke* von Borges ruiniert habe.

Please Please Me ist eine CD, die mich in gute Stimmung versetzt, besonders der Song »Please Please Me«.

Ich höre »Please Please Me« mehrmals.
Lennons Stimme weckt meine Lebensgeister.
Die von McCartney nicht ganz so.

* * *

Ich hänge fest, ich komme mit dem Drehbuch nicht weiter.

Wenn ich mich zum Schreiben auf die Matratze setze, denke ich an Meryl Streep und an Jack Nicholson und an die Übersetzerin, die alles, was ich tippe, komplett verändern wird; jedes Wort, das ich für den Aufbau der Szenen verwende.

Deshalb schreibe ich hier, in dieser verschlüsselten Datei, denn niemand wird das hier übersetzen, niemand wird es verändern.

Ich habe Angst.

Eine Angst, die ich vorher nie gespürt habe.

Eine Angst, die ich nicht verstehe.

Angst vor dem Scheitern kann es nicht sein, denn mein Dasein als eingekerkerter Schriftsteller schließt die Möglichkeit des Scheiterns aus.

Lüge.

Vor den Augen der Welt kann ich nicht scheitern, aber wohl vor den Augen Santiagos.

Es macht mir Angst, wenn ich mir vorstelle, was Santiago mit mir machen wird, wenn ich scheitere.

Lüge.

Ich ertrage es selber nicht, dass ich scheitern könnte.

Ich habe eine Gelegenheit, die nur sehr wenige Drehbuchautoren haben, die kein argentinischer Drehbuchautor je hatte, und ich will sie nutzen.

Das Problem ist, dass dieses Nutzenwollen einer Gelegenheit mich paralysiert.

Alle vorhergehenden Drehbücher (einschließlich der zwei Drehbücher, die ich für ihn schrieb und die er verfilmte, auf Spanisch, das eine in Spanien und das andere in Argentinien) habe ich geschrieben, ohne zu wissen, was kommt; in einem Schwebezustand, der nur das Jetzt kannte; in dem es keinen Platz für eine Zukunft gab, die über den nächsten Tag hinausging, den Tag, an dem Santiago das lesen würde, was ich am Tag zuvor geschrieben hatte.

Eigenartig, dieser Zustand.

Ich würde all das Geld, das Santiago mir nie gab, zahlen, um diesen Zustand wiederherzustellen.

Ich weiß nicht, warum Santiago sich entschloss, zum ersten Mal, mir Hinweise zu geben über das, was noch kommt.

Weil er sich zum ersten Mal unsicher fühlt?

Lässt sein Zweifeln ihn Fehler begehen?

Oder ist es die Angst?

Oder eine Taktik?

Eine neue Masche, etwas von mir zu bekommen, etwas, das ich ihm die beiden vorigen Male nicht gab?

Ich weiß es nicht, aber es funktioniert nicht.

Zu wissen, dass diese Schauspieler, diese Hollywoodstars Teil des Films sein werden, den Santiago mit meinem Drehbuch machen wird, nahm mir die Ungezwungenheit, raubte mir den letzten Rest an Dreistigkeit, den ich noch besaß.

Alles, was ich nun schreibe, hat den Anschein des Kalkulierten. Jeder Buchstabe in einem Wort, jedes Wort in einem Satz oder jeder Satz in einem Absatz hat ein besonderes Gewicht.

Beim Tippen jedes Buchstabens habe ich das Gefühl, die Felder eines Wortes auszufüllen, das Teil eines unendlichen Kreuzworträtsels ist.

Ich hasse Kreuzworträtsel.

Lisandro liebt (liebte?) Kreuzworträtsel; ich hasse sie.

Er konnte Stunden am Tisch in einer Bar mit seinen Rätselheften zubringen und Kreuzworträtsel lösen (nur Kreuzworträtsel, niemals Buchstabengitter), während ich Erzählungen und Essays von Borges las und nochmals las.

Lisandro schaute mich grinsend an, wenn er ein Kreuzworträtsel abbrach und mir sagte, »ich komm nicht weiter«, und anfing, ein neues zu lösen.

Ich mache dieses Kreuzworträtsel bestimmt nicht zu Ende.

Heute las ich die beiden Szenen, die ich gestern schrieb, und als ich sie gelesen hatte, löschte ich sie; ich markierte die beiden Szenen und drückte, ohne auch nur eine Sekunde zu zögern, *delete*.

Dann versuchte ich, sie noch einmal zu schreiben.

Ich versuchte zu vergessen, was ich vermutlich schreiben musste, was unsere Notizen mir zu schreiben nahelegten, aber es ging nicht.

Eine gute Szene zu schreiben hängt nicht davon ab, die Notizen zu vergessen.

Früher habe ich sie auch nicht vergessen, ich habe sie nur einfach an einer Stelle in meinem Kopf abgelegt, was es mir ermöglichte, bei Bedarf auf diese Notizen zurückzugreifen, sie allerdings gleichzeitig bei Bedarf auszublenden; zu wissen, dass die Notizen da sind, dass man sie verstohlen einsehen, aber, sie sogleich wieder ignorierend, weiterschreiben kann.

Jetzt befinden sich die Notizen mitten in meinem Kopf; meine Augen schauen nach innen und das Erste, was sie wahrnehmen, sind die Notizen, deutlich untereinander aufgeführt, eine nach der anderen, und das Schlimmste daran: in der Handschrift Santiagos.

Dieses Drehbuch wird nicht besser sein als *Amadeus*; es wird nicht im Entferntesten die strukturelle Qualität von dessen Szenen erreichen.

Aber heutzutage ist es nicht nötig, so etwas Gutes wie *Amadeus* zu schreiben, um die Filmgeschichte weltweit zu verändern.

Die Filmgeschichte weltweit verändert man heute mit Plattitüden, man muss sich nur die Liste der Filme anschauen, die zuletzt einen Oscar für den besten Film bekommen haben.

Heutzutage verändert man die Filmgeschichte weltweit mit misslungenen Filmen; mit Filmen, die zum großen Teil simpel und nichtssagend sind und nur einen geringen Grad an Komplexität aufweisen.

Es ist möglich, dass die Filme, welche die Goldene Palme oder den Preis der Jury in Cannes gewinnen, besser – *viel* besser – sind als die, welche den Oscar für den besten Film gewinnen, aber die Filme, die in Cannes gewinnen, verändern nicht mehr länger die Geschichte des Films weltweit.

Nur sehr wenige Leute interessiert es heutzutage noch, was in Cannes passiert: eine Gruppe von Regisseuren, Schauspielern und Schriftstellern aus Lateinamerika, Europa und Asien, die wie bestimmte Pflanzenarten in einer Permakultur leben, die Teil eines sozialen Netzwerks sind, das schon niemanden, oder fast niemanden mehr interessiert.

So ein Schwachsinn. Was ich soeben geschrieben habe, ist völlig übertrieben.

Vielleicht nicht ganz.

Ich weiß es nicht.

Es ist egal.

Wichtig ist, dass ich mich auf die Matratze setzen und dies hier tippen kann, ob es nun Übertreibungen sind oder nicht; und dass ich die Gewohnheit, jeden Tag mehrere Stunden zu tippen, nicht verliere; denn es ist mir unmöglich, die Buchstaben in jedem Wort, die Wörter in jedem Satz, die Sätze in den Überschriften, Regieanweisungen und Dialogen zu tippen, welche die Szenen dieses dritten Drehbuchs bilden sollen.

* * *

Santiago kam mit unbändiger Energie zurück, mit einem Grinsen, das den ganzen Kellerraum einnahm.

Als Geschenk brachte er mir die von Paul McCartney signierte LP *Band on the Run* mit.

Er sagte, dass er am Vorabend des Rückflugs mit McCartney und seiner Frau im Chateau Marmont zu Abend gegessen habe.

Er sagte, dass Paul ein toller Typ ist.

Am nächsten Morgen erschien einer der Assistenten des Ex-Beatles in seinem Hotel (dem von Santiago) mit zwei signierten LPs (*Abbey Road* und *Band on the Run*) und einer Flasche sündhaft teuren kalifornischen Weins.

Während er mir die wichtigsten Neuigkeiten seiner Reise nach Los Angeles mitteilte, versuchte ich zu verstehen, warum Santiago mir die LP *Band on the Run* und nicht *Abbey Road* geschenkt hatte: wo er doch weiß, dass ich nur die Beatles höre und niemals die Solo-CDs von Lennon, McCartney oder Harrison (mehr als einmal habe ich ihm gesagt, dass ich nur die Beatles höre), warum hat er mir dann die LP einer CD, die ich nie höre, geschenkt, anstatt die LP einer CD, die meiner Meinung nach die zweitbeste Scheibe in der Geschichte der Popmusik ist.

Und vor allem: Warum erzählte er mir, dass man ihm außer *Band on the Run*, der LP, die er mir schenkte, auch noch *Abbey Road* geschenkt hatte, wo er doch wusste, dass *Abbey Road* für mich viel bedeutender ist als *Band on the Run*?

Er hätte gar nichts sagen müssen; *Abbey Road* einfach behalten, sie genießen und mich in dem Glauben lassen können, dass die einzig existierende und von Paul McCartney signierte LP in diesem Haus in San Martín de los Andes *Band on the Run* ist, zweifellos eine sehr gute Scheibe und ein sehr schönes Geschenk.

Er bat mich, ihm die neuen Szenen zu zeigen; voller Enthusiasmus bat er mich, ihm den Laptop zu reichen und die Final-Draft-Datei zu öffnen.

Er las die Szenen mit einer so ernsten Miene, dass meine Hände anfingen zu schwitzen und ich sie ununterbrochen an der Jogginghose abwischen musste.

Seit fünf Jahren trage ich nur noch T-Shirts, Jogginghosen und Baumwollsocken.

Norma holt den Beutel mit schmutziger Wäsche sonntagmorgens ab und bringt den Beutel mit sauberer Wäsche montagabends wieder zurück.

Was ist das?, fragte mich Santiago.

Er schaute mich völlig verstört an; ich meinte Angst in seinen Augen zu sehen.

Das ist alles, was ich habe, sagte ich.

Willst du mich auf den Arm nehmen?

Nein.

Drei Szenen. In zehn Tagen, in denen ich mir in Los Angeles den Arsch aufreiße und alles vorbereite, damit dieser

Film einer der besten je gedrehten Filme wird, hast du gerade mal drei Szenen geschrieben.

Ich habe mehr als drei geschrieben.

Und wo sind sie?

Ich habe sie gelöscht.

Wie bitte?

Gelöscht. Sie taugten nichts. Es waren keine guten Szenen.

Willst du mich verarschen?

Nein.

Was glaubst du eigentlich, wer du bist, um beurteilen zu können, ob diese Szenen gut waren oder nicht?

Derjenige, der sie geschrieben hat.

Er schaute mich so an, wie er mich anschaut, wenn ich ihm in einem sarkastischen Ton antworte, klappte den Laptop zu und warf ihn auf die Matratze.

Wie viel fehlt uns noch vom zweiten Akt?, fragte er mich.

Ich hob den Laptop auf, öffnete ihn und zeigte ihm die Word-Datei mit der aristotelischen Struktur des Drehbuchs; in Rot hatte ich die Erzählsituation markiert, bis zu der wir gekommen waren.

Ich spürte, wie Santiagos Puls sich beschleunigte; ich konnte sehen, wie Santiagos Blut durch die Adern schoss, wie eine Stromschnelle in einem egomanischen Urwald.

Entschuldigung, sagte ich.

Ich weiß nicht, warum ich »Entschuldigung« sagte.

Er verlangte, dass ich nie wieder Szenen löschte, auch wenn ich der Meinung sein sollte, dass es die schlechtesten Szenen in der Geschichte des Films sind.

Er sagte, dass er es sei, der über unsere Szenen ein Urteil fällen würde, und dass er, und nur er allein, von jetzt an entscheiden werde, welche Szene etwas taugt und welche nicht.

Er redete ununterbrochen, eine halbe Stunde lang, und erklärte mir, warum ein Schriftsteller nicht das Urteil über seine eigenen Texte fällen sollte.

Ein Schriftsteller führt aus, sagte er, und urteilt nicht. Die Künstler sind diejenigen, die urteilen.

Er sagte mir, dass er der Künstler ist und ich der Schriftsteller.

Michelangelo war der Künstler, seine Assistenten die Bildhauer und Maler.

Er sagte, dass wir seine Schauspieler nicht versetzen können; dass, wenn sie die ersten zwei Akte in den nächsten vier Wochen lesen wollen, wir ihnen die ersten zwei Akte in den nächsten vier Wochen schicken müssen; dass, wenn wir das nicht schaffen, wir etwas falsch gemacht haben und die Schauspieler aus Hollywood, die Stars aus Hollywood, es uns zu gegebener Zeit büßen lassen werden; sie werden es sich merken, tagelang, über Wochen und Monate, nichts sagen und uns dann, in einem völlig unerwarteten Moment, ins Gesicht spucken.

Santiago redet immer von *uns*, wenn er mich von etwas überzeugen oder zu etwas motivieren will, oder wenn er mich bittet, mich doch zu beeilen; obwohl er mich vorher nie gebeten hat, mich zu beeilen.

Ich fragte ihn, warum er mir von den Schauspielern erzählt habe.

Du hast mir nie von den Schauspielern erzählt, sagte ich. Jedenfalls so lange nicht, bis alles fertig war, erst ein paar Tage bevor du zum Drehen fuhrst. Warum jetzt? Warum hast du mir von Meryl Streep und Jack Nicholson erzählt?

Und Sean Penn, sagte er.

Wie bitte?

Sean Penn ist auch dabei.

Ich wollte ihm eins in die Fresse hauen.

Ich sah mich schon, wie ich ihm die Fresse polierte, obwohl ich von Anfang an wusste, dass ich mich nicht rühren würde, dass ich ihm nie im Leben die Fresse polieren würde.

Ich bemerkte, dass sein Schädel völlig kahl war, bis auf die Augenbrauen, das störte mich enorm.

Ich fragte ihn noch einmal, warum.

Weil ich dir vertraue, Pablo. Weil ich weiß, dass du ein hervorragendes Drehbuch schreiben kannst, das beste aller Drehbücher, wenn du an diese Schauspieler, die besten Schauspieler der Welt, denkst. Jetzt bist du so weit. Vorher nicht. Aber jetzt bist du so weit. Ich sehe es, und ich lese es. Es ist schwieriger so, das verstehe ich, aber das Resultat wird wesentlich besser sein. Ich versorge dich sozusagen mit neuen Zutaten. Jetzt liegt es an dir, das schmackhafteste Gericht der Welt zu kochen. Einen Eintopf, der die Geschichte des Films auf der ganzen Welt verändern wird.

Ich sagte ihm nicht, was ich sagen wollte.

Nie sage ich ihm, was ich sagen will.

Santiago geht und lässt mich mit allem, was ich nicht ausgesprochen habe, zurück.

Ich muss lernen, ihn zu unterbrechen.

Ich muss lernen, ihm zu sagen, was ich denke, ohne mich um die Folgen zu kümmern.

Was kann er mir schon tun?

Was kann ich verlieren?

Ich bin wieder allein, auf der Matratze, und tippe dies hier, anstatt die fehlenden Szenen zu tippen; mit mehr Druck als vorher, mit weniger Zeit als vorher, mit einem T-Shirt bekleidet, das völlig durchgeschwitzt ist.

Zwei Tage sind vergangen, und ich habe nichts geschrieben. Ich kann mich nicht einmal auf die Matratze setzen und dummes Zeug in diese verschlüsselte Datei tippen.

Vorgestern Nacht spürte ich einen leichten Schmerz im rechten Bauchbereich.

Es ist das erste Mal.

Es muss der Kopf sein.

Ich meine: mein Gemüt.

Da ich nicht schreiben kann, erfinde ich mir Schmerzen.

Ich habe Santiago nichts gesagt, Norma auch nicht.

Als ich aufwachte (ich schlief weniger als drei Stunden), war der Schmerz weg.

Aber gestern Nacht, nach dem Abendessen, machte er sich wieder bemerkbar.

* * *

Santiago hat den Band drei der *Gesammelten Werke* gefunden.

Er fragte mich, was mit dem Band drei passiert sei, was ich damit gemacht hätte, warum er halb zerstört sei.

Wie hast du ihn gefunden?, fragte ich ihn.

Es spielt doch keine Rolle, wie ich ihn fand; entscheidend ist, dass ich ihn fand.

Santiago sagt exakt das Gleiche in zwei ähnlichen Situationen, obwohl inzwischen Monate vergangen sind; Monate, die mir wie Jahre vorkommen.

Santiago benimmt sich wie eine beleidigte Mutter, eine Mutter, welche die schlechteste Mutter der Welt ist, es aber nicht merkt, dass sie die schlechteste Mutter der Welt ist. Sie besitzt die Frechheit, beleidigt zu sein, wenn jemand etwas getan hat, was sie nicht gerne sieht, etwas, das allerdings zum großen Teil ihre Schuld ist.

Ich log ihn an: Ich sagte, dass ich versucht hatte, Band drei von Borges zu lesen und an einem bestimmten Punkt eine fürchterliche Wut, eine unkontrollierbare Wut auf Borges verspürt hatte, weil ich plötzlich merkte, dass eines der Probleme, die ich beim Schreiben der Szenen habe, seitdem er mir von der Bolaño-Übersetzerin erzählt hatte, darin besteht, dass ich die Szenen auf Spanisch schreibe, dabei aber auf Englisch denke, so wie Borges auf Spanisch schrieb und auf Englisch dachte. Und seitdem hört sich alles falsch an, obwohl mein Englisch ziemlich beschränkt ist, aber egal, ich schreibe auf Spanisch und denke dabei, dass dieses Spanisch eigentlich eine Übersetzung aus dem Englischen ist, und jedes Wort ist ein falsches Wort, so wie bei Borges viele seiner Wörter falsche Wörter sind, bis ich in einem Anfall von Wut anfing, den Band drei gegen die Wand zu schlagen, ein ums andere Mal, immer wieder schlug ich den Band gegen die Wand und …

Gegen welche Wand?

Die da, sagte ich und zeigte auf die dem Oberlicht gegenüberliegende Wand.

Santiago schaute mich so an, wie er mich anschaut, wenn er mir nicht glaubt:

Lüg mich nicht an, Pablo.

Er schaute zur Tür; er betrachtete sie aufmerksam, ohne sich von der Stelle zu bewegen.

Dann schaute er zur Wand gegenüber der Tür; er betrachtete sie aufmerksam, ohne sich von der Stelle zu bewegen.

Dann schaute er zum Oberlicht; er betrachtete es aufmerksam, ohne sich von der Stelle zu bewegen.

Dann schaute er mich an, schaute mir fest in die Augen, ohne sich von der Stelle zu bewegen.

Dann schaute er auf den halb zerstörten Band drei in seinen Händen; er betrachtete ihn aufmerksam, ohne sich von der Stelle zu bewegen.

Dann ging er zur Tür, öffnete sie und drehte sich zu mir um.

Ich werde die Librería Norte beauftragen, einen neuen Band drei zu schicken, sagte er und ging.

* * *

Szenen zu schreiben ist unmöglich.

Ich weiß nicht, wieso ich früher fähig war, Szenen zu schreiben.

Ich weiß nicht, wie die anderen Drehbuchautoren es schaffen, Drehbücher zu schreiben, Drehbücher zu Ende zu schreiben, die dann verfilmt werden und sich in Filme verwandeln, für die die Leute ins Kino gehen.

Ich würde gerne alles löschen, was ich für dieses dritte Drehbuch geschrieben habe, es verschwinden lassen, nichts mehr damit zu tun haben.

Neu anfangen, mit einer anderen Geschichte, mit anderen Figuren, ohne Schauspieler für diese Figuren, ohne Produktionsdatum.

Ich muss zurück zu diesem Schwebezustand.

Ich brauche diesen Zustand.

Was kann ich tun, um ihn wiederherzustellen?

Auch wenn er erzwungen, ein künstlicher Zustand wäre.

Santiago muss mir das Gleiche wie meine Mutter sagen, als sie verstand, dass das Schreiben von Geschichten für mich sehr wichtig war. Ich möchte, dass er morgen mit einer Tasse Kaffee und dem Teller mit Obst herunterkommt und mich bittet, mir so viel Zeit zu lassen wie nötig; dass er mich in Ruhe lässt mit dem Drehbuch; dass er mich bittet, Jack Nicholson und Meryl Streep und Sean Penn zu vergessen, Hollywood zu vergessen; dass er mich bittet, in der Überzeugung zu schreiben, dass es Hollywood weder als Ort noch als Unternehmen gibt und niemals gab; dass er mir sagt, mich nicht belästigen zu wollen, egal wie lange ich brauche, und dass ich ihm Bescheid sage, wenn ich fertig bin.

Ich lese, was ich in dieser verschlüsselten Datei geschrieben habe.

Ich schreibe, dass ich lese, was ich in dieser verschlüsselten Datei geschrieben habe.

* * *

Santiago kam um fünf nach sieben und wunderte sich, dass ich schon wach und frisch geduscht war. Ich las gerade den ersten Akt noch einmal durch und das, was wir vom zweiten schon haben.

Ich bat ihn, wieder zu gehen.

Er verstand mich nicht.

Ich sagte ihm, dass ich allein sein muss und er mich nicht stören soll, wenn er den zweiten Akt rechtzeitig fertig haben möchte.

Es gefiel ihm nicht, dass ich das sagte.

Er versuchte, mich davon zu überzeugen, dass es das Beste ist, weiterzumachen wie bisher, die Routine wiederherzustellen.

Ich sagte, dass die Routine dahin ist, dass die Routine zerstört ist, wegen ihm, weil er die Regeln gebrochen hat.

Es gefiel ihm nicht, dass ich das sagte.

Er versuchte, mich davon zu überzeugen, dass die Regeln die gleichen sind, dass er mir nur ein wenig mehr Information gegeben und mich über Dinge auf dem Laufenden gehalten hat, die er mir früher nicht erzählt hatte, weil ich noch nicht so weit war, jetzt aber schon (wieder erzählte er das Gleiche: Früher warst du nicht so weit, jetzt aber schon), dass er mich etwas mehr teilnehmen lassen wollte am ganzen Prozess.

Ich sagte ihm, dass ich an dem ganzen Prozess nur als Drehbuchautor teilnehmen möchte, dass ich gar nichts wissen will über Casting, Drehorte, Budgets oder technisches Equipment, und erst recht nicht über die Termine von Vorproduktion und Drehbeginn.

Ich sagte ihm, dass ich das Drehbuch nur fertigstellen kann, wenn ich über diese Details nichts weiß, und dass seine Anwesenheit mich nur immer wieder daran erinnert, dass sie mir die Details ein ums andere Mal ins Gesicht spuckt.

Wir machen Folgendes, sagte er. Wir machen weiter wie bisher, aber wir reden nicht mehr über …

Nein.

Ich werde dir keine Details mehr erzählen. Kein einziges. Ich komme wie jeden Morgen runter und wir reden nur über das Drehbuch, die …

Nein.

Er schaute mich so an, wie er mich anschaut, wenn er das Gefühl hat, ich benähme mich wie ein Vollidiot:

Pablo, du kannst nicht von mir verlangen, dass …

Wenn du nicht tust, worum ich dich bitte, wird dieses Drehbuch nicht fertig. Ich schreibe es nicht zu Ende. Wenn du willst, versuch du, es zu Ende zu schreiben. Aber ich werde kein weiteres Wort tippen, solange du mich nicht in Ruhe lässt. Bleib oben und hör dir deine handsignierte *Abbey Road* an. Andernfalls wird in diesem Kellerraum nichts mehr geschrieben.

Pablo, ich bitte dich, hör mir zu, machen wir weiter wie ...

Es reicht, Santiago. Ich werde meine Meinung nicht ändern. Entweder du bleibst oben, oder dieses Drehbuch wird nicht fertig.

Er fuhr sich mit der Hand über die Augen und schaute mich dann unverwandt an.

Ich dachte, er würde gleich den Revolver ziehen; ich sah den Griff aus der Hose ragen.

Er legte eine Hand auf meine Brust, genau auf mein Herz; in seinen Augen eine Wut, die er kaum bändigen konnte.

Er sagte nichts, nahm seinen Stuhl und ging zur Tür.

Warte, sagte ich.

Er drehte sich um; in seinen Augen eine Spur von Hoffnung, die sich in all der Wut Bahn brach.

Nimm die Bände von Borges mit, sagte ich.

Santiago stellte den Stuhl ab, zog den Revolver, ohne auf mich zu zielen.

Er öffnete die Trommel und überprüfte die Anzahl der Patronen.

Meine Hände schwitzten wie verrückt, meine Jogginghose aus Baumwolle und Polyester war durchnässt.

Zwei Wochen, sagte er. Ich gebe dir zwei Wochen. Norma bringt dir das Essen und verschwindet gleich wieder. Sie öffnet nur die Tür, stellt dir das Essen auf den Fußboden und zieht die Tür wieder hinter sich zu. Zwei Wochen. So hat die Übersetzerin sieben Tage für die Übersetzung.

Ich stimmte zu.

Das ganze Drehbuch, sagte er.

Nein, sagte ich, die ersten zwei Akte. Du hast mir erzählt, dass die Schauspieler darauf warten, dass …

Das ganze Drehbuch. In zwei Wochen. Ich gehe jetzt und komme erst wieder am … (er überprüfte seinen Kalender im Handy) … am Montag, dem zwanzigsten. Ich will das Wort FIN am Schluss der letzten Seite sehen. Wenn du willst, schreib THE END, dann hat die Übersetzerin weniger Arbeit.

Er ging ins Bad, nahm sich die Bände von Borges, legte sie auf die Sitzfläche des Stuhls, packte die Rückenlehne und ging.

* * *

Zwei Wochen.

Ein Drittel des zweiten Aktes und den ganzen dritten in vierzehn Tagen.

Unmöglich.

In den letzten drei Wochen habe ich vier Szenen geschrieben, kurze Szenen, eine von ihnen zeigt, wie eine der Figuren (die von Sean Penn) in einem nagelneuen Cabrio durch die Gegend fährt.

Eine Szene von drei Zeilen.

Drei Szenen und drei Zeilen in drei Wochen.

Und jetzt?

Und jetzt?

Und jetzt?

Und jetzt?

Und jetzt?

Und jetzt?

Ich werde die zwei Wochen auf der Matratze verbringen und dabei »Und jetzt?« in diese Datei tippen.

Wie viele »Und jetzt?« kann ich tippen, ohne verrückt zu werden?

Ich habe alles umgestellt: Die Matratze habe ich unter das Oberlicht geschoben, den Schuhkarton an die Wand gegenüber der Tür; den Stecker des Kühlschranks in die Steckdose der Nachttischlampe und den Stecker der Nachttischlampe in die Steckdose des Kühlschranks gesteckt; den Stapel mit sauberer Wäsche neben die Badtür gelegt und den Beutel mit schmutziger Wäsche an die Kellertür gestellt.

Ich setzte mich auf die Matratze und öffnete den Laptop.

Es ist komisch, das Oberlicht nicht vor mir, sondern über meinem Kopf zu haben.

Ich dachte daran, alles wieder dort hinzustellen, wo es mal war.

Ich blieb eine ganze Weile auf der Matratze sitzen, mit dem Laptop auf dem Schoß, und dachte daran, alles wieder dort hinzustellen, wo es mal war.

Wenn ich das Drehbuch so schreiben könnte, wie ich diese verschlüsselte Datei schreibe, ohne zu wissen, welches das folgende Wort ist; ein Wort nach dem anderen zu tippen, ohne mich um das Ganze zu kümmern, ohne an den Kontext, den Ton, das Thema, die Qualität des Geschriebenen zu denken …

So, wie Flannery O'Connor sagte: ohne zu wissen, was ich denke, bis ich lese, was ich schreibe.

Ich war in Versuchung, Norma zu bitten, mir die *Gesammelten Erzählungen* von O'Connor zu bringen.

Aber wenn ich Norma bitte, mir die *Gesammelten Erzählungen* von O'Connor zu bringen, läuft es mit höchster

Wahrscheinlichkeit darauf hinaus, dass ich stundenlang in ihnen lese und davon überzeugt bin, dass das Lesen schon die Arbeit am Drehbuch ist; bis dann die Nacht hereinbricht und ich merke, dass ich so gut wie nichts in die Final-Draft-Datei getippt habe und von O'Connors Erzählungen nichts weiter übrig bleibt als das Vergnügen und eine gesunde Portion Neid.

Was O'Connors groteske Geschichten so faszinierend macht, ist die Präsenz von etwas viel Größerem als die Personen hinter den Figuren, etwas, was bei O'Connor der allmächtige Gott ist.

Ich begriff, dass die Erzählungen, Romane, Theaterstücke und Filme, die mir am meisten gefallen haben, die Präsenz von etwas viel Größerem als die Personen hinter den Figuren beinhalteten.

Amadeus beinhaltet dieses Etwas, wie bei O'Connor, in der Form des allmächtigen Gottes.

Aber dieses Etwas, dieses viel Größere als die Personen hinter den Figuren, muss nicht der allmächtige Gott, Allah oder Shiva sein; es kann auch das Schicksal oder der Fluch oder eine Quelle elektromagnetischer Energie sein.

In diesem dritten Drehbuch, welches die Geschichte des Films weltweit verändern soll, ist das Etwas, das viel größer ist als die Personen hinter den Figuren, der Film an sich.

Jener Film, den ich schreibe (zu schreiben versuche), beinhaltet einen Film, der im Wesentlichen der gleiche ist, den ich schreibe (zu schreiben versuche), der einmal im Jahr im Keller des Hauses einer der Figuren, der von Meryl Streep, gezeigt wird und der die Zuschauer auf ein Schicksal stößt, dem sie nicht entrinnen können.

Das Schicksal, das der im Keller gezeigte Film ihnen aufdrängt, ist viel größer als das gewöhnliche Schicksal, die Vorsehung, das Verhängnis oder alles Vorbestimmte.

Ich merke gerade, dass die Idee des Films, der das Schicksal der im Keller anwesenden Personen bestimmt, pedantisch, veraltet, metaliterarisch, vergebens ist.

Metaliterarisch?

Postmodern, vergebens.

Postmodern?

Es ist keine Idee, die es verdient, die Filmgeschichte weltweit zu verändern.

Eine Idee, die von Santiago stammt und die ich zu gegebener Zeit hätte zurückweisen oder zumindest vehement in Zweifel ziehen müssen; aus einer mittelmäßigen Idee, die vehement in Zweifel gezogen wird, kann immer noch etwas Gutes entstehen.

Wie oft habe ich das Wort »etwas« in dieser verschlüsselten Datei geschrieben?

Wenn ein Schriftsteller, der kein Genie ist (der kein Mozart ist), sich einen Laptop oder ein Heft nimmt, um das aufzuschreiben, was ihm gerade durch den Kopf geht, dann wiederholen sich die Wörter und linguistischen Konstruktionen auf verrückte Art und Weise.

Ich weiß nicht, ob »linguistische Konstruktionen« der richtige Ausdruck ist.

Unser Denken spielt sich in einem Gefängnis von wenigen Wörtern und einer begrenzten Anzahl von linguistischen Konstruktionen ab.

Seit fünf Stunden kämpfe ich mit dem nicht zu unterdrückenden Wunsch, den ersten Akt und das, was ich vom zweiten schon habe, in den Papierkorb zu werfen und ihn zu leeren.

Wenn ich aufhöre, in dieser verschlüsselten Datei zu schreiben, bleibt mir nichts anderes übrig, als den ersten Akt und das, was ich vom zweiten schon habe, in den Papierkorb zu werfen und ihn zu leeren.

Außerdem will ich den Ordner mit den aristotelischen Strukturen und den *backstories* der Figuren löschen, sowie die TextEdit-Datei mit den Hunderten von Anmerkungen, die Santiago in der stickigen Luft des Kellerraums von sich gab und die wir nie benutzten; die ich auch nicht zu benutzen gedenke, selbst wenn Santiago kommen würde, die Trommel des Revolvers drehen, auf mich zielen und fünfzig Mal auf mich schießen würde.

Wohlige Schauer des Glücks jagen mir durch den Körper, wenn ich daran denke, das gesamte Material dieses dritten Drehbuchs, das ich für Santiago Salvatierra schreibe, zu löschen; ein Drehbuch, welches die Geschichte des Films auf der ganzen Welt verändern soll.

* * *

Norma brachte mir einen Teller Eintopf, zwei Scheiben Toastbrot, ein Glas Wasser und drei Dosen Red Bull.

Sie wollte den tragbaren Sauerstofftank benutzen, aber ich sagte ihr, dass es nicht nötig sei.

Ich bat Santiago, dich zu bitten, das Essen neben die Tür zu stellen und die Tür wieder zu schließen, sagte ich zu ihr. Und ich möchte, dass du es so machst. Komm möglichst nicht rein. Niemand soll den Kellerraum betreten.

Sie schaute mich an, als ob sie lächelte.

Das erste Lächeln, das ich in Normas Gesicht sehe, obwohl ich mir nicht ganz sicher bin, ob es ein Lächeln ist.

Sie nahm den Sauerstofftank, verließ den Raum und schloss die Tür.

Der Eintopf brennt wie Hölle.

Ich kroch zum Nachttisch und schaute nach, ob ich genügend Tabletten für meine Hämorrhoiden habe.

Ich aß den ganzen Eintopf und das Brot auf, trank das ganze Wasser und eine Dose Red Bull.

Ich setzte mich auf die Matratze und nahm den Laptop auf den Schoß.

Ich konnte nicht schreiben.

Stundenlang lief ich in dem Kellerraum herum, der Laptop lag auf der Matratze, die Datei mit dem Drehbuch war geöffnet, der Cursor flackerte wie verrückt.

Es gibt nichts zu schreiben.

Ich las die aristotelischen Strukturen.

Ich las die *backstories*.

Um zwei Uhr morgens las ich die TextEdit-Datei mit den Anmerkungen von Santiago.

Der Eintopf brodelt in meinem Magen.

Ich trank noch eine Dose Red Bull.

Es gibt nichts zu tippen, sagte ich zu mir.

Ich spielte auf der Ukulele ein Set von zwölf Beatles-Songs, die ich mir in den letzten Wochen beigebracht hatte.

Ich musste sie übers Hören rauskriegen, weil Santiago mir weder das Buch mit den Partituren noch das Lehrbuch für Ukulele gebracht hatte.

Ukulele zu spielen ist einfach; ich hatte keine Mühe, die wichtigsten Akkorde zu entschlüsseln, die anderen improvisierte ich.

»She's Leaving Home« ist ein Meisterwerk von McCartney.

Schade, dass ich nicht singen kann.

Ich spiele die Akkorde auf der Ukulele und pfeife die Melodie.

Der Schmerz rechts im Bauch taucht nach dem Abendessen auf, eine halbe Stunde danach, und dauert bis zum Morgen.

Es müssen Blähungen sein, gewaltige Fürze, die steckenbleiben.

Ich ging bisher jeden Morgen um sieben kacken, kurz bevor Santiago runterkam.

Jeden Tag, ausnahmslos.

Bis Santiago nicht mehr kam.

Seit drei Tagen gehe ich nicht mehr auf die Toilette.

Das heißt, ich gehe nicht mehr kacken.

Die Leute gehen aus den verschiedensten Motiven auf die Toilette.

Großartige Songs wurden auf der Toilette komponiert.

Großartige Romane wurden auf der Toilette geschrieben.

Vielleicht keine ganzen Romane, aber sicherlich Kapitel, oder Absätze.

Ich korrigierte meine Drehbücher, wenn ich auf der Klobrille saß, und hörte hinter der geschlossenen Tür, wie meine Mutter in der Küche Mails auf dem PC tippte.

Ich tippte mit zwei Fingern.

Manchmal auch nur mit einem, wenn ich in der anderen Hand den Mate hielt.

Es ist unglaublich, wie viele Dinge ich in diesem Kellerraum machen kann – bis auf das Drehbuch schreiben, das ich schreiben muss.

* * *

Es ist schon drei Tage her, dass ich Santiago bat, er möge gehen und nicht wiederkommen.

Mir bleiben noch elf.

Elf Tage, um mehr als ein Drittel des Drehbuchs zu schreiben, das die Geschichte des Films weltweit verändern soll.

In diesen letzten zwei Tagen bin ich zu der Überzeugung gelangt, dass ich vieles von dem bisher Geschriebenen umschreiben muss.

Ich bin sogar überzeugt davon, dass ich die Idee von dem Film, der das Schicksal der Personen bestimmt, die ihn im Keller sehen, weglassen muss.

Aber wenn ich diese Idee weglasse, eine wesentliche Idee für die Geschichte, die wir erzählen, eine tragende Idee, muss ich sie durch eine bessere Idee ersetzen, die genauso wesentlich und tragend ist.

Mir fiel keine tragende Idee ein, die den Film, der das Schicksal der Personen bestimmt, die ihn im Keller sehen, ersetzen könnte.

Und wenn mir etwas einfiele und ich es ins Drehbuch aufnähme, wird mir Santiago, sobald er es liest, mit einem Schuss das Gehirn wegblasen, weil ich ihm seine Zeit gestohlen habe, weil ich seine geniale Idee verworfen habe, weil ich sie durch eine idiotische und völlig belanglose Idee ersetzt habe.

Und wenn ich aufgebe?

Aufgeben bedeutet: mich selber zum Tode verurteilen?

Ich kann diese zwei Wochen (das heißt, diese elf Tage, die mir verbleiben) mit Masturbieren verbringen und Santiago dann sagen, dass ich das Drehbuch nicht vollendet habe.

Ihm sagen, dass die Kunst, zumindest die gute Kunst, nichts ist, was man auf die Schnelle macht, mit der Stoppuhr in der Hand.

Ihm sagen, dass die Tatsache, dass Dostojewski einige seiner Romane in nur wenigen Monaten geschrieben hat, weil er Spielschulden im Casino bezahlen musste, nicht bedeutet, dass jeder Roman in nur ein paar Monaten geschrieben werden kann.

Die Kunst kennt keine Zeit.

Werke werden fortwährend geschrieben und umgeschrieben, weil sie unvollkommen sind, und etwas Unvollkommenes ist auch etwas nicht Vollendetes.

Santiago missbraucht das Wort »Perfektion«.

Er hält sich für einen Perfektionisten.

Er bewundert sich dafür, dass er immer auf der Suche nach Perfektion ist, obwohl das dazu führt, dass seine Produktionen die vorher festgesetzten Budgets um das Doppelte überschreiten und viele seiner Mitarbeiter, besonders Schauspieler, ihn von ganzem Herzen hassen.

Perfektion gibt es nicht.

Der *Ulysses* von Joyce ist der beste jemals geschriebene Roman und zugleich eine unendliche Summe von Unvollkommenheiten.

Ich könnte Norma bitten, ihn mir zu bringen; Santiago müsste eine Ausgabe des *Ulysses* besitzen.

Höchstwahrscheinlich hat er ihn nicht gelesen; vielleicht hat er versucht, ihn zu lesen, aber es nicht geschafft.

Er wird am Anfang zuversichtlich gewesen sein, so wie die meisten Leser zuversichtlich sind (Joyce war schlau, mit einem so zugänglichen Kapitel zu beginnen); und dann wird er in dem Maße den Mut verloren haben, wie die Prosa komplizierter wurde.

Heute Morgen habe ich lange an Anita gedacht, das Mädchen, das Santiago in meinem zweiten Kellerjahr vorbeibrachte.

Eine Spinne, die ihr Netz im Rahmen des Oberlichts webte und die ich mich nicht zu töten traute, ließ mich an Anita denken.

Ich erinnere mich deutlich an ihr Gesicht, ihren Körper und ihre Worte.

Ein Gesicht, das viel perfekter war als der *Ulysses* von Joyce.

Ob Santiago mir wohl die Wahrheit gesagt hat, als er mir sagte, dass Anita nicht mehr kommen wolle, weil ich ihr nicht gefiele?

Ich nehme lieber an, dass er mich belog.

Was mache ich eigentlich?

Was gewinne ich damit, Anita in diese verschlüsselte Datei zu holen, wo ich doch ein Drehbuch zu Ende schreiben muss, das die Geschichte des Films weltweit verändern soll?

Ich sollte diese verschlüsselte Datei sofort entfernen, sie in den Papierkorb werfen und den Papierkorb leeren.

Ciao.

Unwiederbringlich.

Es bleibt nur noch das Drehbuch: die Final-Draft-Datei mit dem ersten Akt und dem, was wir vom zweiten schon haben.

Ich sollte versuchen, das Drehbuch mit der gleichen Zwanglosigkeit zu schreiben, mit der ich diese verschlüsselte Datei schreibe.

Ich verliere nichts, wenn ich es probiere.

Doch, ich verliere Zeit, und ich habe nicht mehr viel Zeit.

Na ja, ich verliere auch Zeit, wenn ich in dieser verschlüsselten Datei schreibe.

* * *

Ich habe gerade gemerkt, dass nicht ich es war, der Santiago bat, Norma zu bitten, dass sie das Essen neben die Tür stellen und die Tür wieder hinter sich schließen möge; es war Santiagos Idee.

Ich sagte zu Norma, dass ich Santiago bat, sie zu bitten, sie möge das Essen neben die Tür stellen und die Tür wieder hinter sich schließen; aber jetzt erinnere ich mich, dass es eine Idee von Santiago war; ich habe ihn nur gebeten, mich in Ruhe zu lassen, mich im Keller allein zu lassen.

Santiago war es, der mir sagte, Norma würde die Tür öffnen, das Essen hinstellen und die Tür wieder schließen.

Ich habe mir eine Idee von Santiago angeeignet, habe sie mit erschreckender Leichtigkeit zu meiner eigenen gemacht.

Ich muss den Regen hören.

Das ist das Schlimmste: auf die Natur angewiesen zu sein.

Niemand braucht den Regen.

Außer den Bauern.

Millionen brauchen den Regen.

Millionen sind auf die Natur angewiesen.

Aber die Natur kann kein Drehbuch schreiben, das die Geschichte des Films weltweit verändert.

Der Regen kann kein Drehbuch schreiben, das die Geschichte des Films weltweit verändert.

Der Regen kann nicht einmal *Pretty Woman* schreiben.

Santiago kann *Pretty Woman* nicht schreiben.

Ich kann *Pretty Woman* nicht schreiben.

Hätte Peter Shaffer *Pretty Woman* schreiben können?

Es ist viel schwieriger, *Pretty Woman* zu schreiben als ein Drehbuch, das die Geschichte des Films weltweit verändert.

Es ist viel schwieriger, *Pretty Woman* zu schreiben als *La dolce vita*.

Anita hatte etwas von Estela Canto; von Estela Canto auf einem Foto, das ich in einer der todlangweiligen Biografien über Borges fand.

Todlangweilig?

Wie kann ich behaupten, dass Borges' Leben langweilig war?

War es nicht Borges selbst, der sagte, sein Leben sei überaus langweilig und das Leben eines Intellektuellen müsse überaus langweilig sein?

War es nicht Borges, der sich über Hemingway und sein von Stieren, Frauen und Kriegen bestimmtes Leben lustig machte?

Borges' Leben war jedenfalls nicht so langweilig wie meins.

Meine Biografie ist nichts als ein Seufzer in einem schlecht beleuchteten Zimmer eines heruntergekommenen Hotels an einem Ort, für den sich längst niemand mehr interessiert.

Meine Biografie ist eine Summe von Momenten der Stille, in denen ich mit einer Tasse Milchkaffee in der Hand vor dem Fenster sitze und draußen genauso langweilige Biografien wie meine entlanggehen sehe.

Momente mit meiner Mutter, als wir schweigend frühstückten; zu Mittag oder zu Abend aßen; schweigend auf dem Bett liegend einen Film sahen.

Eine Biografie von tausend Seiten. Länger als die über James Joyce von Ellmann.

Von siebentausend Seiten, länger als die fünf Bände über Dostojewski von Joseph Frank.

Voller Momente, die nichts bedeuten, oder alles bedeuten.

Ein *Ulysses*, der Tausende von vergeblichen Tagen einer einzigen Figur erzählt.

Tausende von Gängen ins Bad, Tausende von Sitzungen auf der Klobrille mit einer Erzählung in der Hand, einer Erzählung, mit der ich mir nie den Arsch abwischte.

Tausende von Szenen, voll mit Dialogzeilen wie diesen:

Gib mir mal das Salz.

Da hast du's.

Danke.

Naturalismus in unsinnigster Form.

Ein Film von Lisandro Alonso über siebenhundert Stunden.

Eine Biografie, die nichts wert ist, bis zu meiner Reise nach San Martín de los Andes, bis zu meiner Ankunft in diesem Scheißkeller.

Santiago bescherte mir ein Ende, das mit dem Naturalismus brach.

Ende?

Der krankmachende Naturalismus, aus dem mein Leben bestand.

Krankmachend?

Krankmachend für den Zuschauer, nicht für mich.

Es gibt keine Zuschauer für den Film von Lisandro Alonso.

Es gibt keine Leser der sieben Bände meiner Biografie ohne Fotos.

Es gibt keine Leser dieser verschlüsselten Datei, die ich in den Papierkorb werfen sollte, den ich dann leeren sollte.

Oder gibt es sie doch?

Ist Santiago der Leser dieser verschlüsselten Datei?

Kann Santiago über WLAN auf dieses MacBook Pro, *sein* MacBook Pro, zugreifen und lesen, was ich schreibe?

Wenn das wahr ist, obwohl ich es bezweifle (es ist besser für mich, wenn ich es bezweifle), schenke ich dir jetzt einige Zeilen, Santiago Salvatierra:

Du kannst nicht schreiben.
Du kannst nicht schreiben.
Du kannst nicht schreiben.
Du kannst nicht schreiben.
Du kannst nicht schreiben.
Du kannst nicht schreiben.
Du kannst nicht schreiben.
Du kannst nicht schreiben.
Du kannst nicht schreiben.

* * *

Norma klopft jetzt an die Tür, bevor sie sie öffnet. Sie wartet, bis ich von der anderen Seite klopfe, öffnet dann die Tür, stellt Essen und Trinken ab und schließt die Tür wieder.

Santiago hat meinen Vorschlag angenommen, er wird mich allein lassen, ganz allein, in der Hoffnung, dass ich sein Drehbuch ein für alle Mal beende.

Den ersten Entwurf.

Dann wird er mir seine Anmerkungen erläutern und mich bitten, die Korrekturen in einem Tag zu erledigen.

Ich werde diesmal keine Zeit haben, seinen Anmerkungen zu widersprechen, sie ihm auszureden, ohne dass er bemerkt, dass ich sie ihm ausrede: eine Kunstfertigkeit, die ich beim Schreiben des zweiten Drehbuchs entwickelt habe.

Den Regisseuren gefällt es nicht, wenn man ihnen widerspricht.

Ich kenne nur einen Regisseur außer Santiago, aber ich habe keine Bedenken zu behaupten, dass es den Regisseuren, aus welchem Teil der Welt sie auch kommen, nicht gefällt, wenn man ihnen widerspricht.

Wenn du einer ihrer Ideen oder Anmerkungen widersprichst, beharren sie erst recht auf dieser Idee oder Anmerkung, obwohl sie selber diese Idee oder Anmerkung in Zweifel ziehen.

Es ist auch möglich, dass sie, nachdem man ihnen ein paarmal widersprochen hat, anfangen, zwanghaft alle unsere Ideen und Anmerkungen abzuweisen.

Mehrere Male sah ich in den Augen Santiagos, dass ihm eine meiner Ideen gefiel, dass ich ihn damit sogar angenehm überrascht hatte, und ein paar Sekunden später sagte er zu mir:

Nein, Pablo, das ist verrückt. Niemand würde so etwas im wirklichen Leben tun.

Aber Filme sind nicht das wirkliche Leben.

Deshalb funktionieren die meisten Filme auch nicht, die auf dem wirklichen Leben basieren.

Filme sind Filme, ganz egal, ob die Ideen original sind oder nicht, ob sie auf dem wirklichen Leben basieren oder nicht.

Wenn jemand sich hinsetzt, um einen Film zu sehen, *sieht er einen Film*, und genießt ihn oder nicht, ohne dass es ihn interessiert, ob es eine originale Idee ist oder nicht, ob die Idee auf dem wirklichen Leben basiert oder nicht.

Die Biopics funktionieren nicht.

Außer *Amadeus*, der kein Biopic ist.

Peter Shaffer benutzte Figuren, die existierten, um den Kampf zwischen dem Künstler und seiner unvermeidbaren Mittelmäßigkeit zu erzählen.

Niemand, der *Amadeus* sieht, glaubt, dass das so passiert ist; dass die Ereignisse, die er sieht, Wirklichkeit sind.

Es sollte den Zuschauer nicht interessieren, wo der Film seine Wurzeln hat, sondern nur der Film selbst sollte ihn interessieren.

Wie oft sahen wir einen Film, der nicht funktioniert, und irgendjemand sagte uns dann, um ihn zu verteidigen, »Aber es ist eine reale Geschichte« oder »Das ist wirklich passiert«.

Viele Ideen aus dem wirklichen Leben funktionieren nicht im Film.

Wir Drehbuchautoren müssen vergessen, dass sie aus dem wirklichen Leben stammen, dass es sie wirklich gab und man sie gerade deshalb respektieren muss.

Wenn es ans Drehbuchschreiben geht, muss man nichts respektieren.

Der Film existiert in seiner eigenen Realität, und diese ist die einzige, die uns interessieren sollte.

Eine Realität aus tatsächlichen Begebenheiten, die wir aber gleichzeitig erfinden.

Wir erfinden sie vollständig neu.

Norma ist Teil der von Santiago erfundenen Realität.

Es ist möglich, dass auch ich Teil der von Santiago erfundenen Realität bin.

Vielleicht ist sogar die ganze Welt … nein, das Universum Teil der von Santiago erfundenen Realität.

Der Kellerraum riecht seit zwei Tagen nach Eintopf.

Heute habe ich vier Dosen Red Bull getrunken.

Eine Stunde lang habe ich Liegestütze gemacht, morgen werden mir die Arme schmerzen wie verrückt.

Der Schmerz im rechten Bauchbereich kommt und geht.

Wenn er kommt, bleibt er zwei oder drei Stunden.

Gewöhnlich spüre ich ihn langsam kommen und versuche, ihn zu ignorieren, bis es nicht mehr geht, und dann lasse ich es sein. Ich rede mir ein, dass der Schmerz nun für immer bleibt, und nach zwei oder drei Stunden ist er weg.

Die Basslinie von »Getting Better« ist besser als alle bisher geschriebenen Drehbücher; besser als alle Drehbücher in allen Sprachen, ob produziert, nicht produziert oder verworfen.

Ich blieb eine Stunde lang unter dem Oberlicht stehen und ließ mir die Sonne ins Gesicht scheinen.

Ich weiß nicht, ob eine Stunde.

Ich aß unter dem Oberlicht ein Sandwich mit Pute, Käse, Tomate und ein wenig Mayonnaise.

Ich habe Norma schon mehrere Male gesagt, dass ich mehr Mayonnaise aufs Sandwich haben möchte, aber sie hört nicht zu oder beachtet mich nicht, oder die wenige Mayonnaise ist in ihren Augen schon viel Mayonnaise.

Ob sie mich in Buenos Aires wohl schon für tot erklärt haben?

Erklärt man jemanden für tot, der verschwindet?

Wie lange muss jemand verschwunden sein, damit man ihn für tot erklärt?

Ob sie mich wohl gesucht haben?

Ob die Polizei aus Buenos Aires wohl nach San Martín gekommen ist?

Ob sie wohl mit Santiago gesprochen haben?

Gibt es einen Zeugen, der gesehen hat, dass Santiago mich am Flughafen Chapelco abgeholt hat?

Interessiert es die Polizei überhaupt, nach einem Fünfundvierzigjährigen zu suchen, der keine Arbeit, kein Bankkonto, keine Kreditkarte hat, auch keine Steuern zahlt und mit seiner Mutter in einer kleinen Wohnung in Belgrano lebt?

Ob meine Mutter wohl nach San Martín gekommen ist?

Ob sie wohl die sandigen Wege abgegangen ist, in der Hoffnung, mich zu finden?

Ob sie den Geländewagen von Santiago gesehen hat?

Kam sie allein oder mit Lisandro?

Lisandro hörte dauernd Pink Floyd.

Ich die Beatles, er Pink Floyd.

Stundenlange Diskussionen.

Ich sagte ihm, Pink Floyds größtes Problem sei, dass sie sich zu wichtig nähmen, und er sagte, das größte Problem der Beatles sei ihre leidenschaftliche Aufsässigkeit, die ihnen nicht ermöglicht habe, erwachsen zu werden. Und ich sagte, genau das sei eine der Tugenden der Beatles; und das größte Problem vieler Künstler, nicht nur der Musiker, sei, dass sie aufgehört haben, Kinder zu sein.

Die Beatles waren Joyce, Pink Floyd waren Sábato.

Aber die Beatles verstanden, dass die Melodie wichtiger war als das Experimentieren, und dieses Kunstverständnis sollte auch für Drehbücher gelten: Die Geschichte mit den Handlungsstrukturen, den Konflikten, Wendungen und Auflösungen sollte immer wichtiger sein als das visuelle oder narrative Experimentieren.

Santiago ist Pink Floyd, obwohl er glaubt, die Beatles zu sein.

Santiago scheint keinen großen Wert auf sein Aussehen zu legen, sein Kopf ist immer kahlgeschoren und seine Kleidung grün: grünes T-Shirt, grüne Hose und grüne Socken, keine Markenware, kein Logo; manchmal trägt er Jeans, manchmal eine Jogginghose aus Ballonseide.

Eines Morgens kam er in den Keller herunter, mit einer knittrigen grünen Hose und einem kurzärmeligen T-Shirt bekleidet, und ich fragte ihn, warum so viel Grün.

Er sagte, das sei die einzige Farbe, die ihm nicht langweilig würde.

Grün ist eine Farbe, die nach einer gewissen Zeit keine Farbe mehr ist, sagte er. Eine Farbe, die ich in den Filmen vermeide, in der Farbgebung der Filme. Ich vermeide möglichst Bäume. Wenn man in Dörfern oder Städten filmt, sollte man Bäume vermeiden. Jedenfalls im Frühling und im Sommer. Die Bäume verleihen den Drehorten etwas Romantisches, das dem emotionalen Zustand der Figuren nicht entspricht, das dem emotionalen Zustand der Welt nicht entspricht, dieser Welt, in der wir leben. Aber das Grün ist zugleich eine Farbe, die ich im Leben gerne um mich habe.

Santiago erzählt in seinen Filmen (in denen, die diesem hier vorausgingen, den ich in sieben Tagen fertiggeschrieben haben muss) zumeist Geschichten über Figuren, die am Rande leben; Figuren, die von der Gesellschaft an den Rand gedrängt wurden.

Santiago erzählt das Leben der Ärmsten.

Er lebt in Villen und steigt in luxuriösen Hotels ab. Und von diesen Palästen aus (Paläste, die sich über einen Großteil des Planeten erstrecken) erzählt er die Geschichte der Ärmsten.

Santiago ist davon überzeugt, dass seine Kunst die Welt verbessert; er stellt sich vor, dass seine Filme Parabeln sind; er ist ein Anhänger versteckter Propaganda.

* * *

Ich habe zunehmend das Gefühl (davon bin ich stündlich mehr überzeugt), dass die einzige Chance, dieses dritte Drehbuch zu beenden, darin besteht, noch einmal von vorn anzufangen.

Die Schmerzen rechts im Bauch nehmen in dem Maße an Intensität zu, wie in mir die Überzeugung wächst, dass die einzige Chance, dieses dritte Drehbuch zu beenden, darin besteht, noch einmal von vorn anzufangen.

Es ist unmöglich, das ganze Drehbuch eines Films, der die Filmgeschichte weltweit verändern soll, in einer Woche zu schreiben; aber es führt kein Weg daran vorbei.

Santiago wird es nicht ertragen, dass sein Drehbuch sich komplett verändert hat.

Es sei denn, das neue Drehbuch wäre umwerfend gut.

Es ist unmöglich, ein umwerfend gutes Drehbuch in sieben Tagen zu schreiben.

Während ihrer ersten Jahre als Beatles komponierten Lennon und McCartney einen Song pro Tag; George und Ringo betraten das Studio, ohne diese Songs zu kennen; sie mussten die Arrangements während der Aufnahmen improvisieren, und sie schafften es mit einer Unbekümmertheit und Spielfreude sondergleichen.

Wenn ich etwas von der Unbekümmertheit und Freude hätte, die George Harrison 1964 hatte, wäre ich vielleicht in der Lage, dieses Drehbuch in sieben Tagen zu schreiben.

Nein, das Problem ist nicht die fehlende Unbekümmertheit und Freude, das Problem ist die fehlende geniale Veranlagung.

Man muss ein Genie sein, um ein so niveauvolles Album wie *A Hard Day's Night* in einer Woche zu komponieren.

Man muss ein Genie sein, um ein Drehbuch, das die Filmgeschichte weltweit verändern soll, in einer Woche zu schreiben.

Und ich bin kein Genie, das ist sonnenklar.

Ich habe ein wenig Talent und die Fähigkeit, viele Stunden durchzuarbeiten, und in diesen Stunden den unangenehmsten Teil des Schreibens zu bewältigen; das heißt, die Strukturierung und Aristotelisierung der Geschichte.

Ich gleiche meine Beschränkungen mit stundenlanger Arbeit aus.

Und wie ich schon sagte, ist Santiago in Bezug auf das Schreiben auch kein Genie.

Er hat nicht einmal Talent.

Er hat auch nicht die Fähigkeit, über Stunden hinweg an den Szenen zu arbeiten, weil er sich leicht ablenken lässt, sein Körper verlangt nach Bewegung, sein Körper und sein Gemüt verlangen danach, den Keller zu verlassen und Regie zu führen.

Der Schriftsteller Santiago ist ein Kind mit einer leichten (oder nicht so leichten) geistigen Behinderung.

Nein, nicht einmal das, denn ein Kind mit einer leichten (oder nicht so leichten) geistigen Behinderung ist zumindest ein unschuldiges Kind, und die Unschuld kann ein großer Vorteil in der Stunde des Schreibens sein.

Santiago ist ein Kind mit einer leichten (oder nicht so leichten) geistigen Behinderung, das glaubt, ein großer Schriftsteller zu sein.

Ein Kind mit einer leichten (oder nicht so leichten) geistigen Behinderung, das mit der Selbstherrlichkeit eines Henry James durch die Welt geht.

* * *

Meryl Streep, bekleidet mit einer grünen Soutane, in einem grünen Zimmer, blickt in die Kamera und trägt immer wieder den Text von »I Am the Walrus« vor, neunzig Minuten lang.

I am the eggman, they are the eggmen

Andy Warhol hätte diesen Film machen können, und sie hätten ihn für ein Genie gehalten.

Wenn heutzutage irgendjemand in Hollywood so einen Film zu machen versucht, wenn jemand den Vorschlag unterbreitet, einen Film zu machen, in dem Meryl Streep, bekleidet mit einer grünen Soutane, in einem grünen Zimmer in die Kamera blickt und immer wieder den Text von »I Am the Walrus« vorträgt, neunzig Minuten lang, dann wird man ihn höchstwahrscheinlich bitten, den Raum zu verlassen und die Tür hinter sich zuzumachen.

Das System, das in Hollywood den Ton angibt, richtet sich gegen die Kunst im Film.

»Kunst« ist ein Synonym für »Unverständlichkeit«, was wiederum ein Synonym für »Misserfolg« ist, was wiederum ein Synonym für »zu wenig verkaufte Eintrittskarten« ist.

Dieses Drehbuch, das ich in den nächsten sieben Tagen zu beenden oder komplett neu zu schreiben habe, muss ein Drehbuch sein, das Hollywood uneingeschränkt akzeptiert.

Es muss ein Oxymoron sein: ein Kunstwerk, das Hollywood uneingeschränkt akzeptiert.

Ich glaube nicht, dass Santiago weiß, was ein Oxymoron ist.

* * *

Fünf Tage.

Nein, vier Tage und zweiundzwanzig Stunden.

Ich weiß nicht, wie viele Minuten.

Die Minuten sind nicht wichtig.

Die Minuten zählen nicht beim Schreiben.

Tage und Stunden.

Norma brachte mir ein Schweineschnitzel mit Kartoffelpüree und grüner Sauce nach einem mexikanischen Rezept.

Ich überlegte, ob ich ihr etwas von den Schmerzen im rechten Bauchbereich erzählen sollte.

Nein, der Schmerz existiert nicht.

Ein Schmerz, der kommt und geht, existiert nicht.

Ein ernsthafter Schmerz verschwindet nie.

Das Gefühl, dass etwas in mir verfault.

Das Drehbuch.

Das Drehbuch verfault in mir.

Das Drehbuch, das ich jetzt schreiben sollte, das jetzt in Form von Szenen in der Final-Draft-Datei Gestalt annehmen müsste.

Ein Drehbuch, das ein Kind mit einer Autoimmunerkrankung ist, dem man aus irgendeinem Grund keine Medikamente verabreicht hat.

Ein krankes Kind, das man sich selbst überlassen hat.

Kann jemand an einem verfaulten Drehbuch sterben?

Ein Jammer, ihm verfaulte das Drehbuch im Leib. Man bemerkte es nicht rechtzeitig und …

* * *

Ich habe gerade etwas völlig Verrücktes getan.

Ich wachte auf und hatte Lust zu schreiben.

Das ist mir seit Monaten nicht passiert.

Mit dem Kaffee in der Hand las ich den ersten Akt und das, was wir vom zweiten haben.

Ich leerte eine Dose Red Bull.

Aß drei Stückchen Apfel.

Las noch einmal den ersten Akt und das, was wir vom zweiten haben.

Ich schloss die Datei mit dem Drehbuch.

Ich schloss die Augen.

Ich öffnete sie.

Ich schloss sie wieder.

Ich öffnete sie.

Ich aß zwei Stückchen Melone.

Ich warf die Datei mit dem Drehbuch in den Papierkorb.

Ich schloss die Augen.

Ich öffnete sie.

Ich leerte eine Dose Red Bull in einem Zug.

Mein Herz raste.

Selten in meinem Leben war ich so aufgeregt.

Der Schmerz rechts im Bauch kam und ging; kam, für ein paar Sekunden, und ging; kam, für ein paar Sekunden, und ging …

Papierkorb leeren.

Die Buchstaben, so groß wie der Keller.

Nein, wie San Martín.

Die Buchstaben, so groß wie Neuquén.

Ich schloss die Augen.

Ich öffnete sie.

Ein Stückchen Ananas.

Ich schloss sie.

Ich öffnete sie.

Ich leerte den Papierkorb.

Ich versuchte, eine Weile lang herauszubekommen, ob es möglich ist, Dateien, die man in den Papierkorb geworfen hat, den man dann geleert hat, wiederherzustellen.

Nein.

Zumindest finde ich nicht, wie man es macht, und ohne Internet kann ich nicht googeln.

Ich könnte Norma bitten, dass sie Santiago bittet, das zu googeln.

An Santiago will ich gar nicht denken, ich habe ihn gerade verraten, ich habe eine monatelange Arbeit vernichtet, ich habe drei Viertel eines Drehbuchs vernichtet, das die Geschichte des Films weltweit hätte verändern können.

Wie sagte Santiago doch: Wer bist du denn, um beurteilen zu können, was die Geschichte des Films weltweit verändern kann und was nicht?

Er ist derjenige, der die Preise gewann.

Er ist derjenige, der wusste, wie man zum bedeutendsten Regisseur des lateinamerikanischen Films aller Zeiten wird.

Wer bin ich denn, um solch eine Entscheidung zu treffen?

Schluss, aus und vorbei; ich habe sie getroffen.

Das Drehbuch existiert nicht.

Das heißt, es existiert ein Teil des Drehbuchs auf der externen Festplatte und in den ausgedruckten Szenen, die Santiago noch nicht zu Schnipseln zerrissen hat, was er für gewöhnlich tut, nachdem wir die handschriftlichen Anmerkungen auf den Rändern der DIN-A4-Seiten in die Final-Draft-Datei übertragen haben.

Es nervt mich zu wissen, dass diese alte Version auf der externen Festplatte existiert, und sicherlich hat er sie auch auf seinen Computer heruntergeladen; es nervt mich zu wissen, dass sie auf der externen Festplatte und auf Santiagos Computer existiert, oder nur auf Santiagos Computer. Es ist gut möglich, dass er auf der externen Festplatte andere Sachen speichert, ich weiß nicht welche, es ist auch egal, es ist nur wichtig zu wissen, dass in dieser alten Version nicht mal die Hälfte des Drehbuchs vorhanden ist – gut fünfzig Seiten, die ich vergessen muss.

Ich muss *alles* vergessen.

Alles, was dieses dritte Drehbuch betrifft.

Die Schauspieler und Szenen und Figuren mit ihren *backstories* und die aristotelischen Strukturen.

Ich muss es vergessen und zerstören.

Das Vergessene zerstören.

Scheitern auf schrecklichste Art und Weise.

Scheitern, und das Scheitern akzeptieren, und vor Angst zittern, bis ich die nicht völlig verschlossene Tür finde, die es mir erlaubt, neu anzufangen.

Soll Santiago doch Montag kommen und sich die Bescherung ansehen und mir eine Kugel zwischen die Augen jagen.

Schluss mit der Angst.

Schluss mit den Bauchschmerzen.

Die gehören dann einem anderen.

Einem Ich, das keine Rolle mehr spielt.

Einem verschwundenen, toten, erledigten Ich; das heißt, meinem wahren Ich.

Dem Ich, das ich sein sollte.

Endlich.

Damit anfangen, das Ich zu sein, das ich seit fünf Jahren bin, obwohl ich es nicht wahrhaben wollte.

* * *

Es war ein Irrtum.

Die Datei mit dem ersten Akt und dem, was wir vom zweiten hatten, zu vernichten, hat nichts genützt.

Es bleiben drei Tage und ich habe noch nicht mal eine Szenenüberschrift geschrieben.

Scene Heading

INNEN – KELLER – TAG

Ich habe nicht einmal den Mut aufgebracht, eine neue Datei zu öffnen.

Ich liege schon eine ganze Zeit auf der Matratze und zähle mithilfe der Laptop-Uhr, wie viele Minuten die Sonne durch das Oberlicht scheint.

Wie einfach es ist, Zeit zu verschwenden.

Wenn man dafür bezahlt würde, nichts zu tun …

Den Filmschauspielern zahlt man dafür ein Vermögen, zum großen Teil nichts zu tun.

Neunzig Prozent ihrer Arbeitszeit agieren sie gar nicht vor der Kamera.

Sie stehen früh auf, das schon.

Ein Wagen holt sie im Hotel, einer angemieteten Wohnung oder bei sich zu Hause ab, wenn sie das Glück haben, in der Stadt zu filmen, in der sie leben, und bringt sie zum Set oder zum Drehort; zwei oder drei Stunden in der Maske; sie trinken Kaffee, während die Techniker die Szene ausleuchten; halten sich im Wohnmobil auf und amüsieren sich mit einer Unmenge von elektronischem Firlefanz, den man ihnen mit Sicherheit geschenkt hat (die

Filmschauspieler kassieren in der Regel Riesenhonorare und bezahlen nie etwas, sie sind immer eingeladen). Sie lernen höchstens die Dialoge der Szene auswendig, die sie an jenem Tag spielen müssen, was meistens nicht mehr als drei Seiten ausmacht.

Wenn man meine Mutter und mich fürs Nichtstun bezahlt hätte, wären wir Millionäre gewesen.

* * *

INNEN – KELLER – NACHT

Frühmorgens.

Meine Mutter dürfte gerade friedlich vor sich hin schnarchen.

Ob sie Schlaftabletten nimmt?

Ob sie sich wohl wieder beruhigt hat nach meinem Verschwinden?

Ob sie überhaupt beunruhigt war nach meinem Verschwinden?

Meine Mutter schnarcht, ohne dass es störend ist; ihr Schnarchen half mir sogar beim Einschlafen, es entspannte mich, denn es hinderte mich am Nachdenken.

Man kann nicht schlafen mit einem Kopf voller Gedanken.

Schnarcht sie oder schnarchte sie?

Wenn meine Mutter inzwischen gestorben ist, dann wird die Kugel zwischen meinen Augen mich zu ihr bringen.

Wohin?

Nach dem hier wird nichts mehr sein.

Es ist lächerlich, dass es dann noch etwas geben sollte.

Dies hier ist alles: der Keller, das nicht geschriebene Drehbuch.

Santiago wird einen Schlaganfall bekommen, wenn er entdeckt, dass ich das Drehbuch in den Papierkorb geworfen und den Papierkorb geleert habe.

Vielleicht weiß er, wie man Dateien wiederherstellen kann, die in den Papierkorb geworfen wurden, der dann geleert wurde.

Nein, es ist besser, sie nicht wiederherzustellen; lieber neu anfangen.

Drei Tage.

Ein Akt pro Tag.

Ein Drehbuch für einen Spielfilm zu schreiben wie Kerouac *On the Road* schrieb: ein Schwall von Wörtern ohne einen einzigen Absatz.

Soll die Frau, die Bolaño übersetzt hat, sich darum kümmern, den Text in Ordnung zu bringen.

Überschrift, Handlung, Figuren, Parenthese, Dialog, Übergang, Überschrift, Handlung, Figuren, Parenthese …

On the Road ist ein überschätzter Roman.

Obwohl ich nie die originale Papierrolle gelesen habe.

Vielleicht haben die Verleger ihm den Roman ruiniert.

In den Vereinigten Staaten arbeiten die Schriftsteller häufig mit den Verlegern zusammen; viel häufiger als in anderen Ländern.

Ich weiß nicht, was ich sage.

Ich sage nichts, *ich schreibe*.

Ich weiß nicht, was ich schreibe.

Niemand weiß, was ich schreibe.

Diese verschlüsselte Datei wird niemals als Buch verlegt werden.

Neuer Absatz.

Ich finde, dass Absätze notwendig sind, sie geben den Augen und dem Denken Halt.

Das Denken ermüdet, wenn der Text immer weiterläuft.

Das Denken ermüdet beim Schreiben von all dem Unsinn in dieser verschlüsselten Datei, und eigentlich müsste jetzt das Drehbuch geschrieben werden.

Das Denken ermüdet, wenn es das tut, was es nicht tun sollte, und weiß gleichzeitig, dass das, was es tun muss, etwas ganz anderes ist.

Eine neue Final-Draft-Datei öffnen und:

AUSSEN – WASHINGTON SQUARE – TAG

DAY

Ein Wort weniger zu übersetzen.

Ich werde Norma bitten, Santiago zu bitten, mir Romane von Don DeLillo zu kaufen.

DeLillo schreibt die besten Sätze auf der ganzen Welt.

DeLillo fing an zu schreiben, als er schon älter war, genau wie ich. Als er anfing, war er sogar noch älter als ich damals. Um die dreißig. Er sagte, dass es ihm erst richtig klar wurde, dass er schreiben konnte (dass das Schreiben eine Disziplin war, der er sich widmen konnte), als er seinen ersten Roman schon halb fertig hatte.

Habe ich mich soeben mit DeLillo verglichen?

Santiago hat recht: Ich hätte niemals anfangen dürfen zu schreiben.

Meine Mutter hat an allem Schuld.

Warum einen PC?

Sie hätte auch in einem Internetcafé ihre Website gestalten und ihre E-Mails checken können.

Es war gar kein Platz in der Wohnung für einen PC.

Wenn ich nicht so besessen davon gewesen wäre, eine Geschichte pro Tag zu schreiben, hätte das Gerät die meiste Zeit unbenutzt in einer Küche herumgestanden, in der wir uns sowieso kaum bewegen konnten zwischen dem Tisch, der Arbeitsplatte, der Mikrowelle und dem Kühlschrank.

Hat meine Mutter etwa geahnt, dass ich, als ich ihr vorschlug, einen PC zu kaufen, ihn schließlich für etwas Nützlicheres als die Musik benutzen würde?

Für irgendwas, nur keine Musik.

Egal, ob wir uns bequem in der Küche bewegen konnten oder nicht: Hauptsache keine Musik.

* * *

Ich habe soeben eine mehr als beachtliche Version von »Happiness Is a Warm Gun« gelernt.

Das Glück ist Santiagos Revolver, geladen mit einer einzigen Patrone, die mich für immer aus diesem Keller entlässt.

Nein, die mich aus der Verantwortung entlässt, das Drehbuch zu schreiben, dieses verdammte Drehbuch, das die Geschichte des Films weltweit verändern soll.

Wen interessiert schon die Geschichte des Films weltweit?

Wie viele Idioten studieren weltweit pro Jahr Filmgeschichte?

Die Geschichte des Films weltweit zu verändern bedeutet heutzutage nichts für die Welt.

Die Kunst beeinflusst die Welt nicht mehr so wie früher, so wie Joyce mit seinem *Ulysses* oder Beckett mit seiner Trilogie, die keine Trilogie ist.

Die Geschichte des Films weltweit während der letzten zwei Jahrzehnte ist ein kurzer Epilog in den Büchern über die Geschichte des Films.

Die letzten zwei Jahrzehnte umfassen nicht mehr als fünf Seiten, ohne Fotos, ohne Fußnoten.

* * *

Schon wieder Eintopf.

Santiago stellt sich vielleicht vor, dass ich mit Blähungen im Bauch besser schreibe, dass ich mit dem Laptop auf dem Arm durch den Keller schwebe.

Aber es schweben nur die Fürze; sie versuchen zu fliehen, sie wissen, was in Kürze passiert …

Es ist unmöglich, ein Drehbuch in gut zwei Tagen zu schreiben.

Besser, ich rühre den Eintopf nicht an.

Ich muss herausfinden, ob der Schmerz rechts im Bauch wirklich von den Blähungen kommt.

Fasten.

Ich werde bis Montag nichts essen, bis Santiago mit seinem Stuhl und dem Teller mit Obst kommt.

Ich kippte den Eintopf ins Klo und zog die Spülung.

Ich kippte die Dosen mit Red Bull aus und zog die Spülung.

Bis Montag nur Mineralwasser.

Heute ist Freitag, fast schon Samstag.

* * *

INNEN – BAD – KELLER – NACHT

Ich saß auf der Klobrille und duschte mich.

Ich hätte mich mit den *Gesammelten Werken* von Borges abgetrocknet, wenn sie denn da gewesen wären.

Ob er den Band drei in der Librería Norte bestellt hat?

Höchstwahrscheinlich kommt er mit den vier Bänden, dem Stuhl, dem Teller mit Obst, der Tasse Kaffee und dem mit sechs Patronen geladenen Revolver herunter.

Oder er kommt nie wieder herunter.

Vielleicht hat Santiago mich gefeuert, wollte mir aber diese unangenehme Tatsache nicht persönlich mitteilen und hält mich hier weiterhin gefangen, während er mit einem anderen Drehbuchautor arbeitet.

Norma tropft Gift in den Eintopf und in die Dosen mit Red Bull.

Ein Gift, das mich langsam töten wird, ohne dass ich es bemerke.

Vielleicht rührt der Schmerz im rechten Bauchbereich …

Der Schmerz fing an, bevor ich Santiago bat, mich allein zu lassen.

Ich bin nicht sicher, ob er wirklich vorher angefangen hat.

Doch, er fing vorher an.

Es gibt keinen anderen Drehbuchautor.

Santiago hat gar keine Zeit, das Drehbuch mit einem anderen Autor wieder aufzunehmen, erst recht nicht mit seiner Version von gut fünfzig Seiten.

Ich bin nicht sicher, ob Santiago nicht doch die neueste Version hat.

Es ist möglich, dass er diesen Laptop angezapft hat.

Es ist möglich, dass Santiago mein Gehirn anzapft.

Nicht mein Gehirn, meine Gedanken.

Vielleicht hat er die noch fehlenden Szenen aus meinen Gedanken entwendet, ohne dass ich es bemerkte.

Deshalb finde ich sie nicht.

Wie in dem Film von Cronenberg: *Scanners*.

Santiago kann Cronenberg nicht ausstehen. Er wäre fast gestorben, als er erfuhr, dass Cronenberg mit *Crash* den Spezialpreis der Jury in Cannes gewonnen hatte.

Telepathen.

Gedanken, die töten.

In den spanischsprachigen Ländern zerstört man die englischen Titel.

Wenn ich mich richtig erinnere, hieß *Crash* in Mexiko *Seltsame Vergnügen*.

Dead Ringers hieß hier *Liebespakt*, woanders *Die Unzertrennlichen* oder *Tödliche Ähnlichkeiten* oder *Die Zwillinge des Todes*.

Ich weiß nicht, warum ich mir so einen Blödsinn merke.

Santiago gibt seinen Filmen Titel, die man nicht übersetzen muss.

Ein einziges Wort, überall verwendbar.

* * *

Zwei Tage.

Weniger als zwei Tage.

Ich habe nicht mal eine Regieanweisung geschrieben.

Der Schmerz rechts im Bauch kam gestern frühmorgens und blieb.

Ich habe mich geirrt.

Norma klopfte an die Tür, wartete, bis ich von innen zurückklopfte, öffnete sie, kam mit dem Frühstückstablett herein und bückte sich, um es auf dem Boden abzustellen. Ich bat sie, es mir neben die Matratze zu stellen, sagte ihr, dass ich müde sei, die ganze Nacht durchgearbeitet hätte und mich nicht bewegen könne. Leider glaubte sie mir.

Sie kam mit dem Tablett bis an die Matratze: Rühreier und eine Chorizo-Wurst mit mexikanischer grüner Sauce, eine Flasche Mineralwasser, eine Tasse Kaffee, ein Teller mit Obst, zwei Dosen Red Bull.

Sie bückte sich, um alles neben das Kopfkissen zu stellen, und mit einem schnellen Griff fasste ich ihr an die Brust.

Ich drückte zu, aber nicht sehr fest.

Norma reagierte nicht gleich.

Dann griff sie zum Revolver, aber zielte nicht auf mich.

Ihre Brust fühlte sich nicht an wie eine Brust.

Ein Luftballon voll Wasser, der schon seit Jahren schrumpft.

Ein Hodensack ohne Hoden, voll Wasser und Sand … nein, Milch und Sand … Vollmilch.

In ihren Augen: Fassungslosigkeit.

Eine Fassungslosigkeit, die keine zwei Sekunden dauerte und sofort von einer erzwungenen Ruhe eingenommen wurde, einer hasserfüllten Ruhe, einem Meer von Ruhe, das, ausgelöst von den sich ausdehnenden Wellen eines Seebebens, zitterte.

Sie versuchte, meine Hand von ihrer Brust zu entfernen.

Sie schaffte es nicht.

Ich fragte sie, ob sie mit mir schlafen wolle.

Einmal nur, sagte ich.

Sie trat einen Schritt zurück, meine Finger hielten immer noch ihre Brust gepackt.

Sie schlug mir mit dem Griff der Waffe auf das Handgelenk.

Es schmerzte nicht.

Der Schmerz im rechten Bauchbereich hebt jeden anderen Schmerz auf.

Ich merkte, wie ich einen Steifen bekam.

So richtig steif.

Ich dachte daran, mir die Jogginghose herunterzuziehen und ihn ihr zu zeigen.

Sie zielte auf mein Gesicht.

Ich ließ sie nicht los.

Das Oberlicht war schwärzer als sonst, ein schwarzes Fenster, ein schwarzes Rechteck aus Glasbausteinen, die jemand schwarz angemalt hatte.

Norma trat einen weiteren Schritt zurück und ich ließ sie los.

Ohne von der Matratze aufzustehen, bat ich sie um Verzeihung.

Sie verzieh mir nicht.

Sie zielte immer noch auf mich.

Ich sagte ihr, dass ich kein Frühstück wolle und auch kein Red Bull, dass sie alles wieder mitnehmen könne, alles bis auf das Mineralwasser.

Sie steckte den Revolver in die Schürzentasche, nahm die Flasche Mineralwasser und ging zur Tür.

Nein, sagte ich, das Wasser nicht. Lass mir das Wasser hier und nimm das Frühstück und die Dosen mit.

Sie machte die Flasche auf und nahm einen großen Schluck.

Dann öffnete sie die Tür und verschwand, und mit ihr der Rest des Mineralwassers.

Ich betrachtete das Frühstück auf dem Tablett.

Die Tasse Kaffee reizte mich: eine gute Tasse Kaffee vor dem Sterben.

Ich schüttete eine Dose Red Bull in die Kloschüssel, zog die Spülung und füllte die Dose mit Wasser aus dem Hahn.

Ich trinke nicht gern Wasser direkt aus dem Hahn.

* * *

Wenn ein besoffener und mürrischer Geist, der aus einer Wunderlampe entwichen ist, die seit Jahrhunderten niemand mehr reibt, plötzlich erschiene und mir den Wunsch erfüllte, Musiker, irgendein Musiker zu sein, würde ich mich für Prince entscheiden.

Also: SYMBOL VON THE ARTIST FORMERLY KNOWN AS PRINCE EINFÜGEN.

Prince scheißt Musik, schwitzt Musik aus; sogar die Zahnbürste produziert auf seinen Zähnen Rhythmus und Melodie.

Vielleicht der beste Rock-, Pop-, Funk- und Soulgitarrist aller Zeiten; ein Gitarrist, der mit seiner Gitarre versucht, die Stimmen seiner Lieblingssänger zu imitieren.

Ich schaffte es nie, mit meinen Worten Peter Shaffer zu imitieren.

Ich habe es versucht.

Ich habe es oft versucht.

Aber zum Glück merkte ich schon nach kurzer Zeit, dass Peter Shaffer auf einem anderen Instrument spielte, oder auf dem gleichen, allerdings in einer anderen Liga, und dass es das Beste wäre, in meiner Liga unter die Top Ten zu kommen: nicht gerade berauschend für einen fast Dreißigjährigen, als ich anfing; ganz passabel für einen fast Vierzigjährigen, als ich das Drehbuch über den Jungen, der seine Familie in den Brunnen wirft, und die zwei ersten Drehbücher für Santiago schrieb; erstaunlich gut, aber mit Schreibblockade, für einen fast Fünfzigjährigen genau in diesem Moment, während ich diese überflüssigen Zeilen in eine überflüssige verschlüsselte Datei tippe.

Wie viel Zeit bleibt mir noch?

Ich möchte, dass es Montag wird.

Sofort.

Dass Santiago mit dem Revolver runterkommt.

Sofort.

Prince, oder The Artist Formerly Known As Prince, komponierte fast vierzig Scheiben.

Tatsächlich komponierte er mehr als vierzig, denn er hat Songs für tausendfünfhundert Scheiben, aber er veröffentlichte nur knapp vierzig, was immer noch eine gewaltige Anzahl ist.

Im Konservatorium von Buenos Aires hatte ich einen Gitarrenlehrer, der Prince, oder The Artist Formerly Known As, anhimmelte, noch mehr als seinen fünfjährigen Sohn; er erzählte dauernd von Prince, oder The Artist Formerly Known As, die ganze Zeit nur von Prince, oder The Artist Formerly Known As, er verglich alles mit Prince, oder The Artist Formerly Known As, und er verlor alles mit Prince, The Artist Formerly Known As.

Er hatte seit seinem neunten Lebensjahr versucht, wie Prince, oder The Artist Formerly Known As, Gitarre zu spielen, und mit fünfundzwanzig hatte er begriffen, dass es nicht möglich war, obwohl er acht Stunden täglich übte (von Montag bis Sonntag); und schließlich fügte er sich in seinen Brotberuf als Musiklehrer am Konservatorium von Buenos Aires.

Ich weiß nicht mehr, wie er hieß.

Ich kann mir Namen schlecht merken.

Ich konnte mir Namen schon immer schlecht merken.

Man stellte mir jemanden vor, ich begrüßte sie oder ihn, sagte ein paar Worte und schon war der Name wieder vergessen; dann überlegte ich mir, wie ich diejenige oder denjenigen dazu bringen konnte, ihren oder seinen Namen noch einmal zu sagen.

Allerdings habe ich bisher kein Gesicht vergessen; nicht einmal die Gesichter, die ich vergessen möchte.

Ich erinnere mich bis ins Detail an die Gesichter aller Frauen, die mit mir gingen und sich aus den unterschiedlichsten Gründen entschlossen, nicht mehr mit mir zu gehen; und an die Gesichter aller Frauen, die mit mir gingen, und bei denen ich mich aus den unterschiedlichsten Gründen entschloss, nicht mehr mit ihnen zu gehen.

Ich erinnere mich bis ins Detail an die Gesichter aller meiner Mitschüler in der Grund- und Mittelschule und dem Konservatorium in Buenos Aires.

Auch an die der Lehrer; ob sie mich mochten oder nicht; die meisten mochten mich; nicht weil ich ein guter Schüler war (ich war tatsächlich ein guter Schüler), sondern weil ich ihnen nicht auf den Sack ging.

* * *

Liegestütze bis zur Erschöpfung.

Die Trizeps-Schmerzen waren die Ausrede, um nicht zu schreiben.

Ich konnte auch nicht masturbieren.

Ich konnte die Red-Bull-Dose kaum anheben, um einen Schluck Wasser zu trinken.

Anstatt jetzt, wo die Armschmerzen ein wenig nachlassen, an dem Drehbuch zu schreiben, welches die Filmgeschichte weltweit verändern soll, schreibe ich dies hier in die verschlüsselte Datei und weiß, dass in eineinhalb Tagen alles vorbei ist.

Plötzlich erlangt diese Datei die Bedeutung eines letzten Willens.

Meine letzten Worte.

Ich hätte nicht bis zur Erschöpfung Liegestütze machen sollen, das Tippen ist eine Tortur.

Ich übertreibe.

Wenn man dir die Fingernägel mit der Zange ausreißt, das ist eine Tortur.

Das Tippen ist lästig; jedes Mal, wenn ich eine Taste anschlage, spüre ich einen leichten Stich im Unterarm und im Trizeps.

Wenn ich mehr Energie gehabt hätte, dann hätte ich in diesen fünf Jahren im Keller jeden einzelnen meiner Muskeln stärken können, ohne Gewichte, nur mit meinem Eigengewicht.

Ich hätte Santiago bitten können, mir auf der externen Festplatte Videos mit Übungen zur Stärkung und Dehnung der Muskeln zu bringen. Auch die Dehnung ist wichtig, denn ohne Dehnung wird man steif wie ein alter Mann mit multipler Sklerose.

Es ist unmöglich, mit müden Armen Ukulele zu spielen.

Nicht unmöglich, aber anstrengend.

Vor Kurzem dachte ich daran, die Mac-App GarageBand zu benutzen, um eine gesungene Version dieser Datei aufzunehmen.

Ich werde Santiago bitten, sich auf seinen Stuhl zu setzen und sich die gesamte Datei anzuhören, in der Version Ukulele und Gesang, bevor mich sein Schuss mitten zwischen die Augen trifft.

Nein, ich werde nichts aufnehmen.

Es wird ein Reinfall werden, und ich werde es löschen, so wie ich es mit dieser verschlüsselten Datei machen sollte.

In den Papierkorb werfen und den Papierkorb leeren.

Eine unverschlüsselte Word-Datei anlegen und einen Brief an meine Mutter schreiben; Santiago bitten, dass er ihn ausdruckt und ihr schickt.

Meiner Mutter hätte es nicht gefallen, dass ein Geist aus der Wunderlampe mich in Prince verwandelt hätte, Spinetta wäre ihr lieber gewesen.

Sie wäre glücklich mit Luis Alberto Spinetta als Sohn gewesen.

Ihrer Meinung nach der einzige Argentinier, der wirklich etwas taugt; der einzige Argentinier in der Geschichte, der es verdient hätte, geklont zu werden.

Die Utopie eines Landes, nur bewohnt von schmächtigen Spinettas.

Die Anti-Utopie eines Landes, nur bewohnt von Santiago Salvatierras.

Und die Salvatierras erklären den Spinettas den Krieg.

Und die Spinettas haben nicht die geringste Chance im Nahkampf gegen die Salvatierras.

Die Existenz zweier Länder, nur bewohnt von Santiago Salvatierras, würde den Anfang vom Ende der Welt bedeuten.

Eine Welt, die es verdient, durch einen Meteoriten von der Größe der Erde zerrissen zu werden.

Zwei Erdkugeln, die an einem Montag zusammenstoßen und nur Staub hinterlassen, keine Musik von Spinetta und keine Filme von Salvatierra.

Oder dass der gleiche Meteorit, der die Dinosaurier verschwinden ließ, die Santiago Salvatierras verschwinden lässt, die durch die Welt laufen in der Überzeugung, dass alles nur für sie geschaffen wurde.

Ich beneide die Leute, die durch das Leben gehen, als ob die Welt nur für sie geschaffen wurde.

Ich beneide sie und ich hasse sie.

Und ich hasse es, sie zu beneiden.

Und ich hasse mich, weil ich sie beneide.

Es ist unmöglich, etwas zu besitzen, was wir nicht völlig erfassen können.

In Spinettas Texten verbirgt sich das Geheimnis des ewigen Lebens.

Möge mich der Schuss zwischen die Augen in einen Text von Spinetta verwandeln.

* * *

Während des Schreibens in dieser verschlüsselten Datei lernte ich zu tippen, ohne die Augen vom Bildschirm abzuwenden; ich schaue nicht auf die Tastatur und mache kaum Fehler.

Ich könnte als einer dieser Maschinenschreiber arbeiten, die in den Prozessen neben dem Richter sitzen und alles tippen, was gesagt wird.

Wie heißen diese Maschinenschreiber?

Gibt es sie überhaupt in Argentinicn?

Ich weiß nicht, was ich schreibe.

Ich war nie gut im Recherchieren.

Es langweilt mich.

Ich kann stundenlang mit dem Schreiben verbringen, oder dem Aristotelisieren, aber das Recherchieren habe ich nach wenigen Minuten satt.

Wenn ich mich zu Hause beim Schreiben der Drehbücher am PC in der Küche vor die Notwendigkeit gestellt sah, irgendeinen Aspekt der Handlung oder des Berufs einer Figur zu recherchieren, benutzte ich den gesunden Menschenverstand und das geballte Wissen, das ich mir im

Laufe der Jahre aus Filmen, Serien und Büchern angeeignet hatte, und schrieb das auf, was mir gerade durch den Kopf ging.

Später, als das Internet mehr Möglichkeiten bot, googelte ich die Information und übernahm sie unverändert.

Ich schrieb bei Wikipedia fast so viel ab wie Foster Wallace bei DeLillo.

Seitdem ich im Keller hause, seitdem ich mit Santiago zusammenarbeite, haben wir (hat er) eine Gruppe von Rechercheuren, die wer weiß wo leben und sich um die Beschaffung von Informationen für uns kümmern.

Sie schicken uns Dateien auf Englisch und Spanisch mit Informationen, die bis in alle Einzelheiten aufgeführt, deutlich erklärt und mit Fotos angereichert sind.

Santiago nennt diese Gruppe von Rechercheuren, die wer weiß wo leben, die GRUPPE.

»Ich sage der GRUPPE jetzt, sie soll sich mal schlau machen.«

Recherchieren ist das Schlimmste am Drehbuchschreiben.

Recherchieren ist das Schlimmste beim Schreiben überhaupt.

Rechts im Bauch fühlt der Schmerz sich jetzt an wie von einem Messer.

Ein stumpfes Messer mit abgerundeter Spitze, das jemand benutzt, um meine inneren Organe zu malträtieren.

Ich verbrachte eine Stunde damit, in Zeitschriften zu blättern: Keine dieser Frauen hat Ähnlichkeit mit Norma.

Ich werde die Löcher im Keller verstopfen und die Dusche laufen lassen.

Santiago sage ich, dass es eine Überschwemmung gab, dass ein Rohr gebrochen sein muss, ich schlief und habe es nicht bemerkt, der Laptop ist hinüber.

Wir haben alles verloren. Alles, Santiago.

Es ist allerdings möglich, dass er jemanden kennt, der den Laptop reparieren und die mutmaßlich verlorenen Daten auf der internen Festplatte retten kann.

Er wird meine verschlüsselte Datei finden und sie entschlüsseln.

Ich muss sie selbst entschlüsseln, sie aus dem Ordner »Programme: Dienstprogramme« nehmen und sie auf den Desktop verschieben.

Diese verschlüsselte Datei ist mein Testament.

Santiago soll sie lesen, nachdem er mich getötet hat, und dann entscheiden, was er damit macht.

Hoffentlich druckt er sie aus und schickt sie meiner Mutter.

Hoffentlich liest er diese letzten Zeilen und druckt sie aus und schickt sie meiner Mutter.

Unverschlüsselte Word-Datei

Gallensteine.

Steinchen.

Ideal, um Payana zu spielen, oder Tinenti; ein Spiel, das ursprünglich *kapichua* hieß und das die Tobas und Wichís mit Obstkernen oder Samenkörnern spielten; ein Spiel, mit dem sie ihre Fingerfertigkeit entwickelten und das Zählen lernten.

Keine Ahnung, wo ich diese Information herhabe.

Aus den Lautsprechern des Busses ist Prince, oder The Artist Formerly Known As, zu hören: »Starfish and Coffee«.

Ich schreibe dies in einer unverschlüsselten Word-Datei auf dem MacBook Pro.

Ich habe es im Haus von Santiago mitgehen lassen, aus seinem Studio im zweiten Stock mit Blick auf die Bäume und den Himmel.

Auch das geschwärzte Notizbuch, *mein* geschwärztes Notizbuch, das er in seiner Bibliothek zwischen den ersten und zweiten Band der *Gesammelten Werke* von Borges gesteckt hatte, habe ich mitgehen lassen.

Mir bleiben noch rund zwanzig Stunden Fahrzeit, im Liegesitz.

Ich bemerkte, dass die Streichungen in dem Heft nicht so stark sind, wie ich glaubte; mit ein wenig Geduld lässt sich entziffern, was ich geschrieben habe.

Ich bekam Angst, als ich feststellte, dass man entziffern kann, was ich geschrieben habe.

Hier im Bus kann ich nicht lesen, weil mir dann schwindlig wird.

Ich kann schreiben, aber nicht lesen, was ich schreibe.

Ich habe nie herausbekommen, warum ich in Autos oder Bussen nicht lesen kann.

Ein Problem mit den Augen?

Mit dem Kopf?

Mit dem Magen?

Eine Seite reicht, schon gehe ich auf die Bustoilette und übergebe mich.

Ein Tablett mit zwei Sandwiches, einem zerdrückten Brownie, Butterkäse und Süßkartoffel-Gelee; ein Orangensaft, eine Flasche Mineralwasser.

Der Bus ist voll besetzt.

Die Person vor mir hat ihre Rückenlehne ganz nach hinten geklappt, sodass ich den Laptop kaum öffnen kann.

Wenn ich den Kopf nach links wende, versucht die Landschaft mich davon zu überzeugen, dass wir in den Schweizer Alpen sind.

Ich weiß, dass die Landschaft, je näher wir Buenos Aires kommen, in sich zusammenfallen wird, flacher und deprimierender werden wird, bis zu dem Punkt, wo man besser nicht mehr aus dem Fenster schaut.

* * *

Ich kniete mich neben dem Körper von Santiago hin und suchte seinen Puls am Hals und an den Handgelenken, wobei ich es vermied, seinen zerplatzten Kopf anzuschauen.

Ich konnte es nicht vermeiden: Das schleimige Loch im Schädel, die Gehirnmasse verspritzt auf dem Estrich und an den Wänden.

Tot.

Kein Puls.

Keine Bilder.

Das Mineralwasser ohne Kohlensäure war warm, fast heiß; sie haben es wohl aus Versehen in der Sonne stehen lassen, bevor sie es in den Bus luden.

Die Sandwiches sind essbar: gekochter Schinken, Käse und Butter; sehr wenig Butter.

Zumindest sind sie nicht so scharf wie Normas Eintopf.

Wie alle Gerichte von Norma.

Poblano-Chili und Koriander.

Nie wieder in meinem Leben, falls mir denn etwas von meinem Leben bleibt, werde ich mexikanisch essen.

Ich rasierte mich mit dem Gillette von Santiago: Ich schnitt mir den Bart mit einer Schere und dann rasierte ich mich.

Norma sagte keinen Piep.

Ich kaufte die Fahrkarte auf den Namen von Santiago Salvatierra; ich habe seinen Personalausweis und seine Kreditkarte.

Ich fürchtete, Verdacht zu erregen, wenn ich meinen Namen nennen würde.

Welchen Verdacht?

Mein Name dürfte aus den amtlichen Verzeichnissen längst gestrichen sein.

Mein Name ist nur noch meiner Mutter bekannt, wenn es meine Mutter denn noch gibt.

Er ist Lisandro bekannt, wenn es Lisandro denn noch gibt.

Er ist vielleicht Anita bekannt, wenn es Anita denn noch gibt.

Ich glaube nicht, dass er Norma bekannt ist, obwohl Norma noch lebt. Als ich das Haus verließ, saß sie in der Küche auf dem Stuhl, den Santiago immer in den Keller mitnahm. Sie rieb sich die Oberschenkel, als ob sie frieren würde.

Ich fragte sie, was sie nun machen werde.

Sie antwortete mir nicht.

Ich dachte daran, sie um Verzeihung zu bitten, weil ich ihr in diesen letzten Monaten keinen Respekt entgegengebracht hatte; in diesen Monaten, in denen Santiago mit der Vorproduktion unseres dritten Films, der ja die Filmgeschichte weltweit verändern sollte, beschäftigt war, und dann mit dem Filmen, der Postproduktion und der Promotion.

* * *

Santiago kam am Montagmorgen, wie versprochen, mit seinem Stuhl, der Tasse Kaffee und dem Teller mit Obst herunter.

Er schob den Stuhl gegen die Wand, unter das Oberlicht, und inspizierte den Kellerraum.

Dann kam er zu mir herüber. Ich saß auf der Matratze, mit dem Laptop auf dem Schoß, die Bose-Kopfhörer auf den Ohren, und hörte in voller Lautstärke einen Shuffle aus der kompletten Beatles-Sammlung. Er stellte die Tasse Kaffee und den Teller mit Obst auf den Boden und sagte etwas, das ich nicht verstand.

Ein Mädchen auf dem Sitzplatz hinter mir klopft mit dem Finger gegen die Glasscheibe.

Keine Ahnung, ob die Busfenster aus Glas sind.

Plastifiziertes Glas.

Glasifiziertes Plastik.

Ich glaube, ich schließe jetzt den Laptop und schreibe im geschwärzten Notizbuch weiter.

Ein Viertel des Heftes noch leer, die Seiten tadellos liniert, in freudiger Erwartung.

Ob Santiago es gelesen hat?

Ich habe keinen Kugelschreiber.

Ich werde mir einen leihen.

Was mache ich, wenn ich in Buenos Aires ankomme?

Ich werde auf die Klingel drücken, und meine Mutter wird mir die Tür im Haupteingang öffnen. Sie wird mich lange umarmen, und wir werden mit dem Fahrstuhl in den vierten Stock fahren und den Gang entlang bis zur Wohnung B gehen, die Tür öffnen, eintreten und uns an den Küchentisch setzen mit einem Mate, den wir uns in aller Stille teilen. Nach einer Weile werde ich ihr einen Kuss auf die Stirn geben, und sie wird mir einen weiteren Mate aufgießen, und wir werden uns aufs Bett legen und uns den Film, der die Filmgeschichte weltweit verändern sollte, ansehen; eine Raubkopie, die ich am Busbahnhof Retiro kaufen werde.

Ich möchte mich umdrehen und mir das Mädchen anschauen.

Sie stieg später zu, ich konnte sie nicht sehen, weil ich mich wie ein Besessener davon überzeugen wollte, dass es unmöglich ist, die geschwärzten Zeilen zu entziffern.

Ich war nicht überzeugt.

Ich vermute, dass die Schwärzungen im schwachen Licht des Kellerraums dunkler erschienen.

F. Murray Abraham ist eine nichtswürdige Person.

Ich werde aufstehen, um auf die Toilette zu gehen, und dabei unauffällig das Mädchen anschauen.

Ich hasse die Bustoiletten, mehr noch als die Toiletten in den Flugzeugen, und das, obwohl eine dieser Flugzeugtoiletten meinen Vater auf dem Gewissen hat.

Ich bleibe sitzen und tippe das hier in den Laptop.

Eine unverschlüsselte Datei auf dem Desktop, die ich »Reise« genannt habe.

Die verschlüsselte Datei bleibt da, wo sie war, in dem Ordner »Programme: Dienstprogramme«.

Keine Ahnung, ob Santiago sie gelesen hat.

Ich habe keine Änderungen im Text gefunden.

Der letzte Satz *(Hoffentlich liest er diese letzten Zeilen und druckt sie aus und schickt sie meiner Mutter)* ist immer noch der letzte; der letzte, den ich in die verschlüsselte Datei schrieb, bevor der Wahnsinn losging.

Es fällt mir schwer, zu tippen und nur auf den Bildschirm zu schauen.

Der Bus rüttelt hin und her wie verrückt.

Ich tippe und schaue dabei auf die Tasten, und dann werfe ich einen Blick auf das Geschriebene und verbessere es schnell.

Wenn ich das Geschriebene länger und sorgfältig lese, wird mir schwindlig.

Und wenn mir übel wird, kann ich nicht weiterschreiben.

Und wenn ich nicht schreibe, dann habe ich nichts mehr zu tun.

Die Beatles hören, ununterbrochen die Beatles hören, ohne Kopfhörer; den Rest der Fahrgäste zwingen, sie auch zu hören.

Ich hätte die Ukulele von Santaolalla mitnehmen sollen.

Sagen wir es so: Ich habe in den Minuten unmittelbar nach dem Tod von Santiago nicht unbedingt einen klaren Kopf gehabt.

* * *

Ich frage mich gerade, während ich den Finger des Mädchens gegen das plastifizierte Glas oder das glasifizierte

Plastik ihrer Scheibe klopfen höre, ob Norma wohl Familie hat.

Warum verlässt jemand sein Land, um als Dienstmädchen in dem Haus eines verrückten Egomanen am Arsch der Welt zu leben?

Hat Santiago ihr einen Lohn gezahlt, den Norma ihrer Familie nach Mexiko schickte?

Warum hat Norma mich gehen lassen?

Wie kann man so weit weg von den Menschen leben, die man am meisten liebt, und dort Geld zusammenkratzen, um es ihnen zu schicken; das heißt, sich um die Menschen kümmern, die man am meisten liebt, aber ohne in ihrer Nähe zu sein, sie auch nur einmal zu besuchen?

Hoffentlich hat Santiago in seinem Testament verfügt, dass er alles, was er besitzt (besaß), Norma vermacht; nicht diesem Trottel von Sohn, Hilario, sondern dem selbstlosen mexikanischen Dienstmädchen, das Hämorrhoiden in meinen Arsch säte und sie Tag für Tag mit ihrem Teufelsfraß düngte.

* * *

Wir haben soeben an einer Shell-Tankstelle mit einem Mini-Shop gehalten.

Ich benutzte Santiagos Kreditkarte, um eine Tüte Chips, drei Waffelriegel, einen Alfajor-Doppelkeks mit Schokolade, eine Eineinhalb-Liter-Flasche Sprite, zwei Lollis und ein Sweatshirt XL mit dem Schriftzug River Plate zu kaufen, damit ich nicht jedes Mal so fürchterlich zittern muss, wenn die Klimaanlage läuft.

Ich hätte im Keller Feuer legen und jeden Beweis, inklusive Santiago, verschwinden lassen müssen.

Mich in Santiago verwandeln.

Mir den ganzen Kopf rasieren.

Nein, mir die Haare und den Bart wachsen lassen, bis ich nicht mehr zu erkennen bin.

Eine Sonnenbrille.

Englisch lernen und bei meiner Ankunft in Los Angeles sagen, dass ich mir eine Haarverpflanzung habe machen lassen, dass ich die Notwendigkeit verspürte, nach meinem letzten Film mein Äußeres zu verändern.

Ich kann nicht Santiago sein.

Werde ich seine Nächte voller Zweifel vermissen?

Werde ich den Keller vermissen?

Werde ich den Keller mehr als meinen Vater vermissen?

Was rede ich da?

Nicht *rede*, sondern *schreibe* ich da?

Ich werde mein Leben im Keller vermissen, denn möglicherweise ist es das einzige Leben gewesen, das …

Ich hätte dableiben sollen, neben dem Körper von Santiago an Erschöpfung sterben sollen.

Geronnenes Blut.

Santiago-Blutwurst mit Poblano-Chili und Koriander.

* * *

Die erste Woche im Keller ohne Laptop war unendlich lang.

Ich vertrieb mir die Zeit mit der Ukulele: ein Set von fünfundzwanzig Beatles-Songs und »Gebet für ein schlafendes Kind« von Spinetta.

Ich sang aus vollem Hals.

Das heißt, ich grölte.

Ich schlug die Saiten an wie wild.

Die vierte riss mir.
Die G-Saite.
Ich lernte, mit drei Saiten zu spielen.
Die Ukulele ist ein Instrument, in das man sich unweigerlich verliebt.
Jedes Mal, wenn Norma mit dem Essen kam, fürchtete ich, dass sie sie mir wegnähme, dass sie mir das Telefon reichte und Santiago wäre dran:
Santaolalla braucht seine Ukulele.
Aber Norma reichte mir niemals ein Telefon.
Die Ukulele war meine einzige Begleitung in den fast zwei Jahren, in denen Santiago mit der Vorproduktion, den Dreharbeiten, der Postproduktion und der Promotion des Films beschäftigt war, der die Filmgeschichte weltweit verändern sollte.
Die Ukulele und die Zeitschriften.
Und der Kühlschrank mit meinen Mineralwasserflaschen und dem Obst, das ich zum Frühstück nicht gegessen hatte.
Und die Matratze.
Ich schäme mich, wenn ich an die Matratze denke: die arme geschundene Matratze, ein besiegter Kriegsgefährte.
Als sie sich geschlagen gab, schlief ich besser, fast so gut wie auf dem Fußboden.
Drei Nächte auf dem Estrich und die Rückenschmerzen waren weg.
Ich konnte die Bose-Kopfhörer in Santiagos Studio nicht finden.
Ich kaufte ein paar billige in dem Shell-Shop, die einzigen, die sie hatten.
Klingen scheiße, aber klingen.
Ein wenig besser als *scheiße*.

Lennon singt »Come Together«.

George Martin mit solchen Kopfhörern: Er würde sich in London von der Tower Bridge stürzen.

Ich könnte nach England fahren, Liverpool, The Cavern Club, London, und die Abbey Road Studios kennenlernen, durch die Abbey Road spazieren und auf meinen billigen Kopfhörern die Beatles hören, nur die Beatles, immer nur die Beatles.

Die Klimaanlage im Bus wird mir eine Erkältung einbringen.

Ich hätte zwei River-Sweatshirts kaufen und eines davon als Schal verwenden sollen.

Im Keller gab es keine Klimaanlage.

Im Sommer verwandelte sich der Kubus voll verbrauchter Luft in eine Sauna.

Ich ging den ganzen Tag nackt umher, außer wenn Santiago mit seinem Stuhl, der Tasse Kaffee, dem Teller mit Obst und den ausgedruckten Szenen samt seinen Anmerkungen herunterkam.

Anfangs zog ich mich auch noch an, wenn Norma das Essen brachte oder zum Saubermachen kam, aber später dann nicht mehr. Ich trug gewöhnlich nur die Unterhose und sah zu, wie Norma den Beutel mit der sauberen Wäsche neben die Badtür stellte und den mit der schmutzigen Wäsche mitnahm.

Im Sommer kam Santiago nicht nur mit seinem Stuhl, der Tasse Kaffee, dem Teller mit Obst und den ausgedruckten Szenen samt seinen Anmerkungen, sondern er schleppte auch noch eine tragbare Klimaanlage von Daitsu herunter.

Eines Morgens fragte ich ihn, ob er mir für einige Tage die Klimaanlage leihen würde, aber er lehnte ab.

Sie verbraucht zu viel Strom, sagte er. Diese Apparate fressen eine Unmenge an Strom. Und hier in San Martín sind die elektrischen Installationen eine Katastrophe. Man muss vorsichtig sein mit ihnen und darf sie nicht überlasten. Ich schwitze oben auch wie ein Schwein, aber besser so, als wenn der Strom ausfällt.

Es ist nicht leicht, drei Monate lang mit einem verschwitzten Sack in der Hose zu leben.

Ich griff mir oft unbeabsichtigt an die Eier. Wenn ich mir hinterher mit der Hand durchs Gesicht fuhr, blieb mir fast die Luft weg.

* * *

Ich höre »Ob-La-Di, Ob-La-Da«.

Life goes on, brahhh / La la, how the life goes on.

Ein Glück, dass die Beatles nicht in Spanien oder in Lateinamerika geboren wurden.

Damit die Songtexte auf Spanisch funktionieren, müssen sie halbwegs unverständlich wie die von Spinetta sein.

Es wäre schön, wenn ich etwas von Spinetta auf dem Laptop hätte.

Ich drehe mich um und frage das Mädchen, oder irgendjemand von den Fahrgästen.

Es muss doch jemand geben, der etwas von Spinetta hat, wenigstens einen Song.

Ich brauche auch einen USB-Stick.

Santiago strahlte über das ganze Gesicht, als ich ihm den Laptop gab und er THE END am Ende der Final-Draft-Datei las.

Er hatte keine Ahnung, was ich davor geschrieben hatte.

Nicht einmal *ich* hatte eine Ahnung davon.

Obwohl ich es vermutete: das Beste, was ich je schrieb.

Ich suchte auf dem Laptop die Datei des Drehbuchs, welches die Filmgeschichte weltweit verändern sollte, und fand sie nicht.

Santiago hatte sie gelöscht.

Er hatte alles gelöscht, außer der verschlüsselten Datei und den Beatles-Songs.

Ich vergaß die von McCartney signierte Vinylplatte *Band on the Run*.

Ich hätte ihm die *Abbey Road* aus dem Studio im zweiten Stock stehlen können.

Habe ich sie überhaupt gesehen?

Ich habe sie nicht gesehen.

Der Paul McCartney von heute ist nicht der, der er einmal war.

Gibt es diesen Paul McCartney von heute überhaupt?

Als John Lennon starb, gab es keinen Paul McCartney mehr.

Als Santiago Salvatierra starb, gab es keinen Pablo Betances mehr.

Ich ging mit meiner Mutter ins River Plate Stadion (wie lange ist das jetzt her?), und wir haben uns fürchterlich gelangweilt; eine Band von alten Millionären, die von der Abbey Road so weit weg sind wie wir.

Mein Vater war ein besessener Anhänger des Tango-Quartetts Cuarteto Cedrón; ich weiß nicht, ob *besessen*, aber er hörte es ununterbrochen, besonders die Scheibe mit den vertonten Gedichten von Raúl González Tuñón.

Ich vermisse meinen Vater.

Ich kann mich nicht an sein Gesicht erinnern, aber ich vermisse ihn.

Ich erinnere mich an das Gesicht von Spinetta, aber nicht an das von meinem Vater.

Spinetta und seine Band Los Socios del Desierto.

Mein Vater mit dem Gesicht Spinettas.

Er trug nie eine Sonnenbrille.

Ich könnte gut eine Sonnenbrille gebrauchen: Der Typ vor mir hat den Vorhang an seinem Fenster zurückgezogen, und mir scheint die Sonne ins Gesicht.

Ich drehe mich einfach um und frage das Mädchen hinter mir, ob sie mir ihre Sonnenbrille leiht.

Ich weiß nicht, ob sie eine Sonnenbrille hat.

Ich weiß nicht, ob sie Augen hat.

Norma, die in der Küche auf Santiagos Stuhl saß, hatte welche.

Alte Augen.

Ich sprach sie an, aber sie antwortete nicht.

Ich fragte sie, ob sie jemanden hätte, zu dem sie fahren könnte.

Sie antwortete nicht.

Sie hatte die Schürze abgenommen.

Glaube ich.

Nein, ich bin mir sicher.

Ein geblümtes Kleid.

Ein Kleid aus dem Stoff einer billigen Gardine.

Ich zog mir ein Paar Nike-Turnschuhe von Santiago an, die ich in einem Schrank unter der Treppe fand.

Sie sind mir zu klein.

Ich verstehe einfach nicht, warum es nötig ist, dies zu schreiben.

Im Keller habe ich es schon verstanden (ich glaube, dass ich es verstand), aber nicht jetzt, im Bus, wo ich frei bin.

Frei?

Stelle ich mir etwa vor, dass dies hier veröffentlicht werden kann?

Will ich auf diese Art und Weise ins Leben zurückkehren: mich in ein geschwärztes Notizbuch verwandeln, in näherer Zukunft als eine verschlüsselte Datei existieren, die – wie das Leben manchmal so spielt – von irgendeinem Verlag publiziert wird?

Ist die Hoffnung real, mich in ein gedrucktes Buch zu verwandeln?

Nein.

Ich schreibe, weil es das Einzige ist, was ich kann.

Die einzige Möglichkeit zu existieren, wenn man nicht existiert.

Wenn ich aufhöre, auf diesem Laptop zu schreiben, bin ich ein Nichts.

Ich werde gleichzeitig auf dem Laptop und ins Heft schreiben.

Zuerst ins Heft, dann übertrage ich es auf den Laptop, und dabei korrigiere ich.

Nein, um es vom Heft auf den Laptop zu übertragen, muss ich lesen, und das kann ich nicht.

Besser, ich mache so weiter wie bisher: Ich tippe wie ein missmutiger (nicht missmutiger, sondern *verzweifelter*) Schimpanse, dem jemand aus irgendeinem Grund das Tippen beigebracht hat.

* * *

Ich habe einen Fehler gemacht.

Einen unverzeihlichen Fehler.

Ich hätte die Kreditkarte von Santiago nicht benutzen sollen.

Wenn die Polizei seinen Tod untersucht, wird sie auf die Ausgaben am Busschalter und im Tankstellen-Shop stoßen.

Aber woher werden sie wissen, dass ich es war?

Was werde ich sagen, wenn ich zurück im Leben bin?

Die Wahrheit?

Niemand wird mir glauben.

Ich habe nicht einmal das letzte Drehbuch auf dem Laptop, um irgendwie plausibel zu machen, dass ich es geschrieben habe.

Fingerabdrücke.

Die Polizei wird Beweise für meinen Aufenthalt im Keller finden; Haare von meinem Kopf, meinem Bart, meinen Beinen und meinem Sack; Haare rund um den Körper von Santiago.

Ich hoffe, die Polizei wird genügend Beweise finden und mich suchen, und dann werde ich alles erzählen.

Niemand wird daran zweifeln, dass ich die Drehbücher schrieb, nachdem die Einzelheiten dieser Gräueltat bekannt werden.

Selbst die, die Zweifel haben, werden sagen, dass sie keine Zweifel haben.

Die Filmwelt wird über diese Gräueltat sprechen.

Die Filmwelt auf der ganzen Welt.

Ich werde zu einem Sinnbild werden.

Der unterworfene Künstler.

Nein, der *ausgebeutete*.

Der namenlose Schriftsteller, der jetzt endlich vor den Augen der Welt getauft wird.

Pablo Betances, Argentinier, Drehbuchautor, Opfer einer Gräueltat.

Die Schriftstellerverbände werden mich ehren.

Ich werde die Welt bereisen, von einer Ehrung zur nächsten.

Die Writers Guild of America wird mich zu ihrem Ehrenmitglied ernennen.

Medizinische Versorgung gratis für mich und meine Mutter.

Und für meine Frau.

Ich kehre nach San Martín zurück und suche Anita, ich nehme sie mit nach Los Angeles, nach New York, nach London, nach San Sebastián.

Fox Searchlight wird das Drehbuch über den Jungen, der seine Familie in den Brunnen wirft, produzieren.

Auszeichnungen ohne Ende.

Kein Kritiker wird ein schlechtes Wort über meinen Film schreiben, nachdem er von dieser Gräueltat erfahren hat.

Die besten Schauspieler der Welt werden mir die Füße küssen.

Hollywood Reporter wird von dem entführten Schriftsteller sprechen.

Honoris causa in Harvard und Yale.

Ehrentitel in Puan.

Horrortitel.

Kleidung für tausend, zweitausend, dreitausend Dollar, damit meine Mutter und Anita auf den roten Teppichen von Cannes, Venedig, Berlin, bei der Verleihung des Golden Globe und des Oscar glänzen können.

Meine Mutter rechts und Anita links von mir, Reihe zwei im Kodak Theatre, hinter Meryl und Jack, vor Sean, Tom, Leo und Angelina.

Man wird Santiago die Preise für das beste Drehbuch aberkennen und sie mir in bewegenden Feierlichkeiten verleihen, meine Mutter wird weinen vor Glück, Anita wird sie …

Nein, Norma wird mich beschuldigen und die Wahrheit verdrehen.

Ein verrückter Fanatiker, der Santiago Salvatierra über Jahre verfolgte, ein Mark Chapman.

Ich hätte in dem Haus bleiben sollen, mit Norma reden und sie davon überzeugen sollen, welche Grausamkeiten Santiago an uns beiden beging; sie auch zum Opfer der Gräueltat machen, die mir widerfuhr, und mich zum Opfer der Gräueltat, die ihr widerfuhr; wir beide *gemeinsam* Opfer einer Gräueltat. Knastgefährten.

Ich schwöre dir, dass ich ihnen nichts sagen werde, Norma. Ich verspreche es dir. Niemand wird es erfahren.

* * *

Ich habe den Fahrer gerade gebeten, die Klimaanlage wärmer zu stellen.

Er drehte sich nicht um, machte nur ein Zeichen mit der rechten Hand, aus dem ich nicht schlau wurde.

Der Beifahrer oder Co-Pilot schläft in einer kleinen Kabine über der ersten Sitzreihe; ich sah, wie er sich vor Kurzem hinlegte: Er zog seine Turnschuhe aus und ließ sie auf dem Boden stehen, vor seinem Sitzplatz.

Ich könnte sie gegen meine Nike eintauschen, die mir an den Zehen und in der Wölbung drücken.

Keine Ahnung, warum ich sie mir nicht ausziehe.

Ich schloss den Laptop, steckte ihn zwischen Hüfte und Armlehne, zog mir die Turnschuhe aus, schob sie unter den Sitz, öffnete den Laptop, bekam kalte Füße, schloss den Laptop, steckte ihn zwischen Hüfte und Armlehne, zog die Turnschuhe unter dem Sitz hervor, zog sie an, öffnete den Laptop.

Norma dürfte in Neuquén gerade Feuer machen.

Oder sie hat sich die Skier von Santiago angeschnallt und ist unterwegs zum Chapelco.

Ich bin nie Ski gefahren.

Lisandro lud mich einmal nach Bariloche ein, zusammen mit seiner Familie, aber ich hatte keine Lust auf solch eine Reise, nur um ihnen jeden Tag bei der Abfahrt vom Cerro Catedral zuzuschauen, während ich auf den flachen Pisten rund um das Hotel üben musste.

Wenn ich den Vorhang an meinem Fenster zurückziehe, wird mich die Sonne ein wenig wärmen, aber ich kann dann nicht mehr sehen, was ich schreibe.

Der Akku ist fast leer, und dieser uralte Bus hat keine Steckdose.

Neunzehn Prozent.

Der Akku dieses MacBook Pro ist auch nicht mehr das, was er mal war.

Ich werde so lange tippen, bis es ausgeht, dann ziehe ich den Vorhang zurück und genieße die Sonne und schreibe im geschwärzten Notizbuch weiter.

Aus den Buslautsprechern hört man Serra Lima y Los Panchos.

Meine Großmutter, die Mutter meines Vaters, übertrieb es mit Serra Lima y Los Panchos; war man bei ihr zu Besuch, besuchte man sozusagen die dicke Serra Lima (wie sie sie nannte) y Los Panchos.

Ich hätte Norma einige Rancheras auf der Ukulele vorspielen können; vielleicht wäre sie dann weniger abweisend gewesen.

Ich kenne keine mexikanischen Rancheras.

Ein wenig von El Rey:

Ob mit Geld oder ohne, ich tu, was mir gefällt, und mein Wort ist das Gesetz.

Mein Wort ist das Gesetz in dieser unverschlüsselten Datei.

Während der Jahre im Keller war Santiagos Wort Gesetz, außer im geschwärzten Notizbuch und dann in der verschlüsselten Datei.

Die Wörter, die ich in den Drehbüchern schrieb, stammten von Santiago.

Wörter, die ich schrieb, die ich tippte, die ich erfand, die mir durch den Kopf und durch den Magen gingen, die von Herzen kamen; aber sie stammten von Santiago.

Santiago Salvatierra erfand Pablo Betances in seinem Keller.

Er erfand alles, was ich in diesem Keller war, bis auf das geschwärzte Notizbuch, die verschlüsselte Datei und das Drehbuch, das ich in jener Nacht von Sonntag auf Montag völlig neu schrieb; Seiten, die ich in einem Zug durch bis zum Ende schrieb, bis zu den Worten THE END, die eigentlich nur ein Wort sind, ein aus zwei Wörtern bestehendes Wort. Ich war um sechs Uhr achtundvierzig fertig, zwölf Minuten bevor Santiago mit seinem Stuhl, der Tasse Kaffee und dem Teller mit Obst herunterkam.

* * *

Ich weiß nicht, ob es in Ordnung ist, dass der Fahrer Musik über die Buslautsprecher abspielt, dass er uns seine Musik aufdrängt.

Große Erfolge von Gilda.

Ich setzte mir die Kopfhörer auf, öffnete die Sammlung der Beatles-Songs, wählte die zweite LP des *White Album* und hörte »Helter Skelter« in voller Lautstärke, aber zum Schluss musste ich die Sache unterbrechen, weil man hinter den Schreien von McCartney das tropische Gesäusel von Gilda hörte.

Es ist schlimmer, ein Gemisch von den Beatles und Gilda zu hören als nur Gilda.

Gilda hat gute Songs.

Der Musikproduzent, der ihre Platten produzierte, war anscheinend mindestens auf einem Ohr taub, aber die Songs gefallen mir, und Gildas Stimme klingt ehrlich und wenig spießig.

Ich hätte auf dem Konservatorium in Buenos Aires bleiben sollen.

Ich hätte das Studium beenden sollen.

Das Alter ist nicht entscheidend.

Wie viele dieser Jungen und Mädchen, die Instrumente spielten, als ob sie natürliche Verlängerungen ihrer Extremitäten wären, haben sich in der Musik einen Namen gemacht?

Ich habe die Gelegenheit nicht wahrgenommen, meine Grenzen kennenzulernen.

Grenzen, die sicherlich recht eng sind, aber für mich vielleicht einzigartig und speziell; Grenzen, innerhalb derer andere Musiker ihre Songs, Alben und Konzerte gerne gemacht hätten.

In Wahrheit habe ich mich nie als Musiker gefühlt.

Ich habe mich am Konservatorium in Buenos Aires angemeldet, weil die Musik das war, was mir am meisten auf der Welt gefiel, aber ich habe mir nie vorgestellt, von der Musik leben zu können.

Ich habe versucht, mir einzureden, dass das Leben als Musiker für mich das Richtige wäre, aber es ist mir wohl nicht gelungen.

Ein ernsthafter Musiker lebt nicht mit seiner Mutter zusammen.

Ein ernsthafter Schriftsteller schon (Borges zum Beispiel), aber kein Musiker.

Wird es die zwanghafte Lektüre der *Gesammelten Werke* von Borges gewesen sein, die mich annehmen ließ, dass ein Zusammenleben mit meiner Mutter für den Rest meines Lebens möglich sei?

Für den Rest meines Lebens?

Ich erinnere mich nicht, an so etwas gedacht zu haben, mir vorgestellt zu haben, mit meiner Mutter für den Rest meines Lebens zusammenzuleben.

Niemals habe ich in meinem Leben länger als einen Monat vorausgedacht.

Nicht einmal einen Monat, höchstens vierzehn Tage.

Sogar im Keller, als ich begriff, dass das Eingeschlossensein das einzig mögliche Leben war, habe ich nicht mehr als zwei oder drei Tage vorausgedacht.

Manchmal nicht einmal das, Stunden nur; die Zukunft bestand aus Stunden.

Werde ich die Ruhe im Keller vermissen?

Die Zuverlässigkeit einer Routine, an die ich mich gewöhnt habe.

Und nicht nur gewöhnt, ich habe sie genossen, respektiert und geehrt.

Eine Routine, die ein Ritual war.

Mein ganzes Leben lang lebte ich von Routine zu Routine, von Ritual zu Ritual.

Ich verabscheue Leute, die nur für den Moment leben, die falschen Buddhisten, und die Buddhisten auch.

Ich verabscheue sie nicht, ich beneide sie.

Diejenigen, die Tag für Tag ein neues Leben improvisieren.

Es ärgert mich gewaltig, dass solche Menschen existieren.

Meine Zukunft als Musiker war eine Farce; die Vorstellung, jemand zu sein, der ich nicht bin.

Meine Mutter begriff, als sie mich von meinen Träumen als Musiker reden hörte, dass das kein Leben für mich war. Ihre subtilen oder nicht ganz so subtilen Versuche, mich von meinem Weg als Musiker abzubringen, waren zugleich verzweifelte Versuche, mich zu retten.

Ich hätte Mönch werden sollen, irgendeine Religion annehmen und mich in ein Kloster oder einen Tempel zurückziehen sollen, um nach einer strikten, im Laufe der Jahrzehnte perfektionierten Routine zu leben; Jahrzehnte der Wiederholung.

Der Keller war mein Kloster, mein Tempel.

Ein unerlässliches Ritual, um zu verhindern, dass man Scheiße schreibt.

Es gibt keinen ernsthaften Schriftsteller, der nicht nach einem selbst festgelegten, gelernten, imitierten oder plagiierten Ritual lebt.

Ich bin fähig, ein Ritual oder eine Routine mehr zu lieben als eine Person.

Ich würde eine schöne Routine heiraten und eine Familie gründen, mit drei Kindern; drei kleine Routinen, die ich langsam aufwachsen sähe, die ich stolz und geduldig erziehen würde, in einem hübschen Haus in La Lucila, nicht sehr groß, aber gemütlich; mit genügend Platz, damit meine drei kleinen Routinen ihr ganzes Potenzial entwickeln könnten.

Routine ist gleichbedeutend mit *Glück*.

Ein ruhiges, bescheidenes Glück zwar, aber letztendlich Glück.

Diejenigen, die viel herumkommen, finden Momente des Glücks: ein viel intensiveres Glück, das allerdings nicht lange anhält.

Santiago war einer von denen, die dauernd unterwegs waren.

Santiago war kein glücklicher Mensch.

Ich sah keinen einzigen Funken Glück in seinen Augen, wenn wir zusammen im Keller waren; nicht einmal dann, wenn er herunterkam, um mir zu erzählen, wie viel wir, das heißt, wie viel er, mit unseren Filmen, seinen Filmen, verdient hatte.

War Norma glücklich, bei Santiago zu wohnen?

Ein entsetzliches Glück, aber letztlich doch Glück.

Nicht viel entsetzlicher als mein Glück im Keller.

Wenn Norma nicht so verteufelt stur gewesen wäre und mich mal angesprochen oder mit mir geredet hätte …

Ein einziges Mal habe ich sie sprechen hören: Eines Mittags, als Santiago und ich uns über die möglichen Schlusswendungen einer Szene stritten und Santiago sich geschlagen gab, seinen Stuhl nahm und den Keller verließ, begegnete er Norma, die mir gerade das Mittagessen brachte. Ich hörte, wie sie miteinander redeten, ich verstand nicht, worüber, aber ich hörte ihre schüchterne Stimme, ihren weichen mexikanischen Akzent.

Die Landschaft wurde immer flacher.

Man sieht die ersten Kühe auftauchen, wie sie weiden und die Fliegen mit dem Schwanz verscheuchen.

Die Kühe weiden und verscheuchen die Fliegen mit dem Schwanz.

Sie verscheuchen die Fliegen beim Weiden.

Sie weiden beim Fliegenverscheuchen.

Es würde mich nicht wundern, wenn ich entdeckte (das heißt, wenn jemand es entdeckte und mir erzählte), dass die Kühe ein absolut glückliches Leben führen.

Norma hat Kuhaugen.

Die aztekische Hera.

Eine Kuh, zur abscheulichsten Grausamkeit fähig.

Anfangs musste ich lachen beim Anblick des Revolvers, der in ihrer Schürzentasche steckte, aber dann verstand ich, dass sie diesen Revolver als etwas ganz Selbstverständliches mit sich führte und auch keine Sekunde zögern würde, ihn zu benutzen.

* * *

INNEN – BUS – TAG

Das Mädchen hinter mir klopft im Rhythmus von »Macarena« mit dem Finger gegen die Scheibe.

Wieso weiß ich, dass es ein Mädchen ist?

Ich habe sie nicht einsteigen sehen.

Sie hat kein Wort gesagt.

Wegen ihrer Art, sich zu bewegen und zu atmen?

Nicht zu *atmen*, zu *seufzen*.

Es ist unmöglich, das Atmen der Fahrgäste zu hören; Gilda und ihre Band übertönen es. Aber man hört schon, wie Leute sich in ihren Sitzen räkeln, seufzen, husten, sich räuspern.

Ich tippe dies und beäuge unaufhörlich die Akku-Anzeige.

Vier Prozent.

Santiago fragte mich, wie es mir ergangen sei.

Er sah müde aus, und leicht traurig.

Ich dachte daran, ihn zu fragen, was los sei, ob alles in Ordnung sei mit Hilario, mit den Schauspielern oder mit den Geldgebern.

Ich sagte ihm, dass es mir gut ergangen sei.

Sogar sehr gut, sagte ich.

Bist du fertig geworden?

Ja.

Und?

Ich weiß nicht, lies selbst.

Er sah etwas in meinem Gesicht, das ihm nicht gefiel.

Er bat mich, ihm den Laptop zu reichen.

Er setzte sich auf seinen Stuhl, den Laptop auf seinem Schoß, und lächelte, als er das Wort THE END las. Ich vermute, dass es dieses aus zwei Wörtern bestehende Wort war, das ihn lächeln ließ.

Dann bewegte er den Cursor auf die erste Seite und fing an zu lesen.

Den Tag, bevor Santiago mit seinem Stuhl, der Tasse Kaffee und dem Teller mit Obst in den Keller herunterkam, verbrachte ich mit Nichtstun, versuchte mich davon zu überzeugen, dass der Schmerz seitlich rechts im Bauch nichts weiter als Einbildung war, ein psychischer Schmerz, ein Schmerz, der in dem Maße zunahm wie mein Unvermögen, das Drehbuch, das die Filmgeschichte weltweit verändern sollte, zu schreiben.

Ich war nie ein Hypochonder.

Ich musste begreifen, dass der Kopf sich manchmal Schmerzen einbildet; Schmerzen, die existieren, die real sind, die allerdings keine körperliche Ursache haben; sie sind im Körper, aber gehören nicht zum Körper, sie sitzen im Kopf.

Ein Irrtum; denn als ich aus der Narkose erwachte, informierte man mich darüber, dass mein erster eingebildeter Schmerz keine Einbildung war.

Ich bildete mir ein, dass der Schmerz eingebildet war, und ich war lange Zeit davon überzeugt.

Braucht man eine Vollnarkose, um Gallensteine zu entfernen?

Drei Prozent.

Um sechs Uhr abends an jenem Sonntag verspürte ich Schuld.

Schuld und Schande.

Schuld, Schande und Verdruss.

Schuld, Schande, Verdruss und eine fürchterliche Lust zu heulen.

Oder die fürchterliche Lust zu heulen war die Folge von Schuld, Schande und Verdruss.

Und Hass.

Ich hasse die Entscheidung, mich selbst zu blockieren.

Entscheidung?

Niemand entscheidet sich dafür, sich selbst zu blockieren.

Der Druck hat mich blockiert.

Der Druck, den Santiago mir als Geschenk aus Los Angeles mitbrachte: ein Päckchen so groß wie Neuquén, verziert mit einer goldenen Schleife.

Das ist eine Lüge.

Um fünf nach sechs hatte ich die Riesenlüge schon bemerkt.

Hatte ich mich wirklich selbst blockiert?

Wenn ich mich selbst blockiert hätte, hätte ich dann etwas in die verschlüsselte Datei schreiben können?

Ja, weil das Schreiben in der verschlüsselten Datei oder im geschwärzten Notizbuch oder in der unverschlüsselten Datei oder bald wieder im Notizbuch kein Schreiben ist.

Es gibt große Bücher der Weltliteratur, die nicht geschrieben wurden, die keine Literatur sind.

Malone stirbt, zum Beispiel; der Roman, den ich mehrere Male gelesen habe; der Roman, den ich auf eine Insel mitnehmen würde, wenn ich so bescheuert wäre, nur ein Buch auf eine Insel mitzunehmen.

Ein Roman, der kein Roman ist.

Literatur, die keine Literatur ist.

Ein Buch, das nicht geschrieben wurde.

Das sind gemeinhin die besten Bücher: die nicht geschriebenen.

Aber es ist unmöglich, ein Drehbuch zu schreiben, ohne zu schreiben.

Es ist unmöglich, sich selbst zu blockieren, wenn man nicht schreibt.

Beckett hätte sich nicht selbst blockieren können beim Schreiben von *Malone stirbt*.

Er hätte sich sehr wohl selbst blockieren können beim Schreiben von *Endspiel* oder *Spiel* oder beim Schreiben seiner letzten Texte wie etwa *Company* oder *Aufs Schlimmste zu*, im höchsten Grade durchgeplante Texte, ruhige, präzise Bühnenbilder.

Drei Prozent.

Die CD von Gilda ist abgelaufen, und es gibt keine weitere Musik.

Das Mädchen schlägt mit dem Finger gegen das Fenster, im Rhythmus zu »Eine kleine Nachtmusik« von Mozart.

Ta, ta ta, ta ta ta ta ta ta, ta, ta ta, ta ta ta ta ta ta.

Ich stellte mir vor, wie ich Santiago am Montagmorgen empfing und ihm sagte, dass ich nichts geschrieben hätte, dass ich nicht nur nichts geschrieben, sondern auch das, was wir schon hatten, gelöscht hätte und dass ich es in den Papierkorb geworfen und den Papierkorb geleert hätte.

Ich sah mich selbst, wie ich ihm das sagte; Worte, die mir nicht zustanden, die mir nicht zustehen konnten, weil ein mittelmäßiger Schriftsteller, ein Schreibarbeiter, kein Recht hat, sich selbst zu blockieren, kein Recht hat, das Drehbuch in den Papierkorb zu werfen und den Papierkorb zu leeren, kein Recht hat, diese Worte auszusprechen.

Wer zum Teufel bin ich, um mich auf diese Art und Weise selbst zu blockieren?

Ich verspürte einen fürchterlichen Drang zu scheißen; ich stürzte ins Bad, aufs Klo, aber es kam nichts, lediglich ein paar Fürze.

Ich dachte, dass der Schmerz in der rechten Bauchseite nach dieser Serie von Fürzen verschwinden würde, aber nein, er wurde noch stechender, und dann sagte ich mir, dass vielleicht die einzige Möglichkeit, den Bauchschmerz zu beseitigen, ihn in den Papierkorb zu werfen und den Papierkorb zu leeren, darin bestünde zu schreiben, mich auf die Matratze zu setzen, mit dem Laptop auf dem Schoß, und das Drehbuch zu schreiben, welches die Filmgeschichte weltweit verändern sollte, von Anfang bis Ende.

Zwei Prozent.

Ich hätte lieber zu einem der teureren Busunternehmen gehen und mir dort eine Fahrkarte kaufen sollen: VIP-Komfort, Schlafsessel mit vollständig ausklappbarer Rückenlehne, klassische Musik, Steckdose und warmes Essen.

Warum nur dieser unbequeme Liegesitz?

Ich wollte keine Aufmerksamkeit erregen.

Wessen Aufmerksamkeit?

Ich vermute, dass einer der Aspekte, die mich am meisten an *Malone stirbt* faszinieren, der ist, dass Beckett mit den einfachsten Worten eine unermessliche Gedankentiefe herstellt. Der Text ist immer da, leicht verständlich, und zugleich entzieht er sich uns; wir verstehen alles, aber wir müssen ihn immer wieder lesen und nochmals lesen, um ihn ganz und gar zu verstehen.

Beim Schreiben von Drehbüchern sollte man immer einfache Wörter verwenden.

Erklären.

Ein Drehbuch ist ein Text, der schnell verstanden werden soll.

Je weniger Geheimnisse es zwischen Schriftsteller und Leser (Produzenten, Schauspieler, Kameraleute, Kostümbildner, Techniker et cetera) gibt, desto besser ist das Drehbuch.

Ein Drehbuchautor, der zeigen will, was für ein großer Stilist er beim Drehbuchschreiben ist, sollte in einen Brunnen geworfen und seinem Schicksal überlassen werden.

Ich will versuchen, ein wenig zu schlafen.

Ich würde meine Kopfhörer gerne gegen Ohrstöpsel eintauschen.

Das Fingerklopfen gegen das plastifizierte Glas oder das glasifizierte Plastik macht mich noch verrückt.

Ich drehe mich gleich um und sage etwas zu ihr.

Nein, die Ärmste braucht das Klopfen, um die Fahrt zu ertragen.

Wir müssen uns alle irgendwie beschäftigen, um die Stunden erträglich zu machen: irgendwelchen Blödsinn in diese unverschlüsselte Datei tippen oder mit dem Finger gegen die Scheibe klopfen oder einen Popel aus der Nase ziehen, ihn sich eine Weile anschauen, bis man sich entscheidet, ob es sich lohnt oder nicht, ihn zu essen.

In meinen Nasenlöchern kann ich eine exakte Kopie des Meteoriten, der die Dinosaurier ausrottete, verstecken.

Wenn ich tatsächlich so bescheuert wäre, mit nur einem einzigen Buch auf eine Insel zu fahren, würde ich *Ulysses* mitnehmen.

Man kann sein ganzes Leben damit zubringen, *Ulysses* zu lesen, nur *Ulysses*; aber ich weiß nicht, ob man sein Leben damit zubringen kann, *Malone stirbt* zu lesen, nur *Malone stirbt*.

Ulysses ist nie zu Ende; ich las ihn gerne so, als ob er ein leerer Strand wäre, an dem ich baden konnte, so oft ich wollte, und ich wusste, dass das Wasser, das meine Füße umspülte, nie dasselbe war.

Ta, ta ta, ta ta ta ta ta ta.

Mozart war eines der Genies, die es verdient haben, als *Genie* bezeichnet zu werden.

Heutzutage wird jeder x-Beliebige Künstler als *Genie* bezeichnet.

Das ständige verzweifelte Bestreben, geniale Künstler zu finden.

Das Problem ist doch: Wenn wir anfangen, Künstler als *Genies* zu bezeichnen, die keine sind, lernen die neuen Generationen, sie als Genies zu betrachten, und imitieren sie. Und die Genies, die es verdient haben, als *Genies* bezeichnet zu werden, verschwinden mit der Zeit, weil wir uns angewöhnt haben, jene als *Genies* zu bezeichnen, die keine sind.

Absurd, nach Mozart noch Musik zu komponieren.

Absurd, nach *Ulysses* noch etwas zu schreiben.

Absurd, nach Tarkowski noch Filme zu machen.

Ein Prozent.

Ich riss eine Seite aus dem Heft, teilte sie in der Mitte, steckte mir eine Hälfte in den Mund, kaute sie gut durch und formte mir damit einen Ohrstöpsel; das Gleiche machte ich mit der anderen Hälfte.

* * *

Der einzige Fernseher in dem Bus (ein Klotz voller Spulen und Platinen, für die es keinen Ersatz mehr gibt) ist gerade eingeschaltet worden.

Nach wenigen Sekunden eines fast schwarzen Grautons: die Teststreifen, das Logo von Universal Pictures, das Logo von Amblin Entertainment, und dann fing *Zurück in die Zukunft* an.

Ein Film, der viel schwieriger zu schreiben ist als *La dolce vita*, noch viel schwieriger als *Fitzcarraldo*.

Ein Meisterwerk der Unterhaltung.

Wie viele verregnete Samstage und Sonntage verbrachte ich auf dem Bett und schaute mir *Zurück in die Zukunft* an?

Wie viele nicht verregnete Samstage und Sonntage verbrachte ich auf dem Bett und schaute mir *Zurück in die Zukunft* an?

Diese Fahrt nach Buenos Aires ist mein *Zurück in die Zukunft*.

Ich kehre in die Vergangenheit zurück, zu dem, was ich vorher hatte; zu dem, was ich vorher war (obwohl ich nicht weiß, ob ich noch etwas von jener Vergangenheit habe oder bin), um sie in der Zukunft zu leben.

Ein äußerst langweiliges Zurück in die Zukunft.

Nichts hat weniger mit Unterhaltung zu tun als mein Leben in der Vergangenheit, zu dem ich zurückzukehren versuche.

Ein Independent-Film, den nur die Freunde und die Familie des Regisseurs beklatschen.

Ein Film, den kein Studio und kein Produzent finanzieren wollte, der sich aber dank der Spende des millionenschweren Onkels des Regisseurs drehen ließ, der den Film seines Neffen in Wirklichkeit benutzte, um Geld zu waschen.

Ich bin ein schlaffer Marty McFly.

Ein Marty McFly, der seiner Entführung zustimmte und zuließ, dass man ihn über Jahre hinweg ausnutzte, und der nichts unternahm, um sich zu befreien.

Ein Marty McFly, der in der ödesten Zeitmaschine, die die weltweite Filmgeschichte je verzeichnete, in die Zukunft reist.

* * *

An jenem Sonntagabend im Keller, als die Schuld, die Schande und der Verdruss mich schüttelten (mein Körper ruhig und durchgeschüttelt zugleich), schienen mir alle Ideen des Drehbuchs, das die Filmgeschichte weltweit verändern sollte, die schlechtesten zu sein, und auch die Struktur war die bisher schlechteste: ein gewaltiges aristotelisches Modell, das den alten Peripatetiker mit Stolz erfüllt hätte, das aber nicht funktionierte …

Nein, es hätte Aristoteles nicht mit Stolz erfüllt; er hätte sich veranlasst gefühlt, die gleichen Ungeheuerlichkeiten zu äußern, wie mein Vater sie den Angestellten der Duty-free-Shops an den Kopf warf, wenn er sie rumstehen und in der Gegend rumglotzen sah wie nutzlose Kühe, noch nutzloser als Kühe, denn letztendlich wird niemand auch nur einen dieser Angestellten auf den Grillrost werfen wollen.

Ich setzte mich hin, um zu schreiben.

Aristoteles konnte mich mal; ich setzte mich hin, um das Drehbuch zu schreiben, das die Filmgeschichte weltweit verändern sollte.

Ich setzte mich auf die Matratze, den Rücken gegen die Wand, den Laptop auf dem Schoß, und fing so an, wie ich es das erste Mal mit dem *Zauberberg* von Thomas Mann gemacht hatte: Ich schrieb Satz für Satz ab, nur dass ich dieses Mal mich selbst plagiierte. Ich tippte die gleiche Überschrift, mit der ich den ersten Akt des mittlerweile gelöschten Entwurfs begonnen hatte, und dann tippte ich den ersten Absatz der Regieanweisung, hielt inne, las wieder und wieder diese Wörter, die ich auswendig kannte, und stellte sie mir auf Englisch vor, ich konnte nicht anders. In genau diesem Moment beschloss ich, dass die einzige Möglichkeit, dieses Drehbuch, das die Filmgeschichte weltweit verändern sollte, zu schreiben und zu beenden, darin bestand, es noch einmal zu schreiben, ohne es noch einmal genauso zu schreiben. Ich wollte das, was ich schon von der Geschichte kannte, in Szenen umsetzen, ohne mich um die vorher festgelegte Struktur, die Skizzen, die *backstories* und die Unmengen von Anmerkungen zu kümmern. Ich wollte die Geschichte entaristotelisieren, mich selbst entaristotelisieren, mich dem Unmittelbaren unterwerfen, einzig und allein nur noch dem Unmittelbaren, ohne dass ich

Ungeschwärztes Notizbuch

Ich schlief fast drei Stunden.

Ich schreibe dies hier auf den noch leeren Seiten des Notizbuchs, wobei ich hin und wieder auf die flachen und gegen die Regeln der Dichtkunst verstoßenden Felder der Pampa spähe.

Keine Ahnung, ob wir schon in der Pampa sind.

Ist mir auch egal, draußen sieht alles gleich aus.

Ich werde den Fahrer bitten anzuhalten; dann steige ich aus und gehe bis zu einem der Höfe und frage, ob man mich als Landarbeiter gebrauchen könne.

Ich weiß nicht viel über die Tätigkeit eines Landarbeiters, aber ich lerne schnell, kann mich konzentrieren und bleibe dran, bis ich die Sache beherrsche.

Eine würdigere Art, sich ausnutzen zu lassen; mit einem selbstloseren Ziel: Nahrungsmittel auf dem Acker produzieren.

Ein nützliches, notwendiges Ziel; viel würdiger, nützlicher und notwendiger als Drehbücher zu schreiben; als irgendetwas zu schreiben.

Raserei.

Es ist das einzige Wort, mit dem ich benennen kann, was in jener Nacht von Sonntag auf Montag im Keller geschah.

Die Sätze tauchten mit ungeheurer Schnelligkeit in meinem Kopf auf, stiegen wie Bläschen in einem Glas mit Sodawasser an die Oberfläche.

Meine Finger überstürzten sich auf der Tastatur, strauchelten, aber ich fing nicht an zu korrigieren, zum Teufel mit der Korrektur (dies ist ein Drehbuch, sagte ich mir immer wieder zwischen Wörtern und Sätzen, und kein literarisches Werk), niemand interessiert sich für das Wie, konzentriere dich auf das Was, nur das Was ist wichtig, das Was Was Was.

Das Was überrollte mich, von innen nach außen, und ergriff Besitz von meinen Händen.

Wenn jemand mir sagt, dass mein Gesicht während der Stunden, in denen ich wie ein Besessener tippte, keinen anderen Ausdruck zeigte als das flackernde Lächeln eines Verrückten, glaube ich ihm.

Ich dachte nicht mehr an Meryl Streep, Jack Nicholson oder Sean Penn.

Ich dachte nicht an die Erzählsituationen, für deren Ausarbeitung wir so viele Stunden gebraucht hatten.

Ich dachte nur an Sätze; Sätze, die aus irgendeinem Grund etwas bedeuteten; Sätze, die zusammenpassten wie in einem Puzzle, das ich schon kannte, auswendig kannte, und die etwas bedeuteten.

Ich glaube nicht, dass Landarbeiter schon mal Opfer der Raserei geworden sind.

Aber es dürfte Landarbeiter geben, die sich ganze Filme ausdenken, während sie Obst und Gemüse ernten.

Filme ernten.

Ein Drehbuch auf einem Quadratmeter fruchtbarer Erde aussäen, es bewässern und nach ein paar Tagen einen Film ernten mit einer hervorragenden Regie, wunderbaren Schauspielern, tadellos ausgeleuchtet und editiert.

Die Qualität hängt vom Dünger ab, der beim Aussäen des Drehbuchs benutzt wird.

Hollywood ist Monsanto: tausende Hektar, auf denen sie ihre mit Herbiziden wie Roundup behandelten Filme säen und ernten.

Das Drehbuch, das ich in jener Nacht von Sonntag auf Montag schrieb, ist bio.

Nein, noch besser: ohne Chemie, ob nun bio oder nicht; produziert nur mit der unvergleichlichen Kraft von Mutter Natur, einer Mutter Natur, die die Dreistigkeit besaß … nein, die Weisheit besaß, mich zu zeugen und auf die Welt zu bringen; einen Menschen, der ausdrücklich dafür entworfen wurde, in einem Keller zu leben und das Eingesperrtsein zu akzeptieren, aber im Gegenzug die sublimste Kunst zur Entfaltung zu bringen.

Wie viele Drehbücher schrieb Aristoteles?

Wie viele Drehbücher schrieb Robert McKee?

Wie viele Drehbücher schrieb Syd Field?

Manchmal schielte ich kurz auf das, was ich geschrieben hatte und nickte, ja ja ja, tippte weiter und entrang meinem Kopf Szenen, gleich den verzweifelten Künstlern, die die Mauer in Berlin während des Kalten Krieges überwanden.

Die Blockade war meine Mauer.

Eine eingebildete Mauer allerdings.

Eine Mauer, die existierte, aber nicht real war.

Der Montag brach an und ich hatte neunundvierzig Seiten geschrieben.

Komm bloß nicht auf den Gedanken, jetzt aufzuhören und sie zu lesen, sagte ich mir. Es gibt keinen Montag, es gab keinen Sonntag, es gibt keinen Montag. Santiago wird nie mehr herunterkommen, um dich zu stören, weil er Montag sagte, und den Montag wird es nicht geben.

Es war schon Montag, ich sah es aus dem Augenwinkel: null Uhr und sieben Minuten.

Eine der Figuren fragt nach der Uhrzeit, und eine andere antwortet:

Sieben nach zwölf.

Seven past twelve.

Nichts ist belangloser als eine Figur, die eine andere nach der Uhrzeit fragt.

Es sei denn, es handelt sich um einen Actionfilm und die Bombe explodiert gleich.

Meine Bombe war kurz davor.

Tick tack, tick tack, tick tack, tick tack, tick tack.

Offensichtlich eine Bombe von anno dazumal.

Meine Finger versuchten, sich an das Wesentliche zu halten, fegten alles Überflüssige mit einem dieser Archäologen-Pinsel weg.

Zwei Hände, fünfzehn Finger.

Ich benutzte weder die Daumen noch die kleinen Finger.

Neun Finger.

Keine Ahnung, wem die drei Extra-Finger gehörten.

Hier im Bus benutze ich einen Kugelschreiber, den ich mir bei der Frau, die neben mir sitzt, auslieh.

Sie fragte mich, ob ich nach Buenos Aires wolle.

Ich sagte ihr, dass ich in Buenos Aires wohne und aus dem Urlaub in San Martín zurückkäme; ein Urlaub, der für zwei Wochen geplant war, dann aber viel länger dauerte.

Ja, sagte sie, San Martín ist sehr schön. Man würde am liebsten dableiben, nicht wahr?

Der Kugelschreiber ist eine Verlängerung der rechten Hand und funktioniert wie ein Finger, der Wörter zeichnet, die ich kaum lesen kann; nicht weil mir beim Lesen schwindlig wird (obwohl mir schon schwindlig wird), sondern weil meine Handschrift grottenschlecht ist, als ob ich das arabische Alphabet benutzen würde, um Spanisch zu schreiben.

* * *

Möglicherweise gibt es Santiagos Doktor Miranda gar nicht; er wird ihn erfunden haben, um mich zu beruhigen; um mich in Sicherheit zu wiegen.

Zum Glück hatte ich keine Zahnschmerzen.

Wenn ich Zahnschmerzen bekommen hätte, hätte er mir den Zahn mit einer Zange herausgerissen, um die Arztkosten für so einen wie mich zu sparen. Er selbst hätte sich sogar einen gesunden Zahn in den Vereinigten Staaten ziehen lassen, nur damit die Writers Guild of America einen Teil des Geldes von der Krankenversicherung für ihn verwendet und nicht für andere, die es in seinen Augen nicht wert sind.

Ich weiß nicht, wer mir die Gallensteine entfernt hat.

Ich weiß nicht wie, nicht wo, nicht wann.

Ich weiß nur, dass Santiago mich an jenem Montagmorgen, nachdem er wenige Minuten zuvor das fertige Drehbuch gelesen hatte, mit einem rätselhaften Gesichtsausdruck anschaute (ich weiß immer noch nicht, was dieser Gesichtsausdruck zu bedeuten hatte) und mich fragte, ob es mir gut ginge.

Ich dachte, er würde jetzt mit seiner Tirade beginnen und mich belehren, mir erklären, warum das Drehbuch, das er gerade gelesen hatte, nicht funktionierte, aber nein: Er legte den Laptop auf den Boden und trat an die Matratze heran und dann fühlte ich, dass er seine beiden Hände auf meine rechte Bauchseite legte und mir auf die Gallenblase drückte (ich wusste noch nicht, dass es sich um die Gallenblase handelte). Sobald Santiago den Druck lockerte, ergriff der Schmerz von meinem ganzen Körper Besitz (so empfand ich es jedenfalls); ich ahnte, dass dieser stechende Schmerz, sobald Santiago seine Hände ganz von mir nähme, mich töten würde.

Ich erinnere mich nicht genau, was danach passierte.

Santiagos Gesicht ganz dicht vor meinem, seine Hand auf meiner Stirn.

Norma mit einem Glas Wasser, oder was ich für Wasser hielt.

Ich erinnere mich, was ich spürte, als ich trank: Wasser, das bei der Berührung mit meinen Lippen kalt war, aber als es mir die Kehle hinunterlief, kochte.

Ich fragte Norma, ob es Mineralwasser sei.

Sie antwortete mir nicht.

Sie sprachen nicht mit mir.

Sie sprachen mit sich selbst, sie sprachen miteinander.

Oder war da sonst noch jemand?

Malone stirbt kommt mit mir auf die Insel.

Ulysses ist zu anspruchsvoll geschrieben.

Joyce schreibt in der Überzeugung, zu wissen, was es heißt, Jude zu sein, Ire zu sein, Frau zu sein.

Beckett schreibt in der Überzeugung, nichts zu wissen; er schreibt, um etwas zu verstehen, und ist sich dessen bewusst, dass er niemals alles ganz und gar verstehen wird.

Becketts Art zu schreiben ist die einzige, in der es sich zu schreiben lohnt.

Belesenheit wird überbewertet, es ist viel schwieriger, etwas zu schreiben, wenn man nichts weiß.

Man müsste die Leute, die nie ein Buch gelesen haben, dazu zwingen, einen Absatz von hundertfünfzig Seiten in der ersten Person zu schreiben, mit vorgehaltener Pistole, alle Erdbewohner, alle acht Milliarden und sie dann verbrennen – die Seiten dieser acht Milliarden Versionen von Malone stirbt, nicht die Leute; doch, die Leute auch.

Diejenigen, die sich für Schriftsteller halten, sind genau diejenigen, die am schlechtesten schreiben.

Schreiben ist kein Beruf, es ist die beste Art und Weise, sein Leben zu vergeuden.

Stapelweise Hefte voller vergeudeter Zeit.

Filmrollen über Filmrollen voller vergeudeter Zeit.

Die Welt des Films (die keine Welt ist) läuft über vor Menschen, die glauben, dass sie wissen, was sie tun.

Filmprofis, so nennen sie sich.

Tausende von Schriftstellern, die überzeugt davon sind, dass sie schreiben können.

Schwachsinnige Sprösslinge des Aristoteles.

Santiago und Norma unterhielten sich mit Aristoteles im Keller, beratschlagten, was sie mit mir machen sollten, wo ich doch nur wissen wollte, wie ihm das Drehbuch gefallen hatte.

Ich fragte Santiago, aber der Satz blieb mir im Hals stecken.

* * *

Tschechows Großvater väterlicherseits war Leibeigener eines gewissen Tschertkow und sparte Geld zusammen, um sich, seiner Frau und den drei Söhnen die Freiheit zu erkaufen. Herr Tschertkow schenkte großzügigerweise auch seiner Tochter (der des Großvaters väterlicherseits) Alexandra die Freiheit.

Ich weiß nicht, warum ich mich an diese Anekdote erinnere.

Der Schweinehund erkaufte sich, seiner Frau und den drei Söhnen die Freiheit, aber nicht seiner einzigen Tochter?

Hätte er nicht ein wenig mehr zusammensparen können?

Wir vergessen, wie grausam das Leben früher war.

Ich will nicht sagen, dass es heutzutage keine Grausamkeit gibt; es gibt sie mehr als genug, aber früher …

Eine institutionalisierte Grausamkeit.

Heutzutage fühlen sich die Leute wegen jeder Kleinigkeit beleidigt.

Die Leute: das Publikum.

Es ist anstrengend zu schreiben, wenn man dauernd befürchten muss, jemanden zu beleidigen.

Es ist unmöglich, gut zu schreiben, ohne jemanden zu beleidigen.

Scarface wäre mit einem schwarzen Schauspieler ein rassistischer Film gewesen.

Willst du damit sagen, dass alle Schwarzen Drogenhändler und Mörder sind?

Taxi Driver mit einem Japaner.

American Psycho mit einem Latino.

Latin Psycho.

Es ist das Beste, mit dem Schreiben aufzuhören.

Wenn man nicht schreibt, beleidigt man auch niemanden.

Beckett kann mit Malone stirbt niemanden beleidigen, weil er nicht schreibt.

Der Ulysses wurde jahrelang verboten, sowohl in den Vereinigten Staaten als auch in England und Irland, weil die mit der Zensur Beauftragten merkten, dass das Werk anspruchsvoll geschrieben war.

Ich habe das Drehbuch, das die Filmgeschichte verändern sollte, nicht geschrieben; ich habe es ejakuliert, und ich konnte nicht in Erfahrung bringen, was Santiago über mein Drehbuch dachte, weil ich vor Schmerz nicht verstand, was er mir sagte.

Ich wurde ohnmächtig.

Ich weiß nicht, ob es wegen des Schmerzes war oder weil sie mir vielleicht etwas ins Wasser geschüttet hatten.

Ich wachte auf der Matratze im Keller auf, wie jeden Morgen in diesen fünf Jahren, ohne Schmerz, oder nur mit einem ganz leichten, andersartigen Schmerz. Ich schob mir das T-Shirt hoch und entdeckte den Verband um meinen Bauch.

Es fiel mir schwer, mich hinzusetzen.

Warum habe ich nie um einen Stuhl gebeten?

Fünf Jahre lang auf Höhe des Fußbodens.

Manchmal setzte ich mich auf den Kühlschrank oder auf den Beutel mit der schmutzigen Wäsche.

Ich wartete, dass Santiago herunterkäme.

Er kam nicht.

Er hatte den Laptop mitgenommen.

Ich wartete, dass Norma herunterkäme.

Die Intensität der Sonne im Oberlicht sagte mir, dass es fast Mittag war.

Keine Spur von meinem Kaffee oder von dem Teller mit Obst.

Ich hatte Hunger und Durst.

Ich kroch langsam zum Kühlschrank und öffnete ihn: leer.

Jetzt, dachte ich, lassen sie mich wirklich sterben.

Ich fragte mich: Wenn sie mich sterben lassen, warum haben sie mir dann das, was auch immer es gewesen sein mag, das mir wie Feuer im rechten Bauchbereich brannte, entfernen lassen?

Ich wartete mehrere Stunden.

Es wurde Nacht.

Ich weiß nicht, ob tatsächlich Nacht, aber das Oberlicht verdunkelte sich.

Ich dachte daran, ein paar Beatles-Songs auf der Ukulele zu spielen, aber als ich das Instrument dann in der Hand hatte, verging mir die Lust.

Ich vermisste den Laptop von Minute zu Minute mehr, als ob ich meinen besten Freund bei einem Autounfall verloren, die ganze Welt verloren hätte.

Ich war nach wie vor auf der Welt, im Keller, der meine Welt war, aber gleichzeitig fehlte mir die Welt.

Ich hörte Schritte auf der Treppe.

Ich war niemals diese Treppe hinauf- oder hinabgestiegen.

Man hatte mich hinauf- und hinabgetragen (oder zumindest einmal hinabgetragen, nach diesem Essen mit Santiago, als wir alles besprachen). Ich hatte nie diese Treppenstufen betreten.

Dass sie aus Beton waren, wusste ich erst, als ich sie gestern Nacht hinaufstieg.

Obwohl ich sie mir immer aus Beton vorgestellt hatte.

Aus welchem Material sollten sie sonst sein?

Aus Holz?

Ein Keller aus Beton mit einer Holztreppe?

Norma kam mit dem Essen: Fadennudelsuppe, Wasser, zwei Scheiben Weißbrot und zwei Tabletten.

Ich fragte sie, was das für Tabletten seien.

Sie antwortete mir nicht.

Mit einer Geste bat sie mich, sie zu nehmen.

Wo ist Santiago?, fragte ich sie. Ich muss mit ihm sprechen.

Norma streckte die Hand aus, mit der Handfläche nach unten, und führte sie dann schräg nach oben, was so viel bedeuten sollte wie, „ein Flugzeug hebt ab“.

Das kann nicht sein, sagte ich. In die Vereinigten Staaten?

Sie antwortete mir nicht.

Und mein Laptop?

Sie antwortete mir nicht.

Hat er ihn oben gelassen?

Sie antwortete mir nicht.

Könntest du nachschauen, ob er oben liegt?

Sie antwortete mir nicht.

Ich brauche meinen Laptop. Sag Santiago, dass ich ihn brauche.

Sie sagte nichts.

Sie öffnete den Sauerstofftank, blieb eine Weile stehen, schaute mich an und schwieg. Der Revolver steckte in ihrer Schürzentasche.

Entschuldige bitte, Norma. Ich möchte dich um Verzeihung bitten wegen … Ich weiß nicht, was neulich in mich gefahren ist.

Sie stand da, schaute mich an und schwieg.

Ich möchte mich wirklich gerne mit dir unterhalten, sagte ich, und zum Beispiel etwas über deine Familie in Mexiko erfahren.

Sie stand da, schaute mich an und schwieg.

Norma war ein Synonym für das Schweigen.

Norma ist Gold.

Das Wort ist Zeit und Norma die Ewigkeit.

Besser, du bist König über Norma als Sklave deiner Worte.

Norma spricht, wenn die Worte fehlen.

Die meisten Fahrgäste reisten in Norma.

Norma, Betances, sonst schicke ich Sie zum Chef!

Sie stand da, schaute mich an und hüllte sich in Norma.

Sie schloss den Sauerstofftank und ging.

* * *

Ich bin gerade auf die Bustoilette gegangen, ein enger Kleiderschrank mit einem Klo wie im Kindergarten und einem zerbrochenen Waschbecken.

Während ich pinkelte, lehnte ich den Kopf gegen die nicht gewölbte Wand des Busses.

Wäre mir eine gewölbte Wand lieber gewesen?

Und dann ein Schlagloch, das …?

Ich hoffe, dass mein Vater seinen Schwanz noch in die Hose bekommen und den Reißverschluss hochziehen konnte, bevor er sich das Genick brach.

Das Mädchen ist gar kein Mädchen: ein Junge von ungefähr achtzehn Jahren in kurzen Hosen und einem T-Shirt von Atlético San Lorenzo.

Mozart hat es wirklich weit gebracht.

Viel weiter als Fellini.

Viel weiter als Shakespeare.

Noch viel weiter als Joyce.

Es war schon ein ganzer Monat vergangen, ohne dass ich etwas von Santiago gehört hatte.

Norma kam wie gewöhnlich herunter, schweigend, ohne meinen Laptop.

Mir blieb nichts anderes übrig, als auf der Ukulele zu spielen, zu masturbieren und zu schlafen.

Eines Morgens kam sie mit der Tasse Kaffee und dem Teller mit Obst herunter, stellte alles neben der Matratze ab (ich lag noch unter der Bettdecke) und forderte mich mit einer Geste auf, die Decke zurückzuschlagen. Mit einer weiteren Geste forderte sie mich auf, das T-Shirt auszuziehen, und mit einer dritten Geste, mir selbst den Verband abzunehmen. Zum ersten Mal sah ich die Narbe, einen fünf Zentimeter langen Schnitt seitlich rechts, den jemand ohne Faden genäht hatte (geklebt, nicht genäht hatte).

Wer hat das gemacht?, fragte ich sie.

Sie antwortete nicht.

Wer hat dafür gesorgt, dass ich keine Schmerzen mehr habe?

Sie antwortete nicht.

Noch wusste ich nichts über die Ursache des Schmerzes.

Ich wusste nicht, was man mit mir gemacht hatte, und konnte es mir auch nicht vorstellen, weil ich die Ursache des Schmerzes nicht kannte.

Kannst du mir Bücher bringen?, fragte ich sie.

Sie antwortete nicht.

Irgendeines, sagte ich. Was du oben so findest. Ich bin sicher, dass Santiago oben Bücher hat. Viele. Such mir einfach eins aus. Ein Buch pro Woche. Was meinst du?

Sie antwortete nicht.

Sie nahm den Verband mit und schloss die Tür hinter sich.

Ich hätte ein Vermögen (wenn ich denn ein Vermögen gehabt hätte) für eine Kopie des Drehbuchs bezahlt, das ich in einem Anfall von Raserei in jener Nacht von Sonntag auf Montag geschrieben hatte.

Selbst wenn ich ein Vermögen gehabt und dieses Vermögen für das Drehbuch gezahlt hätte, hätte ich es nur mit unerträglicher Angst angefangen zu lesen.

Ich weiß nicht, was ich schrieb.

Ich weiß nicht, ob das, was ich schrieb, gut war.

Ich vermute es, weil Santiago es mitnahm, ohne ein Wort zu sagen.

Ich vermute, eher nicht, denn Santiago nahm es mit, ohne ein Wort zu sagen, und stellte einen anderen Drehbuchautor ein und lässt mich im Keller krepieren.

Nein, ich weiß sehr wohl, dass Santiago keinen anderen Drehbuchautor eingestellt hat und mich auch nicht im Keller krepieren lässt.

Er ließ mich im Keller am Leben, in diesem Keller, der ein Kerker war; ließ mich leben, so gut es ging, und dann kam er mit seinem Revolver.

* * *

In den Buslautsprechern ist eine Bossa-Nova-Version von „I Wanna Be Sedated" zu hören.

Wie lange fahren wir noch?

Elfeinhalb Stunden, sagte die Frau, die neben mir sitzt.

Sie fragte mich, was ich da schriebe.

Notizen, antwortete ich.

Notizen? Welcher Art?

Notizen für ein Buch, das ich schreiben werde, sobald ich in Buenos Aires angekommen bin.

(Ich werde kein Buch schreiben, wenn ich in Buenos Aires angekommen bin.)

Einen Roman?, fragte sie.

Ja.

Wovon handelt er?

Von einem Skilehrer in Chapelco, der in seiner Freizeit Verbrechen aufklärt.

Ich glaube nicht, dass es viele Verbrechen in Chapelco aufzuklären gibt, sagte sie.

Es gibt immer Verbrechen aufzuklären, sagte ich, überall, zu jeder Zeit.

Die Frau schaute mich so an, wie Santiago mich anschaute, wenn ich etwas gesagt hatte, was er für eine Übertreibung hielt; die Augen der Frau sehen denen von

Santiago überhaupt nicht ähnlich, aber der Blick war der gleiche.

Der Co-Pilot oder Beifahrer kam durch den Gang und verteilte Alfajores mit Schokolade oder Milchkonfitüre (man konnte sich einen aussuchen; ich nahm einen mit Schokolade). Dazu gab es eine Art Limonade oder Mineralwasser mit künstlichem Zitronengeschmack.

Die Monate, die ich ohne Laptop, ohne Notizbuch und ohne Bücher im Keller verbracht hatte, halfen mir dabei, mich in einen mehr als nur akzeptablen Ukulele-Spieler zu verwandeln.

Die meisten Akkorde improvisierte ich, aber ich lernte auch, komplizierte Songs zu spielen, wie „While My Guitar Gently Weeps“ oder „Jugo de lúcuma“, die mir nach und nach wieder einfielen.

Ich hätte die Ukulele mitnehmen sollen.

Ein Instrument, vollkommen aus Carbonfasern hergestellt, dürfte ein Vermögen wert sein.

Sobald ich Geld habe, kaufe ich mir eine billige aus Holz.

Obwohl es schwierig sein wird, mich an den Klang einer billigen Ukulele aus Holz zu gewöhnen.

Ich drücke mir auf die rechte Seite und spüre nichts.

Vielleicht haben sie mir alles rausgenommen; sie haben mir die rechte Bauchseite entfernt; das, was sich rechts im Bauch verbirgt.

Eigentlich ist dieser Liegesitz gar nicht so schlecht.

Ich könnte jahrelang in diesem Sitz verbringen, sofern ich mal aufstehen und durch den Gang gehen kann; wenigstens alle zehn Stunden, wenn ich aufs Klo gehe, und sofern ich meinen Laptop, eine Steckdose für meinen Laptop und ein paar Kopfhörer von besserer Qualität als diese billigen habe; und einen Co-Piloten oder Beifahrer, der mir alle drei oder vier Stunden Alfajores mit Schokolade und Mineralwasser bringt.

Leute, die die Welt erobern wollen, tun mir leid.

Santiago wollte die Welt erobern.

Wollte ich die Welt mit meinen Drehbüchern erobern?

Nein, weil meine Drehbücher nicht mir gehören.

Das habe ich vor Jahren akzeptiert und trotzdem weitergeschrieben.

Ich bin eine bewundernswerte Person.

Eine erbärmliche Person.

Auf erbärmliche Weise bewundernswert.

Weil ich mir nie vorgestellt habe, dass das Drehbuch über den Jungen, der seine Familie in den Brunnen wirft, jemals hätte die Welt erobern können; ich schrieb es, weil ich es schreiben wollte, weil ich mich gerne hinsetzte und schrieb, egal was, und nicht weil ich dachte, dass die Welt mir wegen dieser absurden Geschichte zu Füßen liegen würde.

Die Welt liegt niemandem mehr zu Füßen.

Joyce wollte die Welt erobern, die Welt zu seinen Füßen liegen sehen, und er schaffte es, wenigstens für eine Weile.

Heutzutage sind es nur noch wenige, die wegen Ulysses jemandem zu Füßen liegen, sie würden nicht einmal mehr das Estadio Monumental in Buenos Aires füllen.

Beckett wollte die Welt nicht erobern.

Als er den Nobelpreis gewann, floh er überstürzt nach Afrika, versteckte sich in einem Dorf, wo es eine Überschwemmung gegeben hatte, und sagte, dass er wegen der Überschwemmung nicht an der Preisverleihung teilnehmen konnte.

Er versteckte sich hinter einer Überschwemmung.

Joyce wäre mit einem goldenen Heißluftballon in Schweden gelandet und hätte in alle Welt hinausposaunt: Ich bin das Beste, was der Literatur seit Homer passiert ist!

* * *

Was mache ich, wenn ich nach Hause komme und meine Mutter dort nicht mehr wohnt?

Ich frage den Pförtner.

Und wenn der Pförtner es nicht weiß?

Ich frage Silvia, die Nachbarin aus der Wohnung D im neunten Stock, die einmal pro Woche herunterkam und meine Mutter fragte, ob sie bei uns auf dem PC nachschauen dürfe, ob ihre Nichte – das einzige Familienmitglied, das sie mochte – ihr eine Mail geschrieben habe.

Und wenn Silvia es nicht weiß?

Dann rufe ich Onkel Manuel an, den Bruder meiner Mutter, der in Campana wohnt.

Manuel müsste wissen, ob meine Mutter umgezogen ist.

Was mache ich, wenn meine Mutter gestorben ist?

Ich gehe zu Lisandro.

Und wenn Lisandro gestorben ist?

Es würde mich nicht wundern, wenn Santiago beide hat umbringen lassen.

Es würde mich doch wundern; Santiago war kein Mörder, er war ein Künstler.

Ein verzweifelter Künstler.

Einer jener Künstler, die sich ständig selbst übertreffen wollen und in ständiger Angst leben; und die zu den äußersten Mitteln greifen können, um das höchste künstlerische Niveau zu erreichen.

Ich glaube, dass sich, wenn ich an meine Mutter denke, mein Gesicht in Falten legt und Augen und Mund sich in Richtung Nase verschieben; ich spüre, wie mein Gesicht heiß wird, wenn ich eine Weile an meine Mutter gedacht habe.

Santiago lachte zweimal, während er das Drehbuch las.

Normalerweise, wenn er in meinem Beisein Szenen las und ich ihn lächeln oder lachen oder sogar in Gelächter ausbrechen sah, fragte ich ihn: Was gibt's? Und er antwortete: Dieser oder jener Dialog, diese oder jene Handlung.

Aber an jenem Montagmorgen schwieg er. In der einen Stunde, die Santiago zum Lesen des Drehbuchs (einhundertneununddreißig Seiten) benötigte, gab keiner von uns beiden einen Laut von sich; abgesehen von seinem zweimaligen Lachen und einem saublöden Hustenanfall meinerseits, der mich zwang, ins Bad zu gehen und zu gurgeln.

Bevor er mit dem ersten Akt anfing, zog Santiago eine seiner importierten Schokoladen hervor (eine von Godiva, bestehend aus vier großen Pralinen, gefüllt mit Pistaziencreme), schob sie sich ganz in den Mund – nicht einzeln, sondern alle auf einmal – und kaute langsam und genüsslich, während er las.

In drei Monaten hatte ich ein Set von fünfundzwanzig Songs einstudiert, die ich perfekt auf der Ukulele spielen konnte.

Eines Morgens spielte ich sie Norma vor.

Nicht das ganze Set, denn als ich mit dem fünften Song, „The Fool on the Hill", anfing, zog sie (die gerade das Bad putzte) mehrere Male hintereinander die Spülung, und meine Inspiration war im Eimer.

Ich weiß immer noch nicht, wieso ich diese fünfundzwanzig Songs aus dem Gedächtnis spielen konnte.

Ich kann mich an ausnahmslos alle Beatles-Songs mit ihren Akkorden, Melodien und Arrangements erinnern, aber nicht an eine vollständige Szene jenes Drehbuchs, das die Filmgeschichte weltweit verändern sollte.

Ein Drehbuch, das Schritt für Schritt dem unvollständigen Drehbuch, das ich entfernt hatte, folgte und zugleich gänzlich neu war, als ob jemand ein Gemälde aus dem Gedächtnis nachmalte und sich zugleich von der Inspiration tragen ließ.

Ich akzeptierte ausnahmslos alle Gedankenblitze und fügte sie in die Szenen ein, so wie sie auftauchten.

Aaron Sorkin hätte mich ausgelacht.

Aber, welches große Drehbuch hat Aaron Sorkin geschrieben?

Welcher Film Sorkins wird über Jahrzehnte hinweg an den Filmhochschulen der ganzen Welt diskutiert werden?

Ich hätte von den vielen tausend Stunden im Keller einen Bruchteil nutzen sollen, um Englisch zu lernen.

Norma bitten, dass …

Warten, bis sie herunterkommt, und sie bitten, dass …

Wenn Norma nicht so fürchterlich stur gewesen wäre, hätte sie mir erlaubt, dass …

Norma war nicht stur; keine Ahnung, was sie war; was sie ist.

Ich hatte etwas an mir, das ihr nicht gefiel.

Etwas, das Santiago ihr zu sehen ermöglicht hatte, oder sie selbst an mir bemerkt hatte und verabscheute.

Mein Vater hat es auch an mir bemerkt.

Er hat niemals etwas dazu gesagt, aber ich weiß, dass er es bemerkt hat; an der Art, wie er mich ansah, oder an der Art, wie er es vermied, mich anzusehen.

Eine seelische Teilnahmslosigkeit.

Eine angeborene Eigenschaft, die mir die Welt verdüsterte.

Eine seelische Armut, eine herbstliche Kraftlosigkeit, die mich nicht daran hinderte, mich ungezwungen zu bewegen, nein, es gab sogar Tage, an denen ich mit einer gesunden Portion Energie aufwachte und Lust hatte, ein paar Dinge zu unternehmen. Aber diesen Dingen, so unterhaltsam, wichtig oder überraschend sie auch waren, fehlte es an Glanz, so als ob jemand sie zu oft poliert hätte.

Meine Mutter hat diesen Mangel nie an mir festgestellt.

Glaube ich jedenfalls.

Mein Vater wollte mir gerne helfen (obwohl ich nie das Gefühl hatte, auch jetzt noch nicht habe, dass mir geholfen werden müsste), aber er konnte sich nie entscheiden.

Norma war dieses Stückchen Seele aufgefallen, das mir fehlte (das heißt, das Fehlen war ihr aufgefallen), und sie verabscheute mich.

Ich habe mir nie vorgestellt, dass sie mir helfen würde.

Ich konnte nicht umhin, an Norma zu denken, während ich an der Figur schrieb, die später von Meryl Streep verkörpert wurde.

Jedes Mal, wenn diese Figur auftauchte, tauchte auch Norma auf.

Zum Schluss ließ ich sie abkacken.

Wenn ich mich recht erinnere, aber möglicherweise irre ich mich (ich habe keine Ahnung, wann ich mich endlich mit meiner Mutter aufs Bett legen kann, um die Raubkopie von jenem Film zu sehen, den ich schrieb und bei dem Santiago Regie führte und der die Filmgeschichte weltweit verändern sollte), habe ich sie vom Balkon ihres Hauses springen und mit dem Gesicht auf den Asphalt schlagen lassen.

* * *

Ich hätte meine Mutter vielleicht anrufen sollen.

Warum habe ich sie nicht angerufen?

Warum leihe ich mir nicht kurz das Handy von irgendeinem der Mitreisenden und rufe sie an?

Mir fällt ihre Nummer nicht ein.

Doch, mir fällt ihre Nummer ein.

Nein, ich kannte ihre Nummer nie auswendig; ich hatte sie auf meinem Handy gespeichert.

Niemand lernt heute noch Telefonnummern auswendig.

Ich erinnere mich an eine Nummer, aber ich weiß nicht, wem sie gehört.

Ich könnte mir ein Handy leihen und die Nummer einfach wählen.

Was wird Santiago wohl mit meinem Handy gemacht haben?

Wird er es ausgeschaltet haben?

Wird er sich in den bequemen Lehnstuhl in seinem Studio, mit Blick auf die Bäume und den Himmel, gesetzt haben, um darauf zu warten, dass mich jemand anruft?

Wie oft wird meine Mutter angerufen haben?

Und Lisandro?

Wird seine Assistentin, Patricia hieß sie, wissen, was passiert ist?

Gibt es sie überhaupt noch?

Santiago hat sie im Keller nie erwähnt.

Wir sprachen kurz über sie bei jenem Abendessen, als wir über alles redeten; aber später hat er sie nie wieder erwähnt.

Santiago kam nie mit seinem Handy in den Keller herunter.

Ganz selten kam Norma mal mit dem Festnetztelefon herunter und bedeutete ihm mit einer Geste: Du hast einen Anruf.

Eines Morgens, während meines zweiten Monats im Keller, fragte ich Santiago, ob Norma stumm wäre.

Nein, sagte er, warum?

Sie spricht nicht mit mir, sagte ich.

Er schaute mich so an, wie er mich anschaute, wenn ich ein Thema anschnitt, das ihm nicht passte.

Ich frage sie etwas, und sie antwortet nicht, sagte ich. Sie sagt keinen Piep. Als ob ich nicht existiere.

Das ist typisch Norma, Pablo. Warum willst du mit ihr sprechen? Lass sie in Ruhe. Sie hat schon genug damit zu tun, hier alles sauber und aufgeräumt zu halten. Und sie kocht wie eine Göttin.

Ja, wie Hel, die Göttin der Hölle.

Er lachte nicht.

Ich frage mich, ob Santiago und Norma …

Manchmal ertappte ich sie, wie sie sich Blicke zuwarfen.

Gelegentlich ertappten sie mich, wie ich sie ertappte, wie sie sich Blicke zuwarfen.

Irgendetwas verbargen sie vor mir.

Eine Beziehung, die weit über eine Beziehung zwischen Hausherr/Hausangestellter hinausging.

Ich fragte die Frau, die neben mir saß, ob sie ein Handy hätte, und sie sagte mir, ja schon, aber der Akku sei fast leer.

Das war alles.

Das ist alles, was ich hinsichtlich der einzigen Telefonnummer, an die ich mich erinnere, unternehmen werde.

Einmal, als wir am ersten Drehbuch arbeiteten, bat ich Santiago, dass ich meine Mutter anrufen dürfe, um ihr zu sagen, dass es mir gut ginge, dass sie mir verzeihen möge, dass ich ganz einfach mal wegfahren und mir eine Auszeit nehmen musste, um zu wissen, was ich mit meinem Leben anfangen sollte, aber es geht mir gut, Ma, mach dir keine Sorgen, ich rufe dich an, wenn ich zurückkomme.

Santiago sagte nein.

Sie wird noch besorgter sein, als sie jetzt schon ist, sagte er. Sie wird dir nicht glauben, und du wirst ihre Besorgnis nur verdreifachen. Kannst du lügen, Pablo? Kannst du schauspielern?

Er zwang mich, eine der Szenen zu lesen, sie zu spielen, und als ich fertig war, schaute er mich so an, wie er mich anschaute, wenn ich etwas Witziges gesagt hatte, er mir aber nicht zeigen wollte, dass er es auch witzig fand, und dann brach er in ein Gelächter aus und sagte: Lass gut sein, nicht noch einmal, und schüttelte den Kopf und sagte mehrere Male: nein, nein nein nein nein, und fing an, über irgendetwas anderes zu reden.

Schauspielern ist schwierig.

Schauspielern ist praktisch unmöglich.

Ich bewundere die Schauspieler außerordentlich.

Sie müssen nicht unbedingt genial sein, damit ich sie bewundere.

Eines Nachmittags am Filmset meines ersten und einzigen verkauften Drehbuchs, in Buenos Aires, sah der Regieassistent, wie ich herumstand und schon meinen vierten Kaffee trank (ich hatte entdeckt, dass das Beste an den Filmsets das Catering-Büfett mit seiner Vielfalt an kalten und heißen Getränken, Sandwiches und Süßigkeiten ist). Er erzählte mir, dass der Kameramann, der rechts von mir stand, die Straße gleich in einer Totalen aufnehmen würde, mit umherlaufenden Leuten, Statisten, die umherlaufende Leute darstellten, und dass er jemanden benötigte, der fünf oder sechs Mal vor der Kamera hin-

und herging, in einem Meter Abstand, um Schatten zu werfen, Schatten von hin- und herlaufenden Leuten, von einer Seite zur anderen. Ich sagte ihm, ich wäre kein Schauspieler, dass ich keine Ahnung davon hätte, und er sagte mir, dass ich unbesorgt sein sollte, dass mich niemand sehen würde und ich nur ein Schatten, verschiedene Schatten wäre. Ich willigte ein und sagte „kein Problem“. Er schnappte sich meinen Arm, zog mich neben die Kamera und bat mich zu warten, er würde mir ein Zeichen geben, wann ich vor der Linse vorbeigehen sollte. Ich sagte „okay“, und während ich wartete, wurde ich immer nervöser und verstand es selbst nicht, warum ich so ein Nervenbündel war. Jemand rief „Action“, und ich stand wie angewurzelt da und schaute den Assistenten an, bis er mir ein Zeichen mit der rechten Hand gab. Dann ging ich vor der Kamera vorbei und versuchte, so natürlich wie möglich zu gehen, aber es war unmöglich, so natürlich wie möglich zu gehen; mein Körper war ein einziger langer Muskel, ohne Glieder und ohne Gelenke, ein Stück Fleisch, das gehen, ganz langsam gehen konnte. Ich kehrte um und ging vor der Kamera entlang zurück, der Körper wurde immer steifer, und ich ging noch einmal vor der Kamera vorbei, bis jemand rief „Cut“. Der Assistent kam lächelnd näher und fragte mich: „Hat dir niemand beigebracht, wie man geht?“ Er drehte sich um und ging, und ich stand da, stocksteif, mit meinem Kaffee in der Hand, schon fast kalt, und fragte mich, warum ich, wenn mich doch sowieso niemand sehen konnte, wenn ich doch nichts weiter als ein Schatten war, so gelähmt gewesen war, so nervös. Die einzige Antwort, die mir einfiel, war die, dass ich kein Schauspieler war, kein Schauspieler bin, nicht schauspielern kann. Und es ist mir mehr als klar, dass das Schauspielern schwierig, sehr schwierig, praktisch unmöglich ist.

Niemand hat diesen Film gesehen; sie zeigten ihn eine Woche lang im Kino Gaumont, und das war's dann.

Die über die Weideflächen verteilten Bäume sind die exakte Definition der Mittelmäßigkeit.

Geringe oder sogar schlechte Qualität.

Es fehlt an Wert und Bedeutung.

Wir Drehbuchautoren sind fast alle wie diese Bäume, es fehlt uns an Wert und Bedeutung.

Ein Drehbuchautor am Filmset seines eigenen Films ist wie einer dieser nutzlosen Bäume.

Schlechter noch als einer dieser nutzlosen Bäume, weil in seiner Achselhöhle kein Vogel ein Nest bauen kann, und auch kein Bienenschwarm eine Wabe, oder kein Kind an einem seiner Arme zwei Seile mit einem Autoreifen befestigen kann, um ihn als Schaukel zu benutzen.

* * *

Werde ich die Stille im Keller vermissen?

Werde ich den Geruch des Kellers vermissen, der nach mir und meinen Fürzen roch?

Werde ich Norma vermissen?

Werde ich morgens neben meiner Mutter aufwachen und darauf warten, dass Norma mit dem Frühstück kommt?

Werde ich meine Mutter darum bitten, dass sie mir jeden Morgen eine Tasse Kaffee macht (keinen löslichen von Dolca, sondern Filterkaffee, schön schwarz und mit leichtem Tabakgeschmack); dass sie verschiedene Früchte in quadratische Stückchen schneidet und auf einem Teller serviert?

Wie einfach es ist, Fragen aufzuschreiben.

In diesem Moment ist es aus irgendeinem Grund wichtig, dass ich sie auf den leeren Seiten dieses Notizbuchs formuliere.

Wie viele Seiten habe ich noch?

Ich hätte in dem Mini-Shop an der Tankstelle noch ein Heft kaufen sollen; wenigstens eines dieser billigen Notizbücher, in denen man seine Einkaufslisten notiert.

Der Finger an der Scheibe klopft den Takt des Refrains von „Tirá para arriba".

Ta ta, ta ta ta ta ta ta, ta ta.

Obwohl das ta nicht so richtig passt, um das Geräusch des Fingers an der Scheibe zu beschreiben.

In den Buslautsprechern hört man wieder die Musik von Gilda.

Ich halte den Kugelschreiber zu fest zwischen den Fingern; nachdem ich eine Weile geschrieben habe, kommt es mir vor, als ob die Finger gelähmt seien; dann höre ich auf, strecke und dehne sie, nehme den Kugelschreiber wieder auf und schreibe weiter.

Als ob ich meiner Hand nicht trauen würde: Ich benutze sie, um den Kugelschreiber festzuhalten und zu schreiben, aber gleichzeitig fürchte ich, dass ich ihn fallen lassen oder mir damit ins Auge stechen könnte.

Noch fünf Stunden bis zur Hauptstadt.

Im Moment fahren wir durch eine Straße mit vielen Ampeln, viel Verkehr und Fußgängern, die darauf warten, die Straße überqueren zu können.

Geruch von angebranntem Kaffee.

Einige Minuten später serviert man uns schwarzen Kaffee in Plastikbechern, eine Papierserviette, ein Tütchen mit Zucker und eines mit Milchpulver, sowie ein Plastikstäbchen zum Umrühren.

Hoffentlich gibt es noch den Instantkaffee von Dolca.

Etwas so Lebenswichtiges kann nicht so ohne Weiteres verschwinden.

* * *

Eine ratsame Übung ist es, das Drehbuch komplett neu zu tippen.

Nach Beendigung des ersten Entwurfs, den Philip Roth den „erbrochenen Entwurf“ nannte, sollte man ihn einige Tage ruhen lassen, ihn dann lesen, korrigieren, all das anstreichen, was nicht funktioniert (wenn man jemanden kennt, der ein guter und ehrlicher Leser ist, der keine Angst hat, Gefühle zu verletzen, sollte er sich den Text durchlesen), die Anmerkungen sammeln, sie überdenken und danach den zweiten Entwurf in Angriff nehmen; ihn ruhen lassen, ihn lesen, während des Lesens korrigieren, ihn ruhen lassen und ihn dann erneut komplett tippen, ihn ausdrucken und neben den Laptop oder den PC oder die Schreibmaschine legen und noch einmal tippen, Wort für Wort, und dabei die Sätze, die nicht funktionieren, neu schreiben.

Aaron Sorkin, einer der großen Aristoteliker Hollywoods, erzählte Santiago während eines Abendessens der Writers Guild of America, dass er zum Schluss, nach dem dritten oder vierten Entwurf, das Drehbuch aus dem Gedächtnis noch einmal schreibt. Er öffnet eine neue Datei und tippt das Drehbuch erneut, ohne einen Blick auf den vorherigen Entwurf zu werfen.

Das Leben ist wie eine Schachtel Pralinen, sagte Forrest Gump, beziehungsweise Eric Roth, der Drehbuchautor, der Forrest Gump schrieb, ein weiterer Aristoteliker in Hollywood, aber er vergaß hinzuzufügen, dass die meisten Pralinen mit muffiger Luft gefüllt sind.

Was kostet ein Ticket nach Los Angeles?
Ich kaufe zwei, erster Klasse.
Soll die Writers Guild of America sie doch bezahlen.

* * *

Es geht schon lange nicht mehr bergauf oder bergab; manchmal biegen wir links oder rechts ab.

Vor einigen Stunden hat der Co-Pilot oder Beifahrer den Platz des Piloten oder Fahrers übernommen, und der Pilot oder Fahrer setzte sich zur Seite und wurde sofort zum Co-Piloten oder Beifahrer.

Die Arbeit könnte mir gefallen: unterwegs zu sein.

Ein Keller auf Rädern.

Für keine Seite Partei ergreifen; für alle oder für niemanden Partei ergreifen.

Obwohl es mir nicht gefallen würde, für so viele Personen zuständig zu sein.

Zu viele Stunden mit Verantwortung.

Und ich habe nie Fahren gelernt.

Mein Vater versuchte, es mir beizubringen, aber ich ließ mich zu leicht ablenken. Ich langweilte mich. Und sich beim Fahren zu langweilen kann tödlich enden. Ich hatte Schwierigkeiten mit der Geschwindigkeit; ich bremste zu scharf oder zu spät; ich vergaß, langsamer zu werden, bevor ich um die Ecke bog; ich fuhr schneller, wo ich den Fuß besser vom Gas genommen hätte.

Mein Vater hätte einen Orden für seine Geduld verdient.

Meine Mutter fährt auch nicht.

Als mein Vater starb, verkauften wir das Auto, und mit einem Teil des Geldes legten wir uns zwei teure italienische Fahrräder zu, die wir nur am Sonntagmorgen benutzten, um auf den Fahrradwegen im Stadtpark von Palermo spazieren zu fahren. Bis eines Tages drei Jungen, die T-Shirts von Milton Nascimento trugen (alle drei mit dem gleichen T-Shirt), uns aufforderten, anzuhalten und ihnen die Fahrräder zu geben. Ohne dass sie eine Waffe auf uns gerichtet hätten, gehorchten meine Mutter und ich sofort, ließen die Fahrräder liegen und liefen weg.

Als wir zu Hause ankamen, fragte meine Mutter mich, was ich zu Mittag essen möchte, und ich sagte ihr, dass ich keinen Hunger hätte, aber sie bestand darauf, dass ich etwas essen müsste, und fing an, Rühreier zu machen, die dann beim Hinunterschlucken einen leicht metallischen Geschmack auf der Zunge hinterließen.

Die Frau auf dem Sitz neben mir schnalzt schon eine gute halbe Stunde lang mit der Zunge.

Der Pilot oder Fahrer, der vorher Co-Pilot oder Beifahrer gewesen war, fährt viel ruppiger als der andere Pilot oder Fahrer, der sich jetzt in der Koje über der ersten Sitzreihe ausruht und eines seiner Privilegien als Co-Pilot oder Beifahrer genießt.

Auf den Schildern am Straßenrand stehen Orte, von denen ich nie gehört habe und die ich in wenigen Minuten vergessen werde.

Ich versuchte zu schlafen.

Es ging nicht.

Mit geschlossenen Augen zählte ich, dass die Frau zweihundertfünfundzwanzig Mal mit der Zunge schnalzte.

Die Hauptstadt ist schon ganz nahe, man fühlt es.

Wenn ich „Hauptstadt“ sage, meine ich natürlich Buenos Aires.

Alle Porteños sagen „Hauptstadt“, wenn sie von Buenos Aires reden.

Santiago schlief nachts drei Stunden.

Manchmal hielt er auch noch eine Siesta von dreißig Minuten nach dem Mittagessen.

Er liebte die Zahl drei.

Die Drehbücher mussten dreiundneunzig oder einhundertdrei, einhundertdreizehn oder einhundertdreiundzwanzig Seiten haben.

Er sagte mir, dass er kein weiteres Kind hatte, weil er die Drei nicht zerstören wollte.

Das dritte Drehbuch, das Drehbuch, das die Filmgeschichte weltweit verändern sollte, hatte einhundertneununddreißig Seiten.

Eine Drei.

Eine Neun, die aus drei Dreien besteht.

Noch drei Stunden.

Ich bin nicht sicher, aber sagen wir mal: noch drei Stunden.

Wie komme ich vom Busbahnhof Retiro nach Belgrano?

Womit?

Ich habe keinen Peso Bargeld.

Kann man im Taxi mit Kreditkarte bezahlen, so wie in den Vereinigten Staaten, wie Santiago meinte?

Ich fahre einfach schwarz mit der U-Bahn.

Wenn sie mich schnappen, sage ich ihnen, dass ich die Strafe mit der Kreditkarte bezahlen kann, und bitte sie, mir auch gleich ein Ticket zu verkaufen.

Es dauerte fast zwei Jahre, bis Santiago zurück war. Fast zwei Jahre lagen zwischen dem Tag, an dem ich das Bewusstsein verlor und dem Tag, an dem Santiago wieder im Keller auftauchte.

Ich weiß nicht, wie viel Zeit er in den zwei Jahren mit der Vorproduktion, mit den Filmaufnahmen, der Nachproduktion und der Promotion verbracht hat.

Fast zwei Jahre, in denen ich mich an die Ukulele klammerte wie an eine Planke in einer aufgewühlten See.

Wie konnte ich nur so gefühllos sein, sie im Keller liegen zu lassen?

Fast zwei Jahre, in denen mir praktisch kein anderes Wort außer von den Beatles und Spinetta über die Lippen kam.

Santiago stimmte mit mir überein, dass Spinetta der argentinische Musiker ist, der es am weitesten gebracht hat; sogar weiter als Piazzolla und Ginastera, viel weiter als Atahualpa Yupanqui.

Ob es wohl einen Musiker Santiago gibt, der einen unbekannten Komponisten in einem Keller voller Instrumente versteckt?

Santiago erzählte mir oft, wie gerne er Jazz mochte, aber ich weiß, dass er ihn im Grunde genommen hasste.

Ich hatte immer Angst vor dem Jazz.

Ich wäre gerne ein Fan von Pat Metheny gewesen, wie so viele meiner Lehrer und Mitschüler am Konservatorium von Buenos Aires, aber letztendlich musste ich einräumen (mir selbst einräumen), dass Metheny zu gut für mich ist.

Was für ein Glück, in einer Zeit geboren worden zu sein, in der man nicht notwendigerweise ein Genie sein muss, nicht einmal unglaublich talentiert, um in der Welt seine Spuren zu hinterlassen.

Vielleicht war einer meiner größten Mängel sowohl als Autor von Literatur als auch von Drehbüchern, dass ich immer einen Paten, ein Leitbild brauchte, einen Schriftsteller, dessen Weg ich genau verfolgte, dessen Arbeit ich mit meiner verglich und mit dem, was die anderen machten.

Nie konnte ich schreiben ohne die Anwesenheit von …

Nicht Anwesenheit, Verehrung von …

Mehrere Male im Laufe meines Lebens als Schriftsteller habe ich zu schreiben versucht, ohne mich mit diesem oder jenem Autor zu vergleichen, ohne diesen oder jenen zu verehren. Ich packte alle Bücher meiner Idole in einen Pappkarton und versteckte ihn ganz unten in der Truhe mit den persönlichen Sachen meines Vaters, für die meine Mutter bisher noch keine Abnehmer gefunden hatte. Auf diese Weise zwang ich mich, mehrere Tage ohne Bücher und nur mit meinen Heften und dem PC zu leben. Anfangs kam ich gut voran mit dem, was ich schrieb, egal was es war, aber schon nach wenigen Tagen stieg eine verstörende Angst in mir auf, sobald ich mich hinsetzte, um zu schreiben. Die Blockade präsentierte sich wie ein leeres Zimmer mit Feuchtigkeitsflecken an der Wand, das mein Denken nach und nach zersetzte; und das Bedürfnis, Bücher von anderen zu lesen, ließ mich verzweifeln, brachte mich an den Rand des Wahnsinns. Schreiben erschien mir plötzlich als eine unsinnige Handlung, eine unmögliche und unnötige Aktivität, und dann lief ich zu der Truhe, holte den Pappkarton heraus und stellte die Bücher wieder an ihren Platz.

Schreiben ist Lesen.

Die meiste Zeit, in der ich schreibe, verbringe ich lesend.

Das Schreiben der ersten beiden Drehbücher für Santiago war begleitet von diversen Lektüren.

Dann, zu Beginn des fünften Jahres der Gefangenschaft, änderte sich etwas.

Szenen zu schreiben fiel mir unheimlich schwer.

Schreiben wurde zur Arbeit, zu einer äußerst professionellen Arbeit.

Die ständigen Lektüren wurden seltener, weil das Schreiben immer mehr Kraft, immer mehr Konzentration erforderte.

Während ich Bücher von anderen las, dachte ich, dass ich jetzt eigentlich schreiben müsste, und die Wörter zogen an mir vorbei, ohne dass sie mir etwas sagten.

Ich las dieselbe Seite dreimal, viermal, denselben Absatz, dieselbe Zeile.

Ich werde bei Freddo ein Kilo Karamell-Eiscreme kaufen.

* * *

Die Fenster im Bus lassen sich nicht öffnen.

Die einzige Luft ist die aus der Klimaanlage.

Ich kam aus einem fensterlosen Keller, um mich wenige Stunden später in einem fensterlosen Bus wiederzufinden.

Santiago tauchte ohne vorherige Ankündigung im Keller auf; mit verkniffenem Gesicht, als ob er einen Kanarienvogel im Mund hätte und ihn nicht ausspucken wollte.

Ich schlug schnell die Decke beiseite und setzte mich auf.

Es gab keine Tasse Kaffee.

Es gab keinen Teller mit Obst.

Es gab keinen Laptop.

Es gab keinen Golden Globe.

Es gab keinen Oscar.

Der Revolvergriff schaute hinter seiner rechten Hüfte hervor.

Santiago ließ seinen Blick durch den Kellerraum schweifen, als ob es sein Kinderzimmer sei, in das er nach fünfzig Jahren zurückkehrte.

Er richtete die Augen auf die Ukulele:

Gustavo hat mir zwanzig SMS geschickt, er will die Ukulele zurückhaben. (Pause.) Da ist ja eine Saite gerissen!

Ich nickte.

Wie lange schon?

Ein paar Monate. Ich musste lernen, auf drei Saiten zu spielen. Anfangs dachte ich, es würde nicht gehen, aber ...

Eine gute Zahl, die Drei.

Ich nickte.

Norma erzählte mir, dass du viel gespielt hast, sagte er.

Ich nickte.

Joyce hätte sich im Ulysses über Santiago lustig gemacht, wenn Santiago im Jahr 1904 in Dublin gelebt hätte.

Er setzte sich auf den Kühlschrank.

Und?, fragte ich ihn.

Und was?

Haben wir es geschafft?

Was denn?

Die Filmgeschichte weltweit zu verändern.

Wann?

Wieso wann?

Die Filmgeschichte weltweit ist wie die Atacama-Wüste, Pablo. Wie verändert man eine Wüste?

Ich verstehe kein Wort.

Klar, dass du nichts verstehst. Es gibt nichts zu verstehen.

Wie war's in Los Angeles?

Gut.

Was heißt „gut"?

Schöne Stadt. Gutes Klima. Es regnet nie.

Erzähl mir etwas über den Film.

Welchen Film?

Unseren Film.

Er grinste von einem Ohr zum anderen.

Siebenundneunzig Millionen, sagte er. Und rund fünfzig Millionen für die Publicity. Sie rechnen damit, dass wir nicht mal ein Viertel wieder reinkriegen. Der Boss von Universal gab mir die Hand und sagte: Schöne Bescherung. (Pause.) Ich habe einen Riesenfehler gemacht, Pablo.

Was ist passiert?

Ich habe auf dich gehört. Das hätte ich nie tun sollen … Der beste erste Entwurf, den ich in meinem Leben gelesen habe. Die Wörter brannten sich mir als vollkommene Bilder ein. Ein Wunder, Pablo. Ein unglaubliches Wunder. Wie hast du das alles in zwei Wochen noch mal neu schreiben können?

In einer Nacht.

Du lügst.

Ich habe es in einer langen Nacht und ein paar frühen Morgenstunden neu geschrieben. Ich war tagelang blockiert, bis am Sonntag dann …

Egal. Ein Wunder. Ich hätte heulen können, dich umarmen können, aber in deinem Gesicht sah ich eine … ich weiß nicht … eine unterdrückte Panik, die mich davon abhielt.

Hast du eine Kopie?

Nein.

Ich möchte den Film sehen.

Er stand auf, ging ins Bad, öffnete den Wasserhahn, einige Sekunden lang hörte man das Wasser ins Waschbecken laufen. Er schloss den Hahn und kam aus dem Bad zurück.

Wir haben es nicht bis Cannes geschafft, sagte er. Sie haben ihn für den Prix Un Certain Regard nominiert, was so viel heißt wie: es nicht bis Cannes geschafft zu haben.

Zwei Tage vor der Aufführung rief ich Thierry Frémaux an und sagte ihm, dass ich nicht kommen werde. Ich entschuldigte mich damit, dass ich eine Lungenentzündung hätte und mit der Postproduktion nicht fertig würde. Er glaubte mir nicht. Ich hörte es an seiner Stimme, dass er mir nicht glaubte. Ich beschloss, dass es das Beste sei, den Film nicht auf den Festivals zu zeigen. Wenn er nicht im offiziellen Wettbewerb in Cannes dabei ist, hat er in Europa keine Chance. Wir zeigten ihn im September in Los Angeles. Eine Gala vom Feinsten, die Crème de la Crème von Hollywood. Im Grauman's Chinese Theatre. Das Catering von David Chang. Beim Cocktail, nach dem Screening, spielte John Scofield. Aber da ging ich nicht hin. Ich schob Kopfschmerzen vor. Beim Verlassen des Grauman's gefror mir das Blut in den Adern, als ich das Getuschel hinter meinem Rücken hörte. Ich musste mit dem fertigen Film Monate warten, weil Universal beschlossen hatte, ihn erst gegen Ende des Jahres zu zeigen. Sie sagten, dass es für die Nominierungen von Vorteil sei. Ein noch brandneuer Film, wenn die alten Säcke von der Academy mit ihren Abstimmungen beginnen.

Du hättest mich in jenen Monaten besuchen und mir den Laptop und die Bücher bringen können. Du kannst dir gar nicht vorstellen, wie schwierig es war, diese fast zwei Jahre nur mit meiner Ukulele durchzuhalten.

Es ist nicht deine Ukulele.

Irgendwie schon.

Nein.

Frag sie doch. Frag sie, ob sie zu Gustavo zurück oder bei mir bleiben will.

Das ist doch egal, Pablo. Sie gehört Gustavo.

Frag sie.

Er kam auf mich zu und legte mir seine Hand auf die Schulter.

So nahe kam er mir selten.

Ich erinnere mich nur an zwei Umarmungen: die erste vor Jahren, nachdem er mit dem Revolver auf mich gezielt, die Trommel gedreht und abgedrückt hatte; und die zweite in der Nacht, als er betrunken mit dem Oscar für den besten fremdsprachigen Film herunterkam.

Er pflegte Abstand zu halten, als ob er in all diesen Jahren nicht vollstes Vertrauen zu mir aufgebaut hätte.

Er drückte mir fest die Schulter, mit Fingern, die nicht die eines Schriftstellers waren, und schob sein Gesicht nah an meines heran; ich dachte schon, er wolle mir einen Kuss auf den Mund geben, aber nein, er schnupperte an meinem Bart, hustete und fragte, wie lange ich mich nicht mehr gewaschen hätte.

Monate, sagte ich.

Wie viele?

Ich weiß es nicht mehr.

Du stinkst wie ein Obdachloser im Bahnhof Constitución.

Ich glaube nicht, dass Santiago jemals im Bahnhof Constitución gewesen ist, und noch viel weniger, dass er sich einem Obdachlosen auch nur genähert hat.

Er ging zur Wand mit dem Oberlicht und lehnte seinen Kopf gegen den Beton, wobei er mir seinen Rücken zudrehte.

Ich sagte, dass Norma sich mir gegenüber unmöglich verhalten habe.

Ich bitte sie um ein paar Bücher, und sie bringt sie mir nicht, sagte ich zu ihm. Ich bitte sie um ein Blatt Schreibpapier und …

Sie hat mir erzählt, dass du sie missbrauchen wolltest, sagte er.

Was heißt hier missbrauchen?

Sie sagte mir, dass du versucht hast ... Weißt du was? Ich verstehe das, Pablo. Ich werfe dir ja gar nichts vor.

Ich hatte das Gefühl, die Langeweile würde mich langsam umbringen, sagte ich. Ich versank in Langeweile. Die Tage dauerten Wochen, zum Schluss sogar Monate. Wenn ich schlafen ging, egal zu welcher Stunde, zählte ich die Anzahl der Tage, die dieser Tag gedauert hatte. Fünfundneunzig war der Rekord. Ein Tag von fünfundneunzig Tagen.

Neunzig hat dreißig Dreien, sagte er.

Der Ziegenbockgestank war mein bester Freund. Mein zweitbester Freund, denn mein bester Freund ist Uku.

Du hast nicht die geringste Ahnung, nicht wahr?

Wovon?

Von dem, was du geschrieben hast.

Was habe ich geschrieben?

Das Drehbuch. Das, was du neu geschrieben hast. Wirklich nur in einer Nacht?

Eine lange Nacht und ein paar frühe Morgenstunden.

Unglaublich. Nicht zu fassen. Hattest du was geschluckt?

Nein.

Das Fasten. Vielleicht war es das. Ein buddhistischer Entwurf. (Pause.) Doktor Miranda hat sich um alles gekümmert. Gallensteine. Mittelmäßigkeit, die sich absonderte und sich in der Gallenblase ansammelte, was dem Genie erlaubte, sich auf den Seiten auszutoben, nur dem Genie. Der Doktor sagte mir, er habe noch nie so große Steine gesehen.

Und was hat er mit mir gemacht?

Der Doktor lebt nicht mehr, Pablo. Auf dem Weg nach Chos Malal ist er verunglückt. Ein Jammer. Feiner Kerl, der Doktor.

Wenn jemand die Terabytes an Gedanken, die mir durch den Kopf schossen (ein Blitzgewitter aus Dummheit, Angst und Verzweiflung), wiederherstellen und sie auf eine externe Festplatte mit großer Speicherkapazität herunterladen könnte …

Eine eingekerkerte Molly Bloom.

Die Farce des inneren Monologs.

Künstliche Gedankenübung.

Plagiat der Briefe von Nora, dem Zimmermädchen des Hotels, in dem Joyce wohnte.

Realer als …

Viel realer als der Stapel Gedanken, den ich in diesen fast zwei Jahren der Langeweile anhäufte und wieder verlor.

Am Montagmittag las ich es noch einmal, sagte Santiago, und es gefiel mir noch besser. Ich machte nur ein paar kleinere Anmerkungen, die die Übersetzerin vermutlich einarbeiten konnte. So war es dann auch. Am selben Montag flog ich nachts nach New York. Am Dienstag aß ich mit der Übersetzerin zu Abend in einem sehr guten Restaurant im East Village, Saxon and Parole, und ich versprach ihr das doppelte Honorar, wenn sie das Drehbuch in fünf Tagen übersetzte. Sie hat vorzügliche Arbeit geleistet. Weil ich meinen Englischkenntnissen nicht traue, gab ich die Übersetzung meinem Manager und meinen Agenten zu lesen, und nach wenigen Stunden riefen sie mich an, um mich zu beglückwünschen und mir zu sagen, dass es eines der besten Drehbücher sei, das sie seit langer Zeit gelesen hätten. Ich las es in jener Nacht noch einmal, und am Morgen darauf rief ich die Übersetzerin an wegen ein paar letzter Korrekturen. Auch diese erledigte sie umgehend. Besessen wie ich bin, las ich alles noch einmal und schickte es am Ende den Schauspielern. Die Antworten von Jack, Meryl und Sean kamen prompt und waren unglaublich positiv. Jack schlug mir vor, Jennifer Lawrence die Rolle der Lisa anzubieten. Meine Agenten setzten sich mit denen von ihr Verbindung, und nachdem feststand, dass sie in den Monaten, in denen ich drehen wollte, frei war, ließen wir ihr das Drehbuch zukommen. Jennifer rief mich am nächsten Morgen an, um mir zu sagen, dass sie mit Sicherheit dabei sei und dass es eine der ergreifendsten Lektüren ihrer gesamten Zeit in Hollywood gewesen sei. So viel Zustimmung überzeugte mich schließlich, Pablo. Ich war drauf und dran, dich anzurufen, um … (Pause.) Ich habe dir nie das Lehrbuch für die Ukulele gebracht.

Nein, das hast du nicht.

Ich habe es oben. Wie hast du es angestellt, so viele Songs ohne …?

Zeit ohne Ende, sagte ich. Und obwohl meine Finger viel zu wünschen übrig lassen, ist mein musikalisches Gehör mehr als beachtlich. Am Konservatorium war mein Gehör eines der besten, aber meine Finger zählten zu den schlechtesten.

Ein Wunder, Pablo. Der neue Smultronstället.

Der was?

Bergman. Wild Strawberries. Wilde Erdbeeren. Ein Drehbuch, das man als Buch verlegen sollte. Einhundertneununddreißig Seiten. Ich sagte den Finanziers, dass ich siebenundzwanzig Millionen mehr bräuchte. Sie hatten keine Einwände. Waren hochzufrieden mit dem Drehbuch. Begeisterung ohne Ende. Ich dachte daran, ihnen zu erzählen, dass du es geschrieben hast. Nein, kannst du dir vorstellen, was das für einen Aufruhr gegeben hätte? Wir drehten in New York. Zwei Monate Vorproduktion, keine freien Wochenenden. Vier Monate Dreharbeit, von Montag bis Freitag. Wir durchkämmten die ganze Stadt nach Originalschauplätzen. Manhattan, Brooklyn, Harlem, Bronx, Queens. Ich bat die Schauspieler, sich in den gleichen Wohnungen einzuquartieren, in denen ihre Figuren lebten. Sie protestierten, sie fanden es verrückt, aber ich überzeugte sie. Sean Penn wohnte vier Monate in einer Einzimmerwohnung in Harlem. Meryl Streep in ihrer Villa im West Village. Obwohl, eine Villa in Manhattan ist eigentlich keine Villa, sondern ein großes Gebäude mit Wohnungen, die wie Villen angelegt sind. Ich fragte den Locationscout, was so eine Wohnung kosten würde, und er sagte siebzehn Millionen. Ich zog in eine Dreizimmerwohnung mit Blick auf den Central Park. Keine Ahnung, warum drei Zimmer. Hilario kam mich nicht besuchen. Bevor wir mit der Vorproduktion anfingen, verbrachte ich einige Tage in Punta del Este. Sie behandelten mich großartig, so gut, dass ich mich überflüssig fühlte. Sie stimmten mir in allem zu, als ob ich ein Verrückter sei. Mir scheint, dass sie es so geplant hatten. Hilario spielte seine Rolle als artiger Junge perfekt. Meine Ex fragte mich beim Frühstück, wie es mit dem Film laufe. Ich merkte, dass es sie gar nicht interessierte. Es interessierte niemanden von ihnen im Geringsten, was ich in meinem Leben machte. Ein Gespenst. Ein erbärmliches Gespenst. Ein weißes Laken voller Kackflecken mit zwei Löchern für die Augen. Eines Nachts, als sie schliefen, packte ich meine paar Sachen und ging ins Conrad. Continental Breakfast, ein Sprung in den Pool, am Nachmittag nach Montevideo und mit dem Flugzeug nach New York. Die Dreharbeiten waren das reinste Vergnügen. Zum ersten Mal in meinem Leben das Budget nicht überzogen. Nicht einmal Ärger mit den Schauspielern. An den achtundachtzig Drehtagen nur an einem Tag Überstunden. Montags Mittagessen mit den Schauspielern, dienstags mit dem Kameramann und seinem Team, mittwochs mit der Kostümbildnerin und ihrem Team, donnerstags mit der Maskenbildnerin und ihrem Team, freitags mit dem Kameraassistenten und den Praktikanten. An den Wochenenden ging ich mit denen von Universal aus, und mit den Finanziers, wenn sie zu Besuch kamen. Sonntagmorgens drehte ich meine Runden auf dem Fahrrad im Central Park, mittags aß ich einen Hamburger im Corner Bistro und kaufte Vinylplatten in der Bleecker Street. Vier Monate reinsten Vergnügens. Das erste Mal, dass ich Dreharbeiten genoss, Pablo. Ich lud meine Mutter ein, mit mir zusammen ein paar Tage in New York zu verbringen. Sie logierte in meiner Wohnung. Vormittags saß sie mit mir am Video Assist, nach dem Mittagessen wurde sie müde, und ich bat meinen Chauffeur, sie in die Wohnung zu fahren, damit sie eine Siesta halten konnte.

Die Frau auf dem Sitz neben mir ist gerade aufgewacht, sie fragte mich, wo wir jetzt seien.

Es ist nicht mehr weit, sagte ich.

Ich engagierte Pablo Barbieri, den besten Filmeditor, um die Postproduktion in Angriff zu nehmen, sagte Santiago. Ich spielte mit dem Gedanken, einen Schneideraum einzurichten, hier in San Martín, oben in einem der leeren Zimmer. Aber schließlich machten wir es in Los Angeles. Durchgehend fünfundzwanzig Grad. Wir haben uns mit Pablo gekrümmt vor Lachen. Obwohl wir ein wenig unter Druck standen, weil der Film vor Cannes fertig sein musste. Wir fingen an, nachts zu arbeiten, nach dem Abendessen, von elf bis vier Uhr früh. Ich sprach mit Thierry Frémaux, und er sagte mir, ich solle mir keine Sorgen machen, ich könne den Abgabetermin überziehen und den fertigen Film direkt an ihn schicken. Trotz der einhundertneununddreißig Seiten des Drehbuchs blieb der Film am Ende knapp unter der Vorgabe von einhundertzwanzig Minuten. Ein weiteres Wunder. Das erste Mal, dass ich die zwei Stunden nicht überschreite. Einhundertneunzehn Minuten und dreiunddreißig Sekunden, inklusive Abspann. Drehbuch und Regie: Santiago Salvatierra. Musik: Philip Glass. Kamera: Claudio Miranda. (Pause.) Als Frémaux mich anrief, um mir zu sagen, dass der Film in Un Certain Regard lief, spürte ich, dass die Filmgeschichte mir den Rücken zudrehte. Eine Filmgeschichte, die mir immer offen ins Gesicht geschaut hatte, wandte sich jetzt von mir ab, drehte mir sogar den Rücken zu und sprach mit mir, ohne mich anzublicken. Ich dankte ihm, sagte ihm, dass es mir eine Ehre sei, während ich mir schon eine Ausrede überlegte, um diesem Scheißfestival zu entkommen.

Der Bus bleibt in einem Stau stehen.

Straßen, die von San Martín träumen, so wie ich als Kind vom schneebedeckten Haus des Weihnachtsmanns träumte.

Anita in den Armen eines Mannes, der Bäume mit dem Kopf fällt.

Ich flog nach Griechenland, sagte Santiago. Ich wollte Abstand von dem Film gewinnen. Er war fertig. Der Schnitt beendet, die Farbkorrektur erledigt, der Ton abgemischt. Bevor ich ging, lud ich die Schauspieler in den Screening Room bei Universal ein und zeigte ihnen den endgültigen Schnitt. Sie reagierten zurückhaltend. Nur Sean versuchte, mich davon zu überzeugen, dass es ein Meisterwerk sei.

Lass es dir gut gehen in Griechenland, sagte er, du hast dir ein paar Tage Urlaub verdient, vergiss erst mal alles; wenn du zurück bist, legen wir mit der Promotion los. Meryl nahm einen Anruf auf ihrem Handy entgegen und ging hinaus auf den Parkplatz, ich sah sie nie wieder. Jennifer sagte mir, sie ginge mit zwei Freunden Sushi essen, und fragte mich, ob ich mitkäme, aber ich lehnte dankend ab und sagte, ich hätte einen Termin. Ich hatte keinen Termin. Jack lachte während des ganzen Films wie ein Irrer, und du weißt, es gibt wirklich nicht viel zu lachen in diesem Film. Zum Schluss sagte er zu mir, „funny, funny stuff", und ging.

Der Bus kommt nicht mehr voran, er bewegt sich vorwärts, kommt aber nicht voran.

Der Pilot oder Fahrer trinkt mit dem Co-Piloten oder Beifahrer zusammen einen Mate.

Ich wohnte drei Monate im Chateau Marmont, in einem der Bungalows rund um den Pool, sagte Santiago. Ich tat nichts außer Schlafen, Schwimmen und Essen. Ich verließ das Hotel nicht. Ich schaute keine Filme und kein Fernsehen. Ich versuchte, noch einmal die Inquisitionen von Borges zu lesen, kam aber über „Die Sphäre Pascals" nicht hinaus. „Die Mauer und die Bücher" las ich rund siebzigmal. Ich zog mir Sportkleidung an, ging ins Fitnesscenter, nahm mir ein Handtuch, programmierte das Laufband und schaltete es gleich wieder aus, warf das Handtuch in den Korb und ging zurück in meinen Bungalow. Ich holte mir neunzig Mal einen runter. Ich rief neunzig Mal Hilarios Nummer auf und neunzig Mal drückte ich sie wieder weg, ohne anzurufen. Ende August fingen wir mit der Promotion an. Tonnenweise wurden Plakate verschickt. Der Trailer lief auf YouTube, bei Facebook, im Fernsehen, auf den Bildschirmen der Taxis. Ich gab Interviews für Variety, Hollywood Reporter, Deadline, New York Times, LA Times, Huffington Post. Ich war bei Charlie Rose. Eine Woche vor der Uraufführung besuchten die Schauspieler alle nur möglichen Talkshows, morgens und abends. Jennifer war bei Saturday Night Live. Am Dienstag zeigten wir der Presse den Film. Sie baten mich, an einem Q&A teilzunehmen, aber ich lehnte dankend ab. Am Freitagmorgen erschienen die Rezensionen. Niemand rief mich an. Niemand versuchte, mich davon zu überzeugen, dass die Kritiker heutzutage keinen Einfluss auf das Publikum haben, dass sie überhaupt keine Bedeutung haben. Niemand lud mich in eine Bar ein, um sich mit mir zu besaufen und ... (Pause.) In Rotten Tomatoes: sieben positive Rezensionen, vierundsiebzig negative. Fast alle Rezensionen, die positiven wie die negativen, loben das Drehbuch. Die Originalität. Eine neue Ausdruckskraft. Ein Drehbuch, das nicht völlig funktioniert, aber Türen öffnet. Totenstille beim Warten auf die Nominierungen. Bei Universal hieß es, sie täten ihr Möglichstes. Sie baten mich, an den Festessen der Academy und an den Cocktails der Hollywood Foreign Press Association teilzunehmen. Ich flog nach New York zurück und verließ das Hotel nicht. Eine Kette namens Dream, Dream Hotels, als ob man in einer Disco in South Beach wohnt. Aber ich bat nicht darum, mich woanders einzuquartieren. Ich bummelte durch den Meatpacking District, um irgendwelchen Schwachsinn zu kaufen. Ich duschte mich dreimal täglich. Ich zog Badehose und Bademantel an, schlüpfte in die Flipflops und fuhr zum Pool hinunter. Wenn ich auch nur eine Person im Wasser oder beim Sonnenbad auf einer Liege entdeckte, ging ich aufs Zimmer zurück. Die Nominierungen werden auf CBS um acht Uhr morgens Ostküstenzeit von Schauspielern präsentiert. Ich schaltete den Fernseher nicht ein. Ich blieb im Bett liegen und knackte mit den Fingerknöcheln. Niemand rief mich an. An beiden Tagen nicht. Dann las ich in Variety, dass nur Meryl nominiert worden war, als beste Nebendarstellerin. Ich blieb einen weiteren Monat in New York, in einer Wohnung in Hell's Kitchen mit Blick auf den Hudson. Ich sprach nur Spanisch. Ich kaufte Sandwiches in einem Deli, Ecke Dreiundvierzigste und Zehnte, und unterhielt mich eine Weile mit dem mexikanischen Koch Antonio, ein Familienvater von dreiunddreißig Jahren; seine Frau und die fünf Kinder leben in Matamoros; er kann kaum über den Tresen gucken. Ich ließ mir das linke Knie untersuchen, es knirscht, wenn ich es beuge. Die Writers Guild of America bezahlte. Der Arzt riet mir, es operieren zu lassen. Ich verstand nicht genau, warum. Eines Abends aß ich mit Manu Ginóbili in einem argentinischen Restaurant in Alphabet City. Er sagte mir, dass er den Film gesehen habe und er habe ihm gefallen. Ich glaubte ihm nicht. Im Strand Bookstore kaufte ich die sieben Bände von Proust. Ich wollte einen pro Woche lesen, einhundert Seiten pro Tag. Ich kam über die Seite zwölf des ersten Bands nicht hinaus. In Europa hatten wir bessere Rezensionen. Frankreich fand den Film interessant. Italien nicht ganz so. England ignorierte uns, nicht eine Nominierung für die BAFTA Awards. In Spanien nominierten sie ihn für den Goya, ich weiß nicht mehr, in welcher Kategorie. Sie baten mich, an der Zeremonie teilzunehmen, aber ich sagte ihnen, dass ... Ein gesundheitliches Problem. Schon wieder Lungenentzündung. Ich weiß nicht. (Pause.) Morgen ist hier Uraufführung, in Argentinien. Niemand weiß, dass ich in San Martín bin. Mein

Pressesprecher informierte die Presse, dass ich in Griechenland Urlaub mache. In Knossos.

Weder Rhythmus noch Melodie im Finger an der Scheibe, ein ta ta ta ta ta ta ta ta ta, das mich noch verrückt macht.

Ich sah gerade ein Filmplakat an einer Bushaltestelle; ich glaube, es war das Gesicht von Meryl Streep, aber Meryl Streep ist jedes Jahr in verschiedenen Filmen zu sehen.

Bevor ich in den Keller runterkam, sprach ich mit Hilario, sagte Santiago. Er habe den Film noch nicht gesehen, sagte er, der Film werde in Punta del Este erst nächste Woche anlaufen. Ich glaube, er hat mich angelogen. Hilario lädt alles, was er sieht und hört, bei Pirate Bay runter, und den Film gibt es auf dem Portal schon eine ganze Weile. Hunderttausende von Downloads. Hunderttausende von Personen, die nicht bezahlen, wofür sie bezahlen müssten, damit die Kunst weiterhin … Millionen von Leuten, die ihre Hand in meine Tasche steckten und mich beklaut haben, und die nicht den Mumm haben, sich als Diebe zu erkennen zu geben. Das Internet wird schließlich alles zerstören. Nicht nur die Kunst, alles. Eine fixe Idee, dass das Internet die Demokratie stärkt, dem Volk Macht verleiht. Nun gut, in gewisser Weise stimmt es vielleicht, es verleiht dem Volk eine gewisse Macht, aber welchem Volk. Die meisten Leute sind kunstfeindlich. Die meisten Leute sind konturlos wie Scheiße. Nicht nur bei uns, nein, auf der ganzen Welt. Das Internet gab den Leuten die Macht, und die Leute wissen nichts anderes mit ihrer Macht anzufangen, als ihrer Trübsal, ihrem Hass, ihrer Wut, ihren Scheißmeinungen und verfaulten Gefühlen freien Lauf zu lassen. Das Internet, unterstützt von Facebook und Konsorten, sagte den Leuten: Ihr seid die Künstler, ihr, und eure Leben sind eure Kunstwerke, eure Filme und Bücher, eure Gemälde, eure Skulpturen, eure Theaterstücke; also vergesst die Filme und Bücher, vergesst die Gemälde, die Skulpturen, die Theaterstücke und schaut euch selbst an, präsentiert euch. Und die Leute glaubten ihnen, schluckten ihre Lügen und verbringen ihr Leben damit, sich selbst zu betrachten und sich zu präsentieren; sich mit ihrer Scheißkunst, die keine Kunst ist, zu ernähren, eine Kunst, die die Kunst tötet, ein so faszinierendes Nichts, dass … und gleichzeitig füllen sie die Taschen dieser Dreckskerle, die das Spiel erfanden und sie davon überzeugten, dass … dass die … dass …

Final-Draft-Datei

Eine Bar gegenüber vom Kinocenter Multiplex Belgrano, Ecke Vuelta de Obligado und Mendoza.

Ich fand einen Tisch ganz hinten, an der einzigen Wand mit einer Dreistift-Steckdose.

Der Film beginnt in einer Stunde.

Die Vorstellung fast ausverkauft, laut Kartenverkäufer.

Obwohl es schon Abend ist, bestellte ich einen Milchkaffee und drei Butterhörnchen; die einzigen drei, die noch übrig waren, eines davon halb verbrannt.

Ich weiß nicht, warum, aber als der Kellner mir das Menü vorschlug (ein Menü, zu dem ein völlig unpassendes Pilz-Risotto gehörte), war mein erster Gedanke: lieber Milchkaffee mit Butterhörnchen.

Ich bin fünfzehn Blocks von der Wohnung meiner Mutter entfernt.

Das Viertel hat sich nicht groß verändert.

Sieben Jahre in einem Keller, der Teil eines Traumes war.

Ein Traum, der ein Alptraum sein müsste.

Ein bittersüßer Traum.

Nicht einer von jenen Träumen, in die man beim Aufwachen voller Verzweiflung zurückkehren will.

Ein Traum, den man besser hinter sich lässt, aber vor dem ich mich nicht fürchte, der mich nicht ein Leben lang verfolgen wird, der sich nicht in Spiegeln oder hinter angelehnten Türen abzeichnen wird.

Ein Traum, der vielleicht ein Geschenk des nicht mehr größten Regisseurs, weder des lateinamerikanischen Films noch der Filmgeschichte weltweit und aller Zeiten, ist.

Die Butterhörnchen sind nur genießbar, wenn ich sie in den Milchkaffee stippe.

Drei Sekunden Milchkaffee verwandeln den Beton in Hochgenuss.

Er tropft mir an den Mundwinkeln hinab.

Ich benutzte fünf Papierservietten.

Die Kinokarte ist auch aus Papier; sie ist immer noch aus Papier.

Tausende von gefällten Bäumen, damit Tausende von missmutigen Personen Tausende von Kinosälen aufsuchen, um Tausende von Filmen zu sehen, die große Scheiße sind.

Ich benutze oft das Wort »Scheiße«.

Benutzte Santiago oft das Wort »Scheiße«?

Ich benutze oft das Wort »oft«.

Santiago wird bald nur noch Scheiße sein.

Ob Norma wohl die Ex-Frau, den Sohn und die Mutter von Santiago angerufen hat?

Santiagos Mutter ist eine von jenen Personen, die dir die Haare zu Berge stehen lassen, wenn du sie auf einem Foto siehst.

Aus dem Kino drängen verschiedene Gesichter auf den Bürgersteig hinaus, alle mit dem gleichen Ausdruck: von jemandem, der eine Hellseherin aufsuchte, in der Hoffnung auf eine Prophezeiung, die er nicht erhielt.

Ich könnte mich an die Saaltür stellen, neben den Mann oder die Frau, die die Karten abreißt und die Programme verteilt, und jedem der Zuschauer sagen, dass ich den Film geschrieben habe, diesen Film, den sie gleich sehen werden; dass Santiago Salvatierra mich entführte, in einen Keller einsperrte und mich zwang, Drehbücher für ihn zu schreiben; obwohl: nicht dieses Drehbuch, nein nein; das Drehbuch, nach dem der Film gedreht wurde, den Sie gleich sehen werden, ist nicht das Resultat der Entführung, nein, nein nein nein nein, das Drehbuch, nach dem der Film gedreht wurde, den Sie gleich sehen werden, entstand aus … aus … aus der … aus der … aus … nein nein nein.

Saal 1, der größte.

Eine Schlange von Leuten, die in dem Maße wächst, wie der Milchkaffee kalt wird.

Zeugt es von mangelndem Respekt, Popcorn zu kaufen, wenn man einen Film sehen will, der die Filmgeschichte weltweit verändern sollte und sie doch nicht veränderte?

Beckett veränderte die Literaturgeschichte weltweit mit Werken, die nichts verändern sollten: Das heißt, sie wurden nicht mit der Absicht geplant (geplant?)… *geschrieben*, auch nur irgendetwas zu verändern.

Werke, die die Literaturgeschichte weltweit veränderten, weil sie es konnten und nicht, weil sie sie verändern *sollten*.

Obwohl ich jetzt, wo ich darüber nachdenke, nicht mehr ganz so sicher bin. Vielleicht schrieb Beckett jene Werke doch in der Absicht, die Literaturgeschichte weltweit zu verändern. Es sind Werke (besonders seine Trilogie, die keine Trilogie ist), die alles daransetzen, ein für alle Mal den Roman, die Erzählung und sogar den philosophischen Essay zu zerstören.

Beckett hätte es nicht akzeptiert, Drehbücher zusammen mit Regisseuren zu schreiben, die keine Ahnung vom Schreiben haben; er hätte es nicht akzeptiert, überhaupt mit jemandem zusammen etwas zu schreiben; aber das heißt, das Wesen des Films, der die kollaborative Kunst schlechthin ist, nicht zu verstehen.

Ich habe nie gehofft oder verlangt, dass Santiago *mir allein* im Abspann das »Drehbuch« zugesteht, ich habe nur gehofft, gewünscht (nicht verlangt), dass er auch meinen Namen erwähnt: »Drehbuch: Santiago Salvatierra und Pablo Betances«, oder »Santiago Salvatierra & Pablo Betances«.

Pablo Salvatierra & Santiago Betances.

Pablo Santiago & Betances Salvatierra.

Betances Salvatierra klingt nach Baseballspieler in einer Top-Liga.

Das Gute am Sport ist, dass kein Sportler sich einen Erfolg anmaßen kann, den er nicht selbst errungen hat.

Sanpablo Salvances & Tiago Betierra.

Das Problem ist, so vermute ich, dass Santiago die Nennung »Drehbuch und Regie« im Abspann so dringend brauchte, dass er einen Unbekannten entführte und ihn mit vorgehaltener Pistole, das heißt einem Revolver, zum Schreiben zwang.

Der Originaltitel des Films ist *Ad fundum*, was so viel bedeutet wie »am Ende« oder »bis zum Ende«.

Ich vermute, dass Santiago darum gekämpft hat, dass der Originaltitel bleibt; er wird sich mit den Filmverleihern auf der ganzen Welt gestritten haben, so wie er es bei den vorherigen Filmen auch getan hat. Er wird sie angefleht, nein, ihnen eingeheizt haben, den Titel so zu lassen, wie er ist.

Aber hier in Argentinien haben sie nicht auf ihn gehört. Der Film im Kinocenter Multiplex Belgrano heißt *Abriéndose camino*, was so viel heißt wie »sich einen Weg bahnen«.

Santiago benutzte lateinische Ausdrücke für verschiedene seiner Filme; der Titel, der mir am besten gefällt, ist *Quidam*, was so viel bedeutet wie »jemand«, aber jemand von geringer Bedeutung, irgendjemand.

Eine Schlange von *quidams*, die darauf warten, meinen Film zu sehen.

Ich bezahlte den Milchkaffee und die Butterhörnchen mit Santiagos Kreditkarte.

Ich dachte daran abzuhauen, als der Kellner die Kreditkarte mitnahm, aber ich blieb ruhig, die Augen auf den Laptop gerichtet, doch ohne etwas zu tippen. Ich las, was ich soeben geschrieben hatte, ohne es zu lesen; überzeugt davon, dass die Polizei gleich mit Maschinengewehren und schusssicheren Westen die Bar stürmen würde.

Ich höre in der Ferne die Glocken einer Kirche.

Nein, es ist das Handy des Kellners, der mit Santiagos Kreditkarte und meiner Quittung zurückkommt.

Ein Herr am Nebentisch bestellte das Menü mit dem Pilz-Risotto; es sieht gut aus.

Santiago gab dem Kellner vierzig Prozent Trinkgeld, dann zog er den Revolver und zielte auf mich.

Sagt man »Pilz-Risotto« oder »Risotto mit Pilzen«?

Wenn *Risotto* nur »Reis« bedeutet, dann müsste es »mit« sein.

Wenn *Risotto* das Gericht insgesamt meint, dann müsste es mit Bindestrich sein, also Pilz-Risotto.

Ich kann den Kellner fragen.

Ich weiß nicht, warum ich beide Hände hob, als ob ich in einer Bank wäre, die gerade von einem kahlköpfigen Banditen ausgeraubt wird.

Nimm die Hände runter, sagte Santiago.

Hör auf, auf mich zu zielen, dann nehme ich sie runter, sagte ich.

Was hast du gemacht?

Wann?

Was hast du anders gemacht beim …? Was hat mich nur überzeugt? Es ist einfach nicht zu glauben, dass ich keine Sekunde zögerte. Ich ging in jener Nacht schlafen und war überzeugt. Am Morgen las ich es noch einmal und war wieder überzeugt. Nein, nicht wieder überzeugt, weil ich ja schon überzeugt war. Ich las es noch einmal, und die Überzeugung wuchs. Aber dieses Drehbuch war Betrug. Du hast mich betrogen, Pablo. Ich weiß nicht, wie, aber das wirst du mir erklären müssen. Hast du es die ganzen Jahre schon so gemacht? Gelernt, mich zu betrügen? Mich studiert. Mich gelesen. War es schon immer so heiß in diesem Keller?

Ich versuchte, ihm zu erklären, dass ... anzufangen, ihm zu erklären, dass ... obwohl ich nicht wusste, was ich erklären sollte ... aber Santiago unterbrach mich und sagte mir, dass mein größtes Talent offensichtlich darin bestünde zu betrügen.

Du bist kein Künstler, Pablo, sagte er, du bist ein Zauberkünstler. Ein Drehbuch, das nichts weiter ist als ein Kartentrick. Ich hätte nie gedacht, als ich dich einstellte, dass ...

Du hast mich eingestellt? Wo ist der Vertrag, Santiago? Wie hoch ist mein Honorar? Ich habe keinen einzigen Scheck bekommen.

Er hielt mir den Revolver vors Gesicht.

Dies hier ist der Vertrag. Da steht dein Name drauf und deine Unterschrift. Ich brauche die Trommel nur zu drehen, und dann weiß ich, wie hoch dein Honorar ist.

Er drehte die Trommel.

Drehte sie noch mal.

Wieder.

Und wieder.

Weißt du, was mich am meisten geärgert hat, sagte er. Dass die Finanziers, die zum ersten Mal keinen einzigen Peso zu viel zahlten, sich, nachdem sie den Film gesehen hatten, so wortkarg zeigten, so ausweichend waren, so ... Nein, das war es nicht, was mich am meisten ärgerte. Was mich am meisten ärgerte, war, dass ich es nicht bemerkte. Es einfach nicht bemerkt zu haben.

Während Santiago redete, bewegte er das Handgelenk hin und her, sodass der Lauf des Revolvers in verschiedene Ecken des Kellers zielte.

Wenn die Kritiker behaupten, dass das einzig Lobenswerte am Film das Drehbuch sei, sagte er, dann ist das Drehbuch das einzige, das nichts taugt. Alles was die Kritiker rühmen, ist das Schlechteste, immer das Schlechteste, und was sie kritisieren, ist das Beste, immer das Beste. Die Kritiker funktionieren genau verkehrt herum. Man muss sich die Filme anschauen, die in *Rotten Tomatoes* das Etikett »verfault« erhielten. Nur die verfaulten, die nach geplatztem Furunkel riechen.

In zwanzig Minuten fängt der Film an, ich werde die Trailer noch verpassen.

Warum sagt man »Trailer« zu den Filmtrailern?

Bedeutet Trailer nicht Anhänger oder Sattelschlepper?

Ich könnte ins Internet gehen und mir den Anhänger von *Ad fundum* ansehen.

Ich kann nicht ins Internet gehen, denn das WLAN auf dem Laptop funktioniert nicht.

Wenn ich ins Internet hätte gehen können, hätte ich meine E-Mails gecheckt, gegoogelt, was die Medien über mein Verschwinden sagten und wie viele Tage man mich gesucht hat. Ich hätte meine Mutter googeln können, aber höchstwahrscheinlich hätte ich nichts gefunden; weil meine Mutter, genauso wie ich, im Internet nicht existiert, das heißt, überhaupt nicht existiert.

Genug.

Ich werde die Bar verlassen und mir einen Weg bahnen.

Bis zum Ende.

Kinoprogramm

Ich fand einen Kugelschreiber auf dem Boden.
Ich schreibe auf dem rechten Rand des
Flyers zu dem
neuen Film von Woody Allen,
Drehbuch und Regie: Woody Allen,
Darsteller: Woody Allen,
wer braucht noch einen Film von Woody Allen?
Wer braucht überhaupt noch einen Film?
Ich kaufte kein Popcorn.
Ein Paar rechts von mir schaufelt
mit vollen Händen Popcorn in sich hinein,
aus einem Plastikeimer
mit Figuren aus Toy Story.
Das Wort „Popcorn" erinnert mich immer
an Achills schwulen Freund Patroklos in der Ilias.
Ich gebrauche oft das Wort „immer".
Mit welcher Leichtigkeit wir „immer"
und „niemals" sagen.
Das schrieb ich schon an anderer Stelle.
Der letzte Trailer ist zu Ende
und eine Handy-Karikatur
bittet uns, dass wir
unsere Handys auf stumm schalten.
Ich habe kein Handy.

Eine Popcorn- oder Kieferkarikatur
sollte diejenigen bitten, die Popcorn essen,
dass sie ihre Kiefer auf stumm schalten.
Die Lichter gehen langsam aus.
Sie hatten schon an Intensität verloren,
nach den Werbespots,
bevor die Trailer anfingen.
Der Saal ist dunkel, aber nicht ganz.
Ich sehe die Vorhänge an den Seiten,
wie sie sich noch weiter öffnen
und so die Leinwand verbreitern.
Ein Film, nicht geeignet für
Jugendliche unter dreizehn Jahren.
PG-13.
Das Logo von Universal.
Schwarz.
Verkehrslärm.
Ad fundum.
Darunter, der Untertitel:
Abriéndose camino.
Die Totale einer Avenue
in New York.
Die Hälfte aller Hollywoodfilme
beginnt mit der Totale
einer Avenue in New York.
Wie habe ich das Drehbuch begonnen?
Wie war die erste Einstellung,
oder die erste Kopfzeile?
Zum Glück haben sie auf der Leinwand nicht
das Wort „New York“ eingeblendet.
Ich hasse es, wenn sie auf der Leinwand
den Namen der Stadt

oder das Jahr,
in dem die Szene spielt, einblenden.
Man muss den Zuschauer nicht
wie ein dummes Kind behandeln.
In den nächsten zwei Stunden
wird sich die Filmgeschichte
weltweit nicht ändern.

Gelber *Notizzettel*

Zwei Uhr morgens.

Ich sitze vor dem Eingang des Wohnblocks und tippe dies hier in einen der gelben *Notizzettel* auf dem Laptop.

Die *Notizzettel* können blau, grün, rosa, grau oder gelb sein.

Ich verließ das Kino um viertel vor zwölf und ging dann langsam zu dem Wohnblock.

Es kostete mich Überwindung, die Gegensprechanlage zu betätigen.

Ich dachte daran, eine Frau, die gerade das Gebäude verließ, nach meiner Mutter zu fragen. Sie ging zur nächsten Straßenecke und stieg in ein Taxi.

Die Gegensprechanlage ist eine andere als früher.

So scheint es mir jedenfalls.

Mir zitterte die Hand, als ich auf die Klingel von Wohnung B im vierten Stock drückte.

Es meldete sich niemand.

Ich wartete.

Ich klingelte erneut.

Niemand.

Ich wartete.

Ich klingelte erneut.

Niemand.

Niemand betrat oder verließ das Gebäude.

Ich überlegte, bei einer anderen Wohnung zu klingeln, aber aus irgendeinem Grund tat ich es doch nicht.

Es war reichlich kalt geworden: der Boden eisig, genauso wie die Scheibe der Tür, gegen die ich mich lehnte.

Der Laptop auf dem Schoß, wie in alten Zeiten im Keller.

Es sind nicht allzu viel Leute auf dem Bürgersteig.

Die wenigen, die vorbeikommen, wollen mich überfallen und meinen Laptop stehlen, aber im letzten Moment überlegen sie es sich anders und gehen weiter, als ob sie mich nicht gesehen hätten.

Niemand sieht mich.

Es ist möglich, dass meine Mutter, wenn sie kommt, an mir vorbeigeht und das Gebäude betritt, ohne zu bemerken, dass ich da bin, auf dem Boden sitze und tippe; über sie und über die Angst; so viel Angst, Mutter.

Neunzehn Prozent Akku.

Der Tag, an dem meine Mutter geboren wurde: 19. November.

Mein Vater wurde am 13. April geboren; der Tag, an dem Samuel Beckett geboren wurde; nur vierzig Jahre später.

Vielleicht war Lisandro einer von denen, die vorbeigingen.

Ob er noch hier um die Ecke wohnt?

Ich kann hingehen und auf die Klingel drücken.

Ich kann losgehen und auf alle Klingeln des Häuserblocks drücken, das ganze Viertel wecken, ihnen die Wahrheit ins Ohr schreien und ihnen erzählen, dass Santiago mich beschissen, uns beschissen, sich beschissen hat.

Santiago Salvatierra hat bei *Ad fundum* nicht Regie geführt.

Ich weiß nicht, wer hinter der Kamera stand.
Ein Betrüger.

* * *

Warum war ich davon überzeugt, dass ein komplett umgeschriebenes Drehbuch in nur wenigen Tagen fertig sein konnte, um verfilmt zu werden?, sagte Santiago.

In Stunden, sagte ich.

Was?

Ich hab's dir schon gesagt, ich schrieb es in einer langen Nacht und ein paar frühen Morgenstunden. Zwölf Stunden. Einhundertneununddreißig Seiten in zwölf Stunden.

Er zielte mir zwischen die Beine:

Du sagst es so, als ob du stolz darauf wärst.

Nein. Weil ich nicht weiß, was ich in jenen zwölf Stunden geschrieben habe. Man kann nicht stolz auf etwas sein, was man nicht kennt. Stolz bin ich allerdings darauf, dass ich der Unlust und der Blockierung entkommen bin und mich hingesetzt habe, um zu schreiben und nicht aufzuhören, bevor ich fertig bin. Aber was hast du an jenem Montagmorgen nur gelesen? Ich habe nicht den blassesten Schimmer. Aber ich habe … hör auf, mir auf die Eier zu zielen. Aber ich habe schon gedacht, dass du mit einem anderen Drehbuchautor zusammenarbeitest, dass du mich verlassen hast und dass Norma jeden Moment herunterkommt, um mich mit einem Kopfschuss zu töten.

Er drehte die Trommel, zielte auf das Oberlicht und drückte ab.

Klick.

Es gibt keinen anderen Drehbuchautor, sagte er. Ich bin der einzige Drehbuchautor. Du tippst, und ich schreibe.

Dieser Film war schon längst geschrieben, Pablo. Ich servierte ihn dir auf dem Silbertablett. Du musstest ihn nur noch tippen, so wie du die vorherigen Drehbücher auch getippt hast. Ich gab dir Zeit. Zwei Wochen. Zwei Wochen, um den dritten Akt und die Hälfte von …

Es reicht, Santiago. Glaube oder denke, was du willst, du hast diese Drehbücher nicht geschrieben. *Ich* habe sie geschrieben. Weder du noch Peter Shaffer, noch Aristoteles. Ich. Der Trottel, dem du auf die Eier zielst. Die Drehbücher stammen von uns beiden, von dir und von mir, aber ich habe sie geschrieben. Ich habe jedes Wort ausgewählt. Ich habe jede Kopfzeile, jede Regieanweisung, jede Klammer und jeden Dialog ausgewählt. Eine Szene zwei Stunden lang zu diskutieren ist etwas anderes als sie zu schreiben. Es ist Teil der Szene. Das heißt, diese Szene gehört zum Teil dir. Aber es ist etwas anderes als sie zu schreiben. Du verstehst nicht, was es bedeutet, stundenlang vor einem leeren Blatt zu sitzen, wie ein dummes Kind vor einem Gemälde von Miró, auf dem nichts zu sehen ist, und darauf zu warten, dass …

Ich *verstehe* es nicht? Glaubst du, ich habe es nie versucht? Tag für Tag. Aber das ist nicht so wichtig. Du irrst dich, Pablo. Das Drehbuch zu schreiben, heißt nicht, es aufzuschreiben. Das Drehbuch ist nichts weiter als eine Richtschnur für einen Film. Ein Film, den ich schon viel früher im Kopf hatte, bevor du ihn schriebst. Ein Film, den ich dir gab, damit du ihn schreibst. Du hast die Filme in meinem Kopf in Worte übertragen, damit ich sie filmen kann; damit die Leute aus meinem Team verstehen, wie die Filme in meinem Kopf aussehen und wir alle zusammen sie dann auf einen 16-mm-Film, einen 35-mm-Film oder auf die Festplatte der Kamera bringen. Was die

Menschen im Kino sehen, ist der Schatten eines Schattens. Und das Traurigste, das, was mir das Herz bricht, immer wenn ich einen Film fertig gedreht habe, ist das Wissen darum, dass die Leute niemals die Möglichkeit haben werden, den Originalfilm, der in meinem Kopf war, auch nur zu erahnen; einen Film, unendlich viel besser als diese dritte Version, die sie im Kino sahen. Haneke sagte, dass er der glücklichste Mensch auf Erden war, wenn er nach Fertigstellung eines Films vierzig Prozent von dem, was er in seinem Kopf hatte, auch realisieren konnte. Er sagte natürlich nicht »glücklich«. Haneke würde niemals das Wort »glücklich« benutzen. Ich weiß nicht, welches Wort er benutzen würde.

Er grinste und zielte auf mein Gesicht:

Weißt du, warum ich mich an jedem meiner Filme totarbeite?

Ich schwieg; es war keine Frage, auf die Santiago eine Antwort erwartete.

Weil ich weiß, dass die Filme, wenn ich mich nicht an ihnen totarbeite, zur Farce werden, zu billigen Imitationen von etwas Grandiosem. Ich arbeite mich tot an ihnen, weil es die einzige Möglichkeit ist, sechzig Prozent des Originals aus ihnen herauszuholen. Den Leuten sechzig Prozent geben. Weniger als sechzig ist eine Farce. Hanekes Filme sind eine Farce. Außergewöhnliche Farcen, unglaublich gut gemacht, fabelhaft geschrieben, fabelhafte Regie und fabelhafte Schauspieler. Niemals weniger als sechzig Prozent, Pablo.

Niemals, bis jetzt.

Der Film, den ich gerade gesehen habe, *Ad fundum, Abriéndose camino*, enthält nicht einmal dreißig Prozent von meinem Drehbuch.

Santiago hat sich nicht totgearbeitet an dem Film, der die Filmgeschichte weltweit verändern sollte.

Es ist unmöglich, dass er sich an dem Film, den ich gesehen habe, totgearbeitet hat.

Einer jener hervorragend gemachten Filme, hervorragende Regie und hervorragende Schauspieler, hervorragend geschnitten und hervorragend beleuchtet; einer jener Filme, die zugleich nichts taugen; die schlimmste Art von Film, die es gibt.

Es ist besser, einen beschissenen Film zu drehen, der die Leute wütend macht, als einen mittelmäßigen.

Ich weiß nicht, ob »mittelmäßig« das richtige Wort ist.

Ein guter Film, sehr gut in einigen Aspekten, der zugleich aber unbedeutend ist.

Ein Film, der alles hat, um zu funktionieren, aber trotzdem nicht funktioniert.

Einzig *nicht* hervorragend ist das Drehbuch.

Ein Drehbuch, das in jeder Hinsicht versagt, aber zugleich das einzig Lebendige in jenem Film ist.

Die Verfilmung des Drehbuchs war eine Mumifizierung.

Ein lebendiger und unvollkommener Körper wurde in einen toten und vollkommenen, unvergänglichen Körper verwandelt; unvergänglich, jedoch entbehrlich.

Die Besessenheit des Menschen, Kunstwerke zu verewigen, die eines Tages wie die Dinosaurier zu Staub werden.

Außer »Tomorrow Never Knows« von Lennon.

Wir werden alle zu Staub werden.

Meine Mutter, Lisandro, Norma und Paul McCartney.

Yoko Ono mit einem spitzen Schrei der Beschränktheit.

Mein Drehbuch hatte es verdient, von dem besten Santiago Salvatierra verfilmt zu werden.

Nein, von dem besten Fellini; vielleicht der bedeutendste Regisseur aller Zeiten; ein unglaublicher und unvergleichlicher Künstler, der, genau wie Santiago, seine Arbeit als Regisseur so verstand, wie Christoph Kolumbus seine Arbeit verstand: eine Besatzung zu befehligen, die nur umkehren wollte.

Fellini verstand es, mit mehr als einem Drehbuchautor zusammenzuarbeiten.

La dolce vita wurde von fünf Personen geschrieben, einschließlich der phantasmagorischen Mitwirkung von Pasolini.

Achteinhalb wurde von vier Personen geschrieben.

Amarcord von zweien.

Ginger und Fred von dreien.

Und niemand stellt Fellinis Verdienste als Künstler infrage, weil er sich im Abspann das »Drehbuch« mit einer, zwei, drei oder gar vier Personen teilt.

* * *

Fünfzehn Prozent Akku.

Im Block gegenüber hört jemand Vilma Palma e Vampiros.

Santiago fragte mich, ob man die Ukulele mit nur drei Saiten überhaupt noch stimmen könne.

Der Revolver in seiner Rechten hatte aufgehört zu existieren.

Er trat einige Schritte zurück, sein Blick streifte durch den Kellerraum, und dann schaute er mich mit Tränen in den Augen an.

Er wollte mir etwas sagen.

Vielleicht mich um Verzeihung bitten.

Einsehen, dass er ein Verbrechen begangen hatte, einen barbarischen Akt, einen Akt, der in einen Film von Haneke gehörte, einen Film aus seiner österreichischen Zeit, und nicht in die Wirklichkeit.

Aber es war nicht die Wirklichkeit.

Zumindest nicht die Wirklichkeit dieses eisigen Bodens.

Santiago hatte sich seine eigene Wirklichkeit erfunden, eine Welt, die um ihn herumtanzte und seinen Regeln unterworfen war.

Was haben wir getan, Pablo?, sagte er zu mir. Siebenundneunzig Millionen, und fünfzig Millionen für die Werbung. Wir haben ein einziges Chaos angerichtet. Ich habe dich tagelang allein gelassen, du hast dir bis zuletzt den Arsch aufgerissen ... Ja, schon gut, eine lange Nacht ... bis in die frühen Morgenstunden ... und ich habe einen Entwurf akzeptiert, der weit entfernt von einem endgültigen Entwurf war. Aber das Drehbuch gefiel allen. Und das verblüffte mich noch mehr. Du hast uns alle getäuscht. Du hast eine Menge Leute in Hollywood getäuscht. Du hast die türkischen Finanziers getäuscht, Typen, die Unsummen mit dem Verkauf von Waffen und anderen Dingen verdienen, über die man lieber nicht so genau Bescheid wissen möchte. Hast du es absichtlich getan? War es deine Art, dich zu rächen? Warum zum Teufel hast du dieses Drehbuch geschrieben?

Er hielt mir den Revolver an die Stirn.

Er drückte ab.

Klick.

Mir zitterten die Beine.

Ich versuchte, möglichst zu vermeiden, dass mir die Zähne klapperten.

Ich dachte daran, sein Handgelenk zu packen, ihm in die Eier zu treten und ihm mein Knie in die Leber zu stoßen.

Wenn du es absichtlich getan hast, verstehe ich es, Pablo, sagte er. Ich werde es dir niemals verzeihen, aber ich verstehe es.

Er drehte die Trommel, zielte mir zwischen die Augen, drückte ab.

Klick.

Ich habe nichts absichtlich getan, sagte ich. Ich schrieb ganz einfach das beste Drehbuch, so gut ich konnte, in einer langen Nacht bis in die frühen Morgenstunden. Ich musste alles weglassen, was wir schon gemacht hatten, um es schreiben zu können. Die bestehende Strukturierung der Geschichte entsprach einem fünf Kilometer breiten Deich, der verhinderte, dass die Wörter fließen konnten. Ich musste mich freimachen. Ich musste den Deich durchbrechen und mich freimachen und ...

Klick.

Ad fundum ist ein Film, den man schnell wieder vergisst.

Ich bin sicher, dass Santiago es so gewollt hat.

Er wollte es, ohne dass er es merkte.

Unbewusst stürzte er den Film in einen Abgrund.

Er bemühte sich, den höchsten Grad an Bedeutungslosigkeit zu erlangen, die pure Bedeutungslosigkeit, denn er wusste von Anfang an, dass das Drehbuch nicht von ihm war.

Keines der vorherigen Drehbücher war von ihm, aber dieses Mal wusste er es.

Er bewunderte, was er da las, und versuchte, sich davon zu überzeugen, dass es von ihm war, dass es ihm gehörte, aber es gelang ihm nicht, sich davon zu überzeugen.

Als er »Action« rief, wusste er, dass die Szene, die er aufnahm, eine Szene von mir war, und dann trat er einen

Schritt zurück, gab ihr einen kleinen Schubs und ließ sie in den Abgrund rauschen.

Eine Szene im Rollstuhl, die …

Klick.

Er fing an, sich mit dem Revolvergriff gegen die rechte Schläfe zu schlagen.

Hilario dürfte ihn schon gesehen haben, sagte er. Weder nimmt er meine Anrufe entgegen, noch beantwortet er meine Mails. Mein Sohn ist nicht mehr mein Sohn, Pablo. Er hat beschlossen, nicht mehr mein Sohn zu sein.

Er drehte die Trommel, zielte auf meine Brust und drückte ab.

Klick.

Es fahren keine Autos mehr vorbei.

Eine schwarze Katze sprang aus dem einzigen Baum weit und breit, kam unschlüssig auf mich zu, blieb stehen, drehte sich plötzlich um und wurde eins mit dem Schwarz der Nacht.

In Buenos Aires ist das Schwarz der Nacht nicht schwarz.

Der Keller konnte völlig schwarz und still sein; so schwarz und still, dass die Wände und die Decke nicht mehr da waren; ich konnte stundenlang geradeaus gehen, ohne irgendwo dagegen zu stoßen.

In Santiagos Kopf war das Licht erloschen.

Ich weiß nicht, wie lange er sich nur noch wiederholte, die Trommel drehte, zielte und abdrückte, klick; mich beschuldigte, ihn betrogen zu haben; alle beschuldigte, die an dem Film mitgewirkt hatten, es nicht bemerkt zu haben.

Stunden über Stunden an Vorproduktion, sagte er, und niemand kam, um mich darauf hinzuweisen, dass ich einen Fehler beging.

Während er auf mich zielte und nicht aufhörte zu reden, stellte ich mir eine Miniaturausgabe Santiagos vor, die in der Dunkelkammer seiner Gedanken umherlief, der gleichen Gedanken, die den Revolver hielten. Ich stellte mir den Winzling Santiago vor, wie er im Kreis herumging und ein Wiegenlied vor sich hin summte, das er seinem Sohn Hilario vorsang, wenn dieser nicht einschlafen konnte.

Ich frage mich, ob Spinetta seinen Kindern wohl Wiegenlieder vorgesungen hat: die schönsten Wiegenlieder der Welt, gesungen mit der Stimme eines tropfenden Eiszapfens, der über einem brennenden Feuer schmilzt.

Die Leute im Kino gaben praktisch keinen Ton von sich während der zwei Stunden, die der Film dauerte.

Kein Lachen, kein Weinen, kein Seufzen.

Kiefer, die Popcorn kauten.

Einmal Husten.

Drei Personen, die vor dem Ende des zweiten Aktes gingen.

Meryl Streep ist die einzige von den Schauspielern, die sich ihre Figur zu eigen machte und ihr etwas Leben verlieh.

Ich hätte gerne die Frau, die Meryl Streep im Film spielt, kennengelernt.

Es gibt mehrere Figuren in der Filmgeschichte weltweit, die ich gerne kennenlernen möchte; eher noch als die Schauspieler, die diese Figuren spielen.

Antonio Salieri.

Barton Fink.

Guido Anselmi.

Annie Hall.

Tom Hagen.

Erika Kohut.
Frank the Tank.
Dorothy Vallens.

* * *

Vielleicht richtet Argentores, der Verband der Autoren in Argentinien, ein Fest zu meinen Ehren aus.

Vielleicht stellt mir der Verband einen Rechtsanwalt, um Santiagos Erben zu verklagen, obwohl ich nicht weiß, ob Argentores Rechtsanwälte für mittellose Autoren stellt.

Santiago schuldet mir Unsummen.

Es wäre mit Sicherheit kein Problem für ihn gewesen, meiner Mutter den Teil des Honorars zukommen zu lassen, der mir als Drehbuchautor zustand.

Ich verstehe, dass es nicht einfach zu erklären ist, dass ein Unbekannter einer Frau aus dem Mittelstand in Buenos Aires Tausende von Dollars schenkt, aber meine Mutter hätte entscheiden können, was sie mit dem Geld macht: es behalten und keinen Mucks sagen, es verschenken oder es zur Polizei bringen.

Aber wahrscheinlich hätte sie gedacht, dass es um mich ging, dass ich ihr das Geld geschickt hätte. So hätte sie nie ihren Frieden gehabt und ihr Leben nie ohne mich neu aufbauen können.

Ich wünsche meiner Mutter von Herzen, dass sie ihr Leben nach meinem Verschwinden wieder neu aufgebaut hat.

Und jetzt komme ich zurück, um ihr beim Wiederaufbau zu helfen.

Oder eher: um zu dem zurückzukehren, was früher war, zu dem, was wir vor Santiago waren, nur besser, denn die

Tragödie wird uns noch mehr zusammenschweißen, wird uns erlauben, unser bescheidenes Leben zu genießen und uns gleichzeitig als die reichsten Menschen der Welt zu fühlen.

Nein, es ist lächerlich, zu dem zurückzukehren, was früher war.

Santiago musste sterben, damit ich …

Santiago konnte sich selbst nicht mehr ins Gesicht schauen; ein Gesicht im Spiegel, das ihm nicht die Scheiße aus dem Leib prügeln wollte; nein, ein Gesicht, das auch nicht darum bat, die Scheiße aus dem Leib geprügelt zu bekommen, sondern ein Gesicht im Spiegel, das sich vor Lachen bepisste.

Für ihn wäre es aus gewesen, wenn er mich getötet hätte.

Santiago verriet alles, was er war, weil er nicht akzeptieren konnte, …

Salieri verriet alles, was er war, weil er nicht akzeptieren konnte, nicht der begnadete Komponist zu sein, der göttliche Musik erschuf.

Aber nachdem er einen kranken Mozart in den Tod getrieben hatte, indem er ihn zwang, am *Requiem* zu arbeiten, an seinem eigenen *Requiem*, dem von Mozart, gab es für Salieri keine andere Möglichkeit mehr, als verrückt zu werden oder zu behaupten, verrückt zu sein, und sich so seinem Platz in der Welt, einem privilegierten Platz, zu entziehen. (Mozart wusste nicht, dass es sein eigenes *Requiem* war; für ihn war es nichts weiter als eine Auftragsarbeit; nein, ganz so einfach war es nicht, denn er brauchte das Geld, und außerdem kam der Auftrag von einem Unbekannten, der sich ihm im schwarzen Maskenballkostüm seines verstorbenen Vaters vorgestellt hatte.)

Hätte ich es vorgezogen, dass Santiago mich tötete?

Nein.

Nein?

Nein.

Jetzt bin ich dran zu leben.

Nicht *so zu leben wie früher*, ich kann nicht mehr leben wie früher.

Mein Geruch ist nicht mehr der gleiche.

Wenn meine Mutter noch lebt, erkennt sie mich womöglich nicht mehr mit geschlossenen Augen.

Die Hämorrhoiden quälen mich.

Ich habe die Kautabletten vergessen.

Neun Prozent Akku.

Neun ist dreimal drei.

Ich habe Lust, auf dem Fahrrad herumzufahren; auf einem ganz normalen Fahrrad; die anderen ramponieren dir den Arsch; und mein Arsch ist schon hinüber wegen der Hämorrhoiden.

Ob meine Mutter wohl Hämorrhoiden hat?

Jeder hat Hämorrhoiden.

Am Planeten Erde hängen ein Paar feuerrote Hämorrhoiden: die Islas Malvinas.

Ich stehe auf und drücke noch einmal auf die Klingel.

Wenn niemand aufmacht, wecke ich einen Nachbarn.

Ich hoffe, dass Norma Santiagos Leiche im Keller hat liegen lassen und zurück nach Mexiko abgehauen ist.

Wahrscheinlicher ist, dass sie immer noch auf den Knien liegt und das Blut vom Boden, von den Wänden und dem Oberlicht wischt; das armselige Oberlicht, das mir so lange Gesellschaft leistete.

Ich sollte mir eines bei uns zu Hause einbauen.

Morgen werde ich in ein Internetcafé gehen und das Drehbuch über den Jungen, der seine Familie in den Brunnen wirft, ausdrucken und dann werde ich Lisandro anrufen und ihm erzählen, was passiert ist. Und nachdem wir eine Weile zusammen geheult haben, werde ich ihn bitten, mir die Anschriften und Telefonnummern von den besten Produktionsfirmen in Buenos Aires zu schicken.

Es ist gar nicht nötig, in ein Internetcafé zu gehen, um das Drehbuch über den Jungen, der seine Familie in einen Brunnen wirft, auszudrucken. Ich kann Lisandro bitten, mir die Mailadressen der besten Produktionsfirmen in Buenos Aires zu schicken, und dann maile ich ihnen eine PDF-Kopie mit einer Widmung auf der ersten Seite:

»Für Santiago Salvatierra, den bedeutendsten Regisseur des lateinamerikanischen Films aller Zeiten.«

* * *

Acht Prozent.

Ich bemerke gerade, während ich dies hier tippe, dass ich nicht aufhören kann zu tippen.

Ich habe panische Angst davor, einfach aufzuhören, in dieses geschwärzte Notizbuch zu schreiben, das schon seit geraumer Zeit kein geschwärztes Notizbuch mehr ist.

Dies hier ist das, was ich in Wirklichkeit bin: diese eilig hingeschriebenen Seiten.

Ich weiß nicht mehr, was ich außerhalb dieser Seiten bin.

Ich habe panische Angst, mich zu zeigen.

Sogar das Drehbuch von *Ad fundum* wurde auf diesen Seiten geschrieben, die keine Seiten mehr sind.

Dieser *Text*.

Ich sollte das ganze Drehbuch ausschneiden, kopieren und es einfügen in diesen miserablen, mutlosen, aber wirklichen Text, der wirklicher ist als die Wirklichkeit außerhalb dieses Textes.

Das geschwärzte Notizbuch ist ein guter Titel.

Was heißt *geschwärztes Notizbuch* auf Lateinisch?

Beckett lebt in den Sätzen seiner Trilogie, die keine Trilogie ist. Sein Leben außerhalb jener Sätze ist nicht von Bedeutung.

Jack Nicholsons Leben außerhalb der Leinwand ist nicht von Bedeutung.

Meryl Streeps Leben außerhalb der Leinwand ist nicht von Bedeutung.

Die bedeutenden Schauspieler verstehen es, sich in die Szenen hineinzubegeben und sie selbst zu sein, zu leben in schon vorgegebenen Szenen.

Genau das muss ich jetzt tun: ich selbst sein in einer schon bestehenden Wirklichkeit; mich in eine Szene hineinbegeben, die vor langer Zeit gefilmt wurde, und versuchen, meinen Platz zu finden; ihn wiederzufinden; oder mich in mich selbst hineinbegeben, in die Version von mir, die vor der Zeit im Keller war, und versuchen, meinen Platz zu finden; ihn wiederzufinden.

Santiago fragte mich abermals, warum ich das Drehbuch geschrieben hätte.

Ich wusste nichts anderes zu antworten als:

Weil es das Einzige ist, was ich kann.

Er drehte die Trommel, zielte auf mein Gesicht und drückte ab.

Klick.

Er drehte die Trommel, zielte auf mein Gesicht und drückte ab.

Klick.

Er drehte die Trommel, zielte auf mein Gesicht und drückte ab.

Klick.

Er drehte die Trommel, zielte auf mein Gesicht und drückte ab.

Klick.

Ich fing an zu weinen.

Santiago schaute mich still an, während ich Rotz und Wasser heulte.

Schweigen.

Mir schien, ich hörte Norma auf der anderen Seite der Tür. Sie sagte etwas, was wir beide nicht verstanden. Obwohl ich nicht sicher bin, ob Santiago nicht doch etwas verstand.

Ich hielt es für besser, Santiago einfach zu sagen, dass er recht hätte. Dass ich ein Drehbuch geschrieben hatte, das Betrug war, ein übler Kartentrick, um ihm eins auszuwischen, um mich zu rächen. Aber ich sagte es ihm dann doch nicht, weil es nicht stimmte. Ich hatte das bestmögliche Drehbuch geschrieben, die bestmöglichen Szenen in jenen wenigen Stunden einer langen Nacht und eines frühen Morgens, um ihm zu helfen; in dem Glauben, dass wir zusammen die Filmgeschichte weltweit verändern könnten, auch wenn niemals jemand erfahren sollte, dass wir zusammen sie verändert hatten. Ich gab mein Bestes auf jenen Seiten. Ich war nicht im Keller, als ich jene Seiten schrieb, ich war nirgendwo, außer auf jenen Seiten, in jenen Szenen, Figuren und Dialogen, die aus mir herausströmten wie ein nicht enden wollender Urinstrahl; ein höchst angenehmer Strahl, den wir so lange zurückhalten, bis es fast nicht mehr geht, und der uns dann, wenn er losschießt, von allen Übeln der Welt erlöst.

Aber von alldem erzählte ich ihm nichts.

Ich musste vor lauter Weinen husten. Santiagos Gesicht sah fürchterlich aus; ich zitterte vor Angst. Dann sah ich ihn wieder die Trommel drehen und auf mein verheultes Gesicht zielen. Meine Beine fingen an nachzugeben wie jedes Mal, wenn Santiago auf mich zielte, aber er drückte nicht ab, er zielte auf seine rechte Schläfe, und dann drückte er doch ab, klick, und drehte wieder die Trommel und zielte auf mich und drückte ab, klick, und drehte die Trommel und zielte auf sich und drückte ab, klick, und drehte die Trommel und zielte auf mich und drückte ab, klick, und drehte die Trommel und zielte auf sich und drückte ab, klick, und drehte die Trommel und zielte auf mich und drückte ab, klick, und drehte die Trommel und zielte auf sich und drückte ab.

* * *

Schlagartig hörte ich auf zu weinen, als ob jemand, den ich nicht sehen konnte, mir eine Ohrfeige verpasst hätte.

Ich wollte Santiagos Körper nicht sehen.

Es war unmöglich, ihn nicht zu sehen.

Ich versuchte festzustellen, ob Santiago tot war: weder an den Handgelenken noch am Hals fühlte ich einen Puls.

Der Schuss hallte noch nach und wartete darauf, dass ich ihm die Tür öffnete und ihn hinausließ.

Aber die Tür war verschlossen.

Oder nicht?

Ich hatte nie gesehen, dass Santiago die Tür abschloss.

Oder Norma.

Ich vermutete, dass die Tür sich von selbst verschloss: eine automatische Verriegelung, eine komplizierte Vorrichtung, oder nicht ganz so kompliziert, kompliziert für mich, so ähnlich wie die in den Hochsicherheitstrakten.

Ich ging zur geschlossenen Tür und drehte den Knauf.

Sie öffnete sich.

Sie war immer offen, sagte ich mir. Immer. Jahrelang weigerte ich mich zu glauben, dass die Tür offen war. Ich war überzeugt davon, dass der Kellerraum eine perfekte Gefängniszelle war.

Nein, sagte ich mir, die Tür war immer verschlossen. Immer. Santiago hat sie gestern Morgen offengelassen, weil er irgendwie wusste, dass die Wahl des Revolvers auf ihn fallen würde. Als er gestern in den Keller hinunterkam, wusste er, dass er ihn nicht wieder lebend verlassen würde.

Er baute diesen Keller, um mich einzusperren und mich mit vorgehaltenem Revolver zu zwingen, ihm die Drehbücher und sechs Werbe-Treatments zu schreiben (je eines für Apple, Samsung und Pepsi, sowie drei für Nike), ohne zu wissen, dass er in Wirklichkeit sein eigenes Grab schuf.

Auf der Treppe keine Spur von Norma.

Als ich einen Fuß auf die erste Stufe setzte, fürchtete ich, am Ende der Treppe nichts vorzufinden; vielleicht eine unbegründete Angst, aber sie lähmte mich; und das Bild einer immer weiter nach oben führenden Treppe, die nirgendwo endete, stieß mich sofort in den Keller zurück.

Aber der Keller gehörte Santiago, seinem leblosen Körper; das einzige Grab auf der Welt mit Bad.

Ich musste ihn mir noch ein letztes Mal anschauen, mich von ihm verabschieden und mir den Wunsch versagen, Anlauf zu nehmen und ihm in den Hintern zu treten, hundert Mal in den Hintern zu treten, bis ich davon überzeugt sein würde, dass nichts von Santiago in diesem idiotischen Körper zurückbliebe.

Am Ende der Treppe existierte das Universum immer noch.

Da ist es, rund um mich herum …

Nein, *es trägt mich*, so wie es alles trägt, was lebt und was nicht lebt.

Ein Universum, das sich laut Santiago schon seit langer Zeit nicht mehr verändert, zumindest was die Kunst angeht.

Ich weiß nicht, ob ich in mein früheres Leben zurückkehren kann.

Ich weiß auch nicht, ob ich ein neues Leben beginnen kann.

Ich weiß nicht, wie ich damit umgehen werde, dass meine Mutter nicht mehr da ist, wenn es denn so ist, dass sie nicht mehr da ist.

Ich weiß nicht, ob ich den Keller vermissen werde, ob ich mich eines Tages im Spiegel anschauen und entdecken werde, dass der Keller in mir ist, dass ich der Keller bin.

Ich weiß nur, dass ich in der Lage bin, ein gutes Drehbuch zu schreiben.

Keine Ahnung, ob es genial ist, aber sicherlich gut, und besser als viele der Drehbücher, die man für gut hält.

* * *

Fünf Prozent.

Ich weiß nicht, was ich machen werde, wenn der Akku leer ist.

Suche ich mir eine noch geöffnete Bar und setze mich an einen Tisch in der Nähe einer Dreistift-Steckdose?

Nein, ich muss hier auf meine Mutter warten.

Ich hole den Kugelschreiber raus und schreibe auf meinem linken Arm weiter.

Ich muss weiterschreiben, zumindest so lange, bis ich weiß, was mit meiner Mutter passiert ist.

Noch kann ich nicht sein, existieren, außerhalb dieses unförmigen, unzugänglichen Textes.

Ein Text, der unmöglich zu einem Drehbuch gemacht werden kann.

Ich hoffe, dass meine Mutter mir glaubt, wenn ich ihr erzähle, dass ich jene Drehbücher geschrieben habe.

Ich hoffe, dass sie mir glaubt, wenn ich ihr sage, dass es mir gut geht, dass das Leben im Keller nicht die Hölle war, dass das einzige, was ich verlor, die Zeit und die Haare und die Gallensteine waren, die mir jemand, den ich nicht kenne und nie kennenlernen werde, entfernte, ohne dass ich es merkte.

Das unerschütterliche Gefühl, dass meine Mutter, wenn sie auftaucht und mich hier sitzen sieht, einem rasenden Affen gleich vor mich hin tippend, mich bitten wird aufzustehen. Sie wird mich ganz fest umarmen, und diese Umarmung wird wie das Öffnen der Kellertür sein, die Tür eines Kellers, der ich bin und den sie betreten wird, um ihn nie wieder zu verlassen.

Vielleicht sollte ich aufstehen und weggehen.

Einfach weggehen.

* * *

Vier Prozent.

In Santiagos Badezimmer wusch ich mir den Hals und das Gesicht, um das Blut und die Gehirnmasse zu entfernen. Ich schrubbte, bis nichts mehr zu sehen war.

Ein Spritzer saß noch auf dem linken Ohrläppchen.

Ich brauchte literweise Wasser.

Ich weiß nicht, ob literweise, aber bestimmt einige Handvoll.

Ich weiß nicht, ob »Handvoll« das richtige Wort ist.

Wie nennt man die Menge Wasser, die man mit seinen Handflächen schöpft?

Ich dachte daran, mich zu duschen, aber es schien mir ein Mangel an Respekt zu sein, mich zu duschen, während Norma in der Küche weinte.

Ich hatte eine gewisse Sympathie für Norma entwickelt, ganz besonders in den Minuten kurz nach Santiagos Selbstmord.

Selbstmord?

Ist das Selbstmord, wenn man beim Russischen Roulette stirbt?

Santiago starb, erschossen von seinem eigenen Revolver.

Ein Revolver, den er selbst in der Hand hielt, mit dem er selbst auf seine rechte Schläfe zielte, und deren Trommel er selbst drehte; aber ... der Revolver war es, der ihn töten wollte, der beschloss, dass Santiago und nicht ich sterben sollte.

Ich hätte Norma vorschlagen sollen, dass wir heiraten. Dann hätte ich sie mit nach Buenos Aires genommen und ich hätte mit Norma und meiner Mutter im Kingsize-Bett geschlafen, ich in der Mitte.

Morgens würde meine Mutter mir den Milchkaffee und Norma mir den Teller mit Obst machen.

Ich hätte mir Bücher aus Santiagos Bibliothek klauen sollen.

Becketts Trilogie, die keine Trilogie ist, obwohl ich bezweifle, dass Santiago sie hatte.

Ich hätte jetzt anfangen können, sie zu lesen, wo mein Akku fast leer ist.

Drei Prozent.

Das Licht im Eingang reicht völlig aus.

Ich werde mir die billigen Kopfhörer aufsetzen und alle Beatles-Songs von vorne bis hinten anhören, bis mich jemand mit reinnimmt.

Es sind keine Autos und auch keine Passanten mehr unterwegs.

In dem Gebäude gegenüber brennt kein Licht mehr.

Harrison singt »Do You Want to Know a Secret«.

Wie bescheuert ich bin: Die Musik saugt den Akku noch schneller leer.

Ein Prozent.

Drei Songs noch, hätte Santiago gesagt.

Jemand schaut mich an.

Ich glaube, es ist der Pförtner.

Ich sage nichts, weil ich dies hier in den gelben *Notizzettel* tippe.

»A Taste of Honey.«

Ein Toast mit Butter und Honig; ein Stück abbeißen und es im Mund mit Milchkaffee vermischen.

Nie wieder Poblano-Chili.

Nie wieder Hämorrhoiden.

Der Pförtner, von dem ich nicht weiß, ob er ein Pförtner ist, redet mit mir.

Ich schaue ihn nicht an, weil ich dies hier tippen muss, was ich gerade tippe.

Ich tippe: weil ich dies hier tippen muss, was ich gerade tippe.

»There's a Place.«

Lennons Stimme ist ein grellweiß gestrichener Keller, in dem es sich leben lässt.

Der Pförtner wird mir gleich eine Hand auf die Schulter legen.

Ich schlage die Tasten an, die in den gelben *Notizzettel* schreiben, dass die Hand des Pförtners sich gerade auf meine Schulter gelegt hat.

Ich vermute, dass der Text automatisch gespeichert wird und ich nicht auf »Ablage« gehen muss und

Inhalt

Geschwärztes Notizbuch
5

Verschlüsselte Word-Datei
47

Unverschlüsselte Word-Datei
183

Ungeschwärztes Notizbuch
217

Final-Draft-Datei
265

Kinoprogramm
275

Gelber *Notizzettel*
279